Alphonse Doria

Nel giardino del Tempo

Fantasticherie - Volume 3
Novelle

Ogni riferimento a persone o fatti realmente accaduti è
puramente casuale.

Nel giardino del Tempo vi sono tanti fiori appena sbocciati e altri già appassiti, piante innamorate e altre con spine irte. A volte capita che tra i suoi viottoli si incontra il signor Tempo, con il suo impeccabile vestito nero, così quando è di buon umore racconta la solita storia del prima e del poi. Un giorno sentii i suoi passi e vedendolo mi intimorii, lo salutai con reverenza e passeggiammo assieme. Ad un certo punto stese la mano destra e mi mostrò dove negli anni precedenti avevo seminato i miei ricordi tra alcune pietre intagliate e antiche. Da quei semi erano spuntate tante fantasticherie, erano tutte diverse tra loro. Il signor Tempo, con il suo portamento aristocratico, mentre fissava un punto indefinito al di là del muro, mi disse: "Se ti va, puoi raccoglierne solo i colori e i profumi. Lascia che germoglino ancora, dove l'ombra del piccolo obelisco dei miti li accarezza, mentre si sposta dal sorgere al tramontare del Sole e della Luna".

Signor Pantalone, la commedia è finita!

"E' più semplice mostrarci per ciò che siamo, in ogni momento della nostra vita, non nascondendo niente del proprio vissuto, oppure proteggerci con una *maschera nuda*, per dirla alla Pirandello, per la pacifica convivenza nella quotidianità? Io non pretendo una sua risposta, ma la invito ad una seria riflessione. Cerchi d'immaginare che lei sveli ogni suo intimo segreto al suo prossimo, da un momento all'altro, così per il piacere di togliersi la sua maschera, immagini come potrà cambiare la sua vita, i suoi rapporti, anche più intimi, soprattutto i più intimi. Poi si chieda: a cosa potrà servire al suo amato un suo amore adolescenziale, oggi? Oppure quella tresca con il fruttivendolo della bottega all'angolo… È una cosa del tutto innocente, che le fa accendere solo l'erotismo e che infine i benefici li trae lui, giusto?".

Il cavaliere Pantalone era un uomo che aveva superato da qualche mese i sessantacinque anni, era basso di statura ed ultimamente aveva messo su un po' di pancia, quei pochi capelli tirati all'indietro e lo sguardo arcigno, sotto gli occhiali dorati, che voleva entrare di prepotenza dentro le persone. Quindi se ne stava seduto dietro la sua scrivania, molto ordinata, praticamente vuota, solo un taglia carte e il telefono di bachelite nera, appoggiato alla spalliera della sedia. Le ricordava il maestro della scuola elementare.

Lei non rispondeva, seduta dall'altra parte di fronte, a guardarlo fisso negli occhi, con la sua borsetta sulle gambe, tenuta stretta con tutte e due le mani, era chiusa come una torre di guardia con la scala tirata su, pronta a rovesciare da sopra il calderone pieno di olio bollente ad un accostamento alle sue mura di quello lì. Una donna giovane di ventinove anni, con un corpo proporzionato, la gravidanza della figlia le aveva lasciato un seno ben sviluppato, mentre aveva il didietro afro, che sporgeva dolcemente, gli occhi castani e i capelli biondi, il viso lungo e le labbra sporgenti, che ricordavano il becco di una colomba.

Lui, dopo una mangiata di secondi, riprese: "E' curiosa su come faccio a sapere queste cose? Semplici coincidenze, pezzi che trovo qua e là e che poi accostandoli escono fuori segreti. Ma non abbia paura, perché lei è la donna più onesta che io conosca, quindi il posto è suo, se lo vuole ancora. La paga è di seicentomila lire mensili. Lei deve solo accudire mia madre, tenerla pulita, farle da mangiare. Gli orari sono dalle otto di mattina alle otto di sera, senza giorno di riposo, prendere o lasciare! Ecco tutto." Lei si alzò dalla sedia e continuò a guardarlo, ma con sdegno, gli girò le spalle e stava per andare, mentre lui riprese: "Ah, signora dimenticavo, in caso contrario decide di non accettare questo lavoro, le consiglio di stare attenta alle dicerie che corrono in paese. La gente è cattiva, con quella fantasia morbosa che ha, a trasformare il suo giochetto con quel giovane, quello là, il fruttivendolo, in qualcosa di più peccaminoso ci sta un niente. Vada! Ci pensi su e domani mi darà una risposta, anche negativa, non si preoccupi! Vada!".

Tornata a casa andò subito in camera da letto e si tolse gli abiti per vestirsi più comoda, mentre era in sottana entrò nella stanza il marito, provò uno scossone di paura perché la sua presenza era inaspettata, gli disse agitata: "Cosa ci fai tu qui?". Lui la guardò con desiderio in quella sua splendida forma nella trasparenza della sottana, poi abbassò lo sguardo a terra e con un filo di voce, in una profonda mortificazione disse: "Mi ha licenziato! Così, in tronco, senza preavviso, senza dirmi perché e per il pagamento del mese passato e di questi dodici giorni, mi disse che devo attendere."

Lei cadde in un vortice di pensieri e sprofondò in un abisso, perché ora era costretta ad accettare quel posto di lavoro come badante da quella subdola persona, che spudoratamente l'ha ricattata. Indossò la veste di casa, quella senza bottoni che si allaccia come un grembiule, e passando di striscio accanto al marito, andò in cucina. Aveva i muscoli del viso contratti, gli occhi spiritati come un animale appena catturato e senza proferire parola si mise a sbarazzare il tavolo, poi aprì il rubinetto del lavello e incominciò a lavare. Il marito l'aveva seguita a testa bassa e rimase dietro di lei a guardarla. Si sentiva in colpa di non avere una sicurezza economica per lei e per la figlioletta, che si trovava a scuola e già era ora di tornare. Sapeva che era andata dal cavaliere Pantalone per quel posto di badante, avrebbe voluto chiederle come era andata a finire, ma le parole gli rimanevano impigliate nella mente. In quella casa era cambiata la luce, era scesa come un'ombra in ogni angolo e lui si sentiva un pulcinella.

La sera aveva come un prurito nella testa e dopo si, no, no, si, si decise, fu un momento, si creò un alibi mentale: erano finite le patate, indossò qualcosa di pratico ed uscì. Prima d'entrare udiva quel Liolà che cantava canzoni neomelodiche, scostò la tendina e quello come la vide sembrò accendersi di stupore. Lei si scelse le patate né troppo piccole, né troppo grandi, ad una ad una, poi le cipolle, mezzo chilo di fagiolini ed un chilo di mele. Quello invece di guardare la bilancia le guardava il seno, vivo, nascosto e costretto dall'abbigliamento intimo. Mentre lei stava posando le cinquemila lire, lui le afferrò la mano e lei non la ritrasse, la lasciò lì, morbida, preda dei richiami vogliosi di quel giovane uomo, che la guardava dentro attraverso il suo sguardo languido. Si sentì lo sbattere della tendina e due che parlavano, all'istante si sciolse quell'incantesimo, lei si liberò la mano, prese la borsa con la mercanzia e cercò l'uscita. Liolà gridò: "Signora il resto!", andò a portarglielo davanti la porta ed ancora una volta si sfiorarono le mani, lei lo guardò e non disse niente. Quello si sentiva la sua anima come un vestito rattoppato con tante pezze raccattate di fortuna dai diversi colori, perché prendeva dalla vita tutte l'emozioni che le offriva e ne era felice. Gli piaceva quella Colombina, tanto che appena entrato si mise di nuovo a cantare: "Vola colomba, vola!", senza pensarci tanto. Le signore si misero a ridere ed a parlottare ciò che avevano visto, ad unisono pensarono: se quella ha dimenticato di prendere il resto di sicuro ha già perso la testa!

Alla fine del mese lui la chiamò nel suo studio e le pose un foglio e una penna dicendole: "Scrivi: Io Eustochia Messina ricevo dal signor cavaliere Gaetano Pantalone lire 600.000, data e firma!".

Lei scrisse come dettato, solo che a seguito della cifra aggiunse a lettere "seicentomila lire", mise la data e la firma e gliela lasciò sul tavolo. Lui la prese, lesse, chinò due volte la testa, dove la luce riflesse sulla brillantina dei sui suoi capelli lisciati e disse: "Va Bene, va bene!", le contò dodici biglietti da cinquantamila lire e così fecero per i mesi a seguire. Come condizione aveva chiesto solo un giorno libero la settimana e le fu concesso per la domenica. Ormai erano passati tre mesi da quando lei aveva iniziato a lavorare in quella casa, ci andava vestita in maniera che lasciava intravedere le forme meno possibile, a volte lavorare con quei pantaloni, la camicetta e la giacca sopra, era una vera fatica. Altro che badante, lì dentro faceva la servetta, ogni giorno quello le aggiungeva una mansione, lavava i pavimenti, cucinava per la vecchia, per lui e per la moglie, una pezza di mammalucca come una pala di baccalà, e le due figlie sposate che spesso erano ospiti con i loro rispettivi mariti. Fino a quel momento non si era mai comportato male, si teneva sulle sue, non la importunava, ma la Colombina non si fidava affatto e non era convinta di quella sua apparente serietà, anche perché il suo sguardo di tanto in tanto lo tradiva, così ha avuto una pensata. Dal loro primo incontro ha riflettuto sulle parole di lui: "pezzi che trovo qua e là e che poi accostandoli escono fuori segreti", così portava con sé una piccola agendina, di quelle con il pennino, e di nascosto scriveva nel relativo giorno l'orario e gli incontri che lui aveva spesso nel suo studio, anche le telefonate e le frasi che la insospettivano, insomma dati. A casa leggeva e rileggeva quegli appunti, ma non ricavava niente. Una cosa più di tutti l'ha insospettita, una telefonata all'ex datore di lavoro del marito che gli consigliò, dal tono l'era sembrato più un ordine che un consiglio, di assumere un tipo, appartenente ad una famiglia di zanni. Come, suo marito, un galantuomo, buttato fuori, per mettersi dentro questo conosciuto da tutti per quello che era? Visto il rapporto tra i due si è insospettita per la coincidenza: della sua proposta di lavoro e il licenziamento del marito, tutto era avvenuto nello stesso giorno. Poi perché quel discorso? In fin dei conti fino a quel giorno si era comportato da signore, tranne lo sfruttamento, ma quello è vizio di tutti padroni di questa terra.

La domenica era l'unico giorno che il marito andava a lavorare, occasionalmente da uno, o da un altro, in campagna, o alla muratura, qualsiasi cosa gli capitava. Quindi lei restava a casa con la figliola. Il pomeriggio appena si fermava un po' sul divano a vagare, mentre guardava la televisione, le veniva davanti agli occhi tutta la merda che produceva quella vecchia, troppa! Lo schifo le faceva venire il ribrezzo e la puzza diveniva reale. Doveva non pensarci, ma la televisione non riusciva a distrarla. Mentre la mattina, la sua bella bambina, compiuti da poco dieci anni, la coinvolgeva nelle sue fantasie di ragazzina, i suoi timori che non era bella e che nessuno le porgeva attenzione. Lei se l'abbracciava, se la stringeva e la baciava fin quando non prendeva forza e vivacità. Poi si vestiva con l'abito nuovo e s'accingeva per andare a messa. Invitava più volte la mamma, ma quella non ne voleva sapere, ci andava solo per i funerali, battesimi e matrimoni, poi lei i preti nemmeno li salutava. Era cresciuta in un istituto di suore, la madre rimasta in cinta ancora ragazza, non si sa da chi, l'abbandonò e non si fece più viva. Quello che aveva visto e sentito dalle suore era stato abbastanza. Quando udiva parlare il prete il suo viso assumeva una espressione ironica, senza volerlo. Quelle parole sembravano scatole vuote, messe una sull'altra, pronte a cadere al primo colpo di vento e a sparpagliarsi tutte sul pavimento di quel tempio. Così baciava la sua figliola, che ha insistito e lottato per chiamarla Bianca, e non come la suocera Carmela, perché ogni donna ha bisogno di essere ciò che vuole, come un foglio bianco dove scrivere il proprio destino.

Quel lunedì iniziò prestissimo. In piena notte si svegliò di soprassalto udendo battere forte alla porta e si ricordò che stava sognando la vecchia, che l'aveva chiamata e le accarezzava il viso, le diceva: "Sei bella!", poi stava aggiungendo ancora altre parole e si era tolta la collana d'oro con il medaglione e gliela stava porgendo, ma il sogno fu interrotto da quel continuo bussare. Il marito scese per primo ed andò a vedere, lei fu di seguito. Era la vicina di casa di Pantalone, che era venuta a chiamarla, perché la vecchia aveva tirato le cuoia ed avevano bisogno di lei. Subito si vestì e inveendo su ogni cosa del cielo e della terra si avviò con quella che l'aveva aspettata. L'ultima merda da togliere, la più schifosa! Lavorò come una cane per i tre giorni, tutte ore extra senza pagate. Lui, il figlio, era attivo con i tanti visitatori, la pala di baccalà aveva un sorriso ebete per tutto il tempo, con quel trucco che sembrava la regina degli elefanti, le due figlie parlavano tra di loro come due scimmiette dispettose e i mariti se ne stavano fuori nel cortile a fumare. Quando tutto finì, lei mise in ordine come comandato, pulì ogni cosa, stava andando, ma Pantalone la trattenne e le disse: "Ora che la mamma è morta, il suo lavoro è finito, quindi completi questi ultimi giorni del mese e chiudiamo il nostro rapporto lavorativo!" Lei non gli rispose, chinò la testa ed andò via.

Sabato Pantalone fu puntuale nel suo studio con il foglio di carta sulla scrivania e le dodici banconote da cinquantamila lire. Lei ad operazione completata si girò e stava per andare, lui a questo punto disse: "Senti, come ti chiama quello lì, il fruttivendolo, Colombina?!" …

Le venne un colpo di stizza, che se fosse stato uomo l'avrebbe saziato di sberle, gli disse di botto: "A lei non interessa un bel niente della mia vita e si faccia i cavoli suoi!".

Lui riprese con molta calma: "No, era solo per dirti che ho apprezzato che hai seguito il mio consiglio e non sei più andata dentro quella bottega, in fondo hai una bella famiglia e quello è solo un fanfarone, che va appresso ad ogni femmina che gli capita sotto tiro." Udito ciò stava andando, ma quello riprese ancora: "Non era di questo che volevo parlarti! Volevo proporti di continuare a lavorare, considerato che tuo marito ancora non ha trovato lavoro e il cantiere scuola fra un mese finisce." Lei abbassò la testa e ritornò sui suoi passi, il cavaliere così aggiunse: "Ma non posso lasciarti la stessa paga, il lavoro, come vedi, dopo la dipartita della mamma, è di meno, se per te va bene, il tuo compenso sarà di cinquecentomila…". Lei chinò la testa acconsentendo la proposta, lui chinò per due volte la testa e concluse: "Bene! Allora ci vediamo lunedì!"; "A che ora?"; "Il solito orario!".

In poche parole, va bene che non vi era più la vecchia, ma il lavoro in quella casa era pesante lo stesso, anzi ogni tanto saltava pure la domenica, perché doveva cucinare per figlie e generi. Le veniva spontaneo cantare di tanto in tanto mentre lavava i pavimenti: "Avanti o popolo alla riscossa bandiera rossa, bandiera rossa trionferà! Evviva il comunismo e la libertà!".

La signora si smuoveva tutta, sembrava che l'unica cosa che le facesse effetto, turbamento nella sua scialba vita, fosse quella canzone, tanto che le andò dietro e la rimproverò: "Cosa è questa canzonaccia da rinnegati di Dio?! Non sta bene ad una signora! E poi in questa casa timorata e di fede!". Insomma non doveva cantarla quella "canzonaccia". Così Colombina la cantava a bassa voce e a denti stretti.

Dovevano modificare dove era alloggiata la vecchia in stanza per gli ospiti, quindi la Colombina era lì a smontare l'antico lettone a due piazze in legno intagliato, quando con sua grande sorpresa, tra l'asta e il materasso, trovò una collana, sembrava d'oro, con un medaglione a forma di cuore, lei si scosse tutta, perché ricordò la notte, che la poveretta era trapassata, la sognò mentre le faceva dono di questa collana. Mentre era immersa in queste riflessioni udì dei passi che si avvicinavano, così in un baleno mise la collana in mezzo al seno. Entrò la regina degli elefanti: "Che pensi? Che pensi? Sbrigati che domani vengono le maestranze e qui deve essere tutto pronto!".

Arrivata a casa prese quella collana, aprì il medaglione e dentro vi era una fotografia di una ragazza, la guardò, ne era attratta, accese l'abatjour e guardò ancor più attentamente, si sentiva scossa intimamente, perché? Era come se la conoscesse, era ... Si, la sua bambina le somigliava tantissimo, praticamente erano simili. Che cosa poteva significare? Andò dalla figlia e la scrutò, le prese il mento e la confrontò con quella piccola foto. La ragazzina le chiese cosa avesse, lei s'intascò quella collana, la baciò e le disse dolcemente: "Non preoccuparti Bianca, sai com'è la mamma, un po' pazzerella. Fatti i compiti, fra dieci minuti ceniamo. Come viene papà digli che torno subito!". Si rimise il paltò ed andò dritta nell'istituto delle suore, dove vi era suor Eusebia, praticamente le ha fatto da madre. L'anziana suora come la vide si commosse fino alle lacrime e l'abbracciò, dopo i convenevoli le chiese: "Perché ti chiamano Colombina?", lei fece spalluccia, "So che lavori in casa Pantalone, come ti trattano?". Lei le rispose guardandola dritta negli occhi: "Vuole che le dico la verità? Da serva! Sono pagata per fare la serva e la serva faccio, anzi strafaccio!". Suor Eusebia si rattristò, e Colombina trasse dalla tasca quella collana e le mostrò la foto dicendole: "In questa foto vi è un mistero: Bianca le somiglia come una goccia d'acqua! Ho pensato che l'unica a potermi aiutare è lei." L'anziana suora si turbò, ma strinse le labbra. Allora lei giunse alla sua frase: "Mamma...". Quando era una bambina ogni tanto di nascosto dalle altre suore e orfanelle la chiamava così. L'anziana incominciò a tremare, si alzò e andò a chiudere la porta a chiave, poi le prese le mani e con tono secco le disse: "Eustochia è il momento che tu sappia la verità."

Suor Eusebia iniziò a sfilare tutta la storia: "Questa ragazza – indicando con l'indice della mano destra la foto del medaglione - era una brillante studentessa magistrale e appena preso il diploma le venne la chiamata di nostro Signore, voleva a tutti i costi farsi suora di clausura. Una bella ragazza, intelligente e ricca, rinunziava a tutto per il Signore. I genitori la convinsero che poteva aiutare il prossimo, qui in paese. Lei entrò a Borgetto e prese il nome di suor Corona, per avere sempre in testa il ricordo sofferto da nostro Signore per i nostri peccati. Il padre le fece dono di questa casa, dove è sorto l'istituto per le orfanelle. Era una combattiva, tenace e piena di fede, quanto amore ha saputo elargire in quei momenti brutti e con tanta gente dalle cattive intenzioni! Finita la guerra entrò nel cuore di ognuno la gioia di ricostruire e come sono infinite le vie del Signore, così altrettante infinite sono quelle del diavolo. Arrivò un giovane sacerdote, arciprete della Matrice, con un sorriso meraviglioso, coinvolgente, sembrava un attore dei fotoromanzi. Questi due giovani si trovarono soli in quei pomeriggi di luglio, la tentazione è stata tantissima e suor Corona ha ceduto. Il diavolo con una fava prese due piccioni. In paese si sparse qualche diceria e la Curia di Agrigento trasferì l'arciprete, poi lui scelse la missione, ora non so dove sia. Lei invece si chiuse in una clausura volontaria, non volendo incontrare più nessuno, tranne me, ponendosi in rigidi digiuni e infliggendosi punizioni carnali. Appena dopo scoprì che il Signore le aveva chiesto un sacrificio ancora più grande: la gravidanza! Sei nata tu, in gran segreto. Io sola la ho assistita, nessuno ha saputo niente, lei chiusa nella sua cella ha rischiato pure di perdere la vita. Quando sei nata ti guardò, ma non ti volle avere in braccio, aveva paura che al solo contatto non ti avrebbe lasciata mai più. Ti vide bellissima, come la santa all'in piedi di Messina e ti volle chiamare con il suo nome. Così ti lavai e di nascosto ti sono andata a mettere nella ruota, ho suonato il campanello e sono rientrata allontanandomi. Ti vennero a prendere e vedendoti ti fecero gran festa. Tua madre si trasferì a Siracusa e non ho avuto più sue notizie. Suo fratello un giorno mi disse che gli hanno fatto sapere che era salita in Cielo. Tu somigli tanto a tuo nonno, ti ricordi il ritratto nel salone? Hai la stessa bocca e gli stessi occhi!".

Colombina lentamente si riprese dall'emozione e con grandi sospiri disse: "E' per questo che non vi sono fotografie della fondatrice dell'istituto?! Ma allora il cavaliere Pantalone è mio zio? E la vecchia era mia nonna?". Suora Eusebia abbassò più volte la testa acconsentendo. Lei strinse quel medaglione nel pugno, tanto da farsi male, poi continuò: "Posso andare a vedere almeno la sua tomba?"; "Penso di no, troveresti solo una croce bianca senza alcun nome, è stata sepolta nella nuda terra. Così è la regola.".

Ritornata a casa quella verità appena scoperta le ribolliva nella testa, non riusciva a fare niente, si tolse il cappotto e lasciatesi cadere sul divano, rimase lì. Il marito era tornato dal club con qualche birra di più e le chiese, con tono alterato, dove era stata e cosa aveva. Lei rispose dopo qualche minuto: "All'istituto."; "All'istituto?"; "All'istituto!" e lo guardò focalizzandolo, poi aggiunse: "Perché? Tu dove sei stato? All'ufficio?!". Lei il club lo chiamava in questo modo per sfottere il marito. Allora incominciò a fare l'isterico: "Io per te non sono più nessuno, non è colpa mia se non trovo lavoro. Domani parto!". Lei si alzò e con tono di rimprovero, guardandolo negli occhi, gli disse che non andava da nessuna parte e che doveva finirla di fare lo stupido, non era il momento. Bianca si mise tra i due, da tempo che non li sentiva litigare.

Colombina vedendola preoccupata se l'abbracciò e lui se ne andò in cucina, muto. La lite finì la stessa sera a letto.

Colombina in casa Pantalone non fece trapelare che lei era a conoscenza di tutto. I soliti lavori, i soliti abboccamenti con tutti loro. Mentre stava togliendo il lungo tappeto del corridoio sentiva parlare il padrone, così origliò: "Domani alle cinque, come al solito, si, a Siracusa, prima delle tredici siamo di ritorno. Ci parlo io con lui."

Sentì che riattaccò e si rimise a spostare le sedie. Quello aprì la porta e la vide intenta nel suo lavoro, non la salutò nemmeno ed andò via. Lei prese l'agendina e scrisse "Siracusa". Ha riflettuto sulle circostanze, stava parlando con lo zanno per farsi fare d'autista, quello gli era riconoscente per il posto di lavoro avuto. Quando la sera arrivò a casa lesse tutte le volte che aveva scritto quella città, scoprì che almeno ogni due mesi andava a Siracusa, questo poteva significare, conoscendolo ormai bene, che aveva degli interessi in quella città, così ha dedotto che molto probabilmente la mamma era ancora viva. Chiarì ogni cosa al marito e confessò l'esigenza, il desiderio di incontrare la madre, almeno andarci alla ricerca. Prese informazioni con suor Eusebia e la domenica al canto del gallo la famiglia era sull'uscio della porta, un tassì l'accompagnò alla stazione centrale di Agrigento e da lì prese il treno per Catania, e poi per Siracusa. Furono davanti quell'istituto, era più una casa di riposo per anziani. Una suora le disse che lì non c'era nessuna suor Corona da Favara. Lei non si rassegnò e mentendo le disse che era stato il signor Pantalone ad informarla che stava lì, perché lei era una sua nipote. Quella suora si guardò intorno quasi esasperata ed allora con tono risoluto disse: "Lei da sola, loro due devono allontanarsi da qui!".

Quando vide, in quella piccola stanza illuminata dalla triste luce di un mattino di dicembre, il volto tra le fasce bianche di quella anziana persona e gli occhi timorosi che la cercavano, sentì come se il suo cuore si fosse accartocciato su sé stesso. Avvicinandosi capì che le cateratte non le permettevano di vedere molto bene. Con un filo di voce, quasi da fanciulla, le chiese: "Chi sei?".

Aveva sognato tante volte di potere parlare con sua madre, non le sembrava vero di potere realizzare il suo grande desiderio, ci mise forza, le prese delicatamente la mano e le disse: "Mamma!". Sembrò che il tempo si fosse messo in pausa. Poi nello sgorgare delle lacrime riprese: "Sei tu Eustochia?"; "Si!". Si abbracciarono tanto da sentire l'un l'altro i loro cuori battere. Quando un bel po' di tensione si scaricò, suor Corona le disse: "Ho chiesto sempre di te! Mio fratello mi ha informato di tutto. L'ho pregato di provvedere un po' a te, intento nella sostanza, nei fatti. Lui è stato bravo, so che ogni mese ti passa un mensile?!". Colombina si fece di mille colori, si sconvolse lo stomaco ed un fuoco d'ira sembrò salirle fino alla testa. Non capì più niente, si chiedeva solo: parlo o non parlo? L'anziana suora capì il turbamento della figlia ed ha voluto precisare che il fratello aveva avuto interesse ad aiutarla, perché in cambio le firmò la cessione della sua parte di eredità della famiglia, che diversamente avrebbe lasciato all'istituto a Favara, solo dopo aver portato le prove di quell'aiuto economico: "Io ormai non ci vedo quasi più, però mi sono fatta lasciare le ricevute da te firmate e le ho fatte leggere ad una ragazzina che viene a trovarmi ogni domenica." Capì che il fratello non le aveva detto della morte della madre. Poi l'anziana si commosse e pianse: "Il Signore ha avuto pietà di me e prima di morire mi ha fatto incontrare con mia figlia!"; "Vieni a stare con me! Hai pure una nipote che ti somiglia tanto!". Le raccontò come scoprì che lei era sua madre tramite una sua foto e come suor Eusebia era stata tanta affettuosa. L'anziana madre si rannuvolò alle parole della figlia e le disse addolorata: "Non è possibile! Il dottore mi ha detto che ormai è questione di qualche mese e mi presenterò al cospetto di nostro Signore!".

Quella giornata fu piena di emozioni, anche Bianca abbracciò la nonna e pure il marito. Colombina, prima di andare, le chiese se ancora avesse con sé quelle ricevute. Le rispose che erano dentro il cassetto. Così le prese e le ha chiesto se poteva prendersele. Quel giorno pieno di emozioni si concluse con una promessa di rincontrarsi alla prossima domenica. Colombina voleva rimanere ad accudirla, ma lei non ha voluto risolutamente, perché non poteva tralasciare la sua famiglia. La stessa notte suor Corona si addormentò per sempre con un soave sorriso sulle labbra. Colombina aveva deciso di non dire niente sulla cattiveria dello zio, non voleva addolorarla viste le pessime condizioni di salute e di ciò in seguito ne fu tanta orgogliosa.

Il lunedì mattino si mise a lavorare di gran lena, normale, non lasciava trapelare niente di niente, ma ormai percepiva quel signore dall'aria seriosa come un buffone insopportabile, ancor più la regina degli elefanti, che si sorseggiava il caffè, servito da lei, con il mignolo alzato. Ad un certo punto le fa: "Senti, hai visto in qualche parte la collana che teneva sempre al collo mia suocera?" Il marito mentre stava uscendo si fermò sull'uscio, si girò e ritornò: "Pensavo che l'avevi tu in qualche parte."; "Non l'ho trovata più, al collo non ce l'aveva e poi in quei momenti ho dimenticato la faccenda."

Colombina guardava un po' l''una, un po' l'altro, ad un certo punto sbottò: "Ce l'ho io la collana! con tutto il ciondolo!"

I due si fissarono e lui le chiese come mai l'avesse lei? Colombina rispose con franchezza, una naturalezza spregiudicata, che gli fece capire tutto. Mentre quella, che non sapeva degli intrighi del marito, ha insistito: "Perché ce l'hai tu? L'hai rubata?!"

Così andò a prendere la borsa, quelli pensarono che la stava restituendo e il cavaliere con tono conciliatore le disse che se la restituiva non la denunziava per furto. La signora invece continuò: "Io non voglio una ladra in casa mia!".

Colombina, sempre impassibile: "Me l'ha data lei! In sogno. - Poi prese le ricevute, si avvicinò e gliele buttò in faccia. - Signor Pantalone, la commedia è finita!" Si tolse il grembiule e li lasciò con la bocca e gli occhi spalancati, quando poi udirono il forte battere della porta all'unisono sussultarono.

Vento di primavera

Il vento scuoteva con forza il povero calipso in tutta la sua grandezza all'angolo della piazza, mentre la palma, accanto al monumento del Generale, per come si agitava, sembrava che preannunciasse sciagure apocalittiche. Amedeo il vento lo aveva dentro, nell'intimo dei suoi pensieri, che gli devastava ogni sorriso ed ogni voglia di vita. Aveva bisogno di amore, di condivisione, di gioco e di pianto, aveva bisogno che tutto fosse stato reale, aveva bisogno di provare una forte emozione che gli stringesse il cuore fino a farlo piangere. Aveva bisogno un vento che strappasse i tetti alle case, che portasse in aria tegole e persino il mobilio. Ogni primavera era così. Era il 18 marzo del 1986 e si avvicinava la Pasqua, la stessa emozione, lo stesso turbamento, la mancanza di un sentimento vero lo portava nell'amarezza distruttiva esistenziale e quindi diveniva tutt'uno con questo forte vento di primavera. Poi si rassegnava, spuntava il sole con prepotenza e la piazza era ormai palcoscenico di attori mestieranti con i loro "buongiorno".

Cosa ne aveva fatto della sua speranza, dei suoi progetti di tre anni fa? Voleva partire, così senza destinazione. E giorno dopo giorno il tempo gli era passato addosso, calpestandolo nella sua scialba dignità. Era rimasto in quella stanza, con quella bella finestra sulla piazza, come in un fermo immagine, in attesa che quel vento, almeno, se lo portassi via, lassù, nel cielo. Da quando gli erano accadute tutte quelle disavventure non volle più uscire da quella stanza, andava solo al bagno e poi tornava. La madre, poverina, lo accudiva, puliva quel suo rifugio, mentre lui restava nel salotto, fermo e guardingo, con la paura che qualcuno entrasse di risalto. Ogni due settimane aveva appuntamento con lo psichiatra in città, quindi suo cugino Gabriele arrivava con la sua Giulietta, lo caricava a bordo e lo portava dal dottore. Gabriele era il suo contrario e, per sua fortuna, un affetto familiare e profondo lo legava a lui. Con quell'auto correva, sorpassava e strombettava come un dannato scappato dall'Inferno. Ad Amedeo non importava un bel niente, anzi un bel incidente gli avrebbe fatto pure comodo.

Tre anni prima si laureò brillantemente in Medicina e Chirurgia seguendo le orme del padre, era fidanzato con Clarabella, figlia del notaio F. di Grotte, la sua vita si prospettava nel migliore dei modi. Giorni prima della proclamazione Amedeo, era preso d'allegria euforica, si trovava in compagnia di altri colleghi di studio. Mentre attraversavano Corso Tukory, sul marciapiede, proprio davanti alla chiesa di Sant'Antonio, vi era una vecchia mendicante, coperta con uno scialle nero e con la mano stesa chiedeva l'elemosina. Lui le si avvicinò lentamente e diede uno schiaffo a quella mano e poi gliela strinse vigorosamente, come un saluto, scuotendo tutta quella poverina. Che lo guardò e gli rivolse delle parole incomprensibili e minacciose. Amedeo si pentì immediatamente di quel gesto inconsiderato, così tornò sui suoi passi e le chiese scusa, prese una banconota di diecimila lire e la porse sulla ciotola per terra: "Perdonami, sono solo un cretino!". Lei lo guardò e gli disse: "Ora non posso farci più niente, devi riuscire ad uscirne fuori da solo!". Tornato in paese, dopo i festeggiamenti di laurea e di fidanzamento, fu preso da una malinconia sottile, che si tramutava in un velenoso ozio. Si lavava di continuo il viso e le mani, come volersi togliere qualcosa che si sentiva appiccicato addosso. La sua mente razionale non gli permetteva di associare quel suo stato alle parole della vecchia mendicante, per lui non vi era alcuna attinenza. Una mattina di marzo uscì per bighellonare in paese, andarsi a sedere al bar, farsi una chiacchierata, andare a trovare suo cugino, insomma una mattinata piacevolmente vacante. Il vento di scirocco portava in aria le carte per strada. Incontrò uno, ben vestito, che cortese lo salutò per nome: "Buongiorno Amedeo!", lui sapeva che quello era il signore Annibale, il direttore della posta, ma il suo viso, quella faccia non era la sua, era come se si stesse guardando allo specchio. Provò una sensazione disturbante! Si turbò nel suo profondo, ma non volle credere a ciò che un istante prima aveva vissuto e continuò per la sua strada. Il netturbino imprecava con la ramazza per quel vento che gli scombussolava il lavoro, ad un certo punto si fermò e con lo sfottò gli disse: "Buongiorno dottore!". Quando Amedeo lo guardò scoprì che anche quello aveva la sua di faccia e così poco dopo il vigile urbano, il ragazzo del pane, il barista, la signora Teresa con la figlia Anna Maria. Entrò nel panico e si mise ad urlare in mezzo alla piazza, poi fuggì e si rintanò a casa. Sua madre preoccupata andò nella camera del figlio ed anche lei, quando lui la guardò, aveva la sua faccia, come una maschera appiccicata sul viso, si terrorizzò ancor più e le urlò con tutta la voce che aveva. Lei spaventata corse a chiamare il marito giù, in ambulatorio che visitava. Il quale non capì cosa gli stesse dicendo la moglie sul figlio, avvertì solamente che doveva andare a vedere che stava succedendo. Quando Amedeo vide il padre, riconosceva che quella figura, quel corpo era il suo genitore, ma anche lui aveva precisamente la sua di faccia, così disperato gli disse: "Aiutami!". Il padre volle sapere come si sentiva e lui rispose: "Sono spaventato! Tutte le persone che ho incontrato stamane, compreso te e la mamma, avete la mia faccia! È terribile!". Il padre cercò di tranquillizzarlo, poi andò giù a prendere una iniezione di un benzodiazepine, che gli era stata data da un rappresentante di medicinali, e gliela iniettò. Amedeo si calmò. La madre si tormentava le mani in una lotta senza vincitori e vinti. Il padre subito andò nello studio, prese l'agenda e cercò il numero di telefono del suo compagno di liceo, dottor Currieri di Sciacca, lavorava ad Agrigento, ormai psichiatra affermato: "Signorina, il dottore Currieri c'è? Me lo può passare? Sono il dottore Sciabarrà, gli dica che sono Carmelo! Scusa se ti sto disturbando, ho un problema con mio figlio! Quando? Arrivi in piazza e ti fermi! Bene! Grazie!". La madre in ansia stava a sentire e protesa ad ascoltare gli chiese cosa aveva detto. "Luciano, ti ricordi no?! Mi ha detto che tempo un paio d'ore e viene qui!". Cosa si può fare con la mente di un uomo? Il dottore Currieri chiese una lista di analisi e gli ordinò delle pillole da prendere, quelle erano come una camicia di forza per il cervello. Amedeo era andato in bagno, lentamente ed appoggiandosi qua e là, aprì il rubinetto e con l'acqua fredda si lavò più volte il viso, quando poi alzò la testa, fu la prima volta che si guardò allo specchio, vide di riflesso che il suo volto non c'era, ma dentro la sua sagoma vi era un fuoco fatuo che non scaldava. Non vi erano occhi, naso, bocca, orecchi, niente, solo il profilo come un limite tra il reale e quella dimensione che era la sua pazzia.

Il cugino Gabriele dopo il diploma non ha voluto più proseguire gli studi e l'apparentato unì gli sforzi elettorali per fargli ottenere un impiego pubblico, così entrò alla Provincia, a fare cosa? questo ancora non si sa di preciso, insomma aiutava l'assessore provinciale alla cultura ed allo spettacolo ad erodere i soldi pubblici, quindi aveva a che fare con compagnie di teatro inventate sul momento, gente che s'improvvisava artista, associazioni locali di sagre paesane e tante di quelle cose che lo divertivano così tanto da spostarsi da un comune all'altro con la sua Giulietta, strombazzante. Gabriele aveva una ammirazione grandissima per quel suo cugino quasi coetaneo, così brillante e di successo, quando venne a sapere della sua disgrazia, lui pensò immediatamente che il cervello è come un orologio e se parte qualche rotella è difficile da rimettere apposto, così si consolava che lui aveva fatto bene a non volere studiare. Il suo diploma professionale di elettricista gli bastava, anche se non sapeva come si usasse un cacciavite cercafase. Invece Amedeo, esame dopo esame, era stato un continuo successo, con la soddisfazione dell'intera famiglia, anche per come era affabile e rispettoso con tutti. In paese gli volevano bene veramente e chi aveva una figlia femmina sperava ad un suo interessamento.

La madre chiamò Clarabella per riferire cosa era successo. Lei, che si trovava ancora a Palermo per completare i suoi studi, prese il primo treno e corse immediatamente da lui. Lo trovò che non riusciva ad articolare bene la bocca, si mise le mani sulla faccia ed emise un urlo muto, interiore, se lo strinse a sé piangendo e soffrendo. Lui, dopo che Clarabella si calmò un po', le disse solo: "Sono diventato pazzo!". Lei lo assicurò che tutto era momentaneo. Quel momentaneo durò mesi e anni ormai. Clarabella lentamente si allontanò da lui, spesso non si faceva trovare a telefono e le rare volte aveva qualcosa d'importante da fare. Quando la invitò per il pranzo di Pasqua gli rispose che era tutto finito. Amedeo pensò che fu meglio così, perché davanti a lei provava un forte disagio, ma ancora non sapeva tutto. Clarabella dopo qualche mese la manifestazione della psicosi del suo fidanzato s'incontrò con Gabriele, che era andato a Palermo per lavoro, una parola tira l'altra pranzarono insieme e strinsero l'amicizia su di un letto, con grande godimento. Iniziò una relazione con dei sensi di colpa, che la caricava ancor più di forza erotica. Gabriele quando parlava con suo cugino si sentiva un verme, ma quando parlava con lei ogni cosa gli si smuoveva e gli si accresceva una voglia irrefrenabile. Clarabella non riusciva a parlare al suo fidanzato, non trovava il coraggio, era troppo negli schemi sociali, quindi la fuga era la migliore cosa che le veniva in mente. Amedeo si confidò con il cugino che quella rottura di fidanzamento l'aveva meditata tanto ed era stato un bene, che era stata lei a prendere l'iniziativa, ora si sentiva più libero e pronto a lottare con più tenacia. Gabriele si sentì meglio, ma non servì a sollevarlo moralmente.

In paese la notizia subito si diffuse in ogni casa ed in ogni angolo. Quando la madre, la domenica successiva dell'urlo in piazza, andò in chiesa e come sempre si andò a confessare con il prete, venuto fresco dalla sede vescovile di Agrigento, dichiarò le sue preoccupazioni. Il prete, don Luigi Camastra, si mise a disposizione per portare i sacramenti a casa, al figliolo. La donna ha dovuto dichiarare che, né il padre, né il figlio erano dei credenti, la loro religione era la scienza. Quel prete non mancò la stessa domenica di appoggiare la sua omelia su gli eventi accaduti. Una frase in particolare non gli diede onore e mortificò la poverina come donna, madre e moglie. Ad un certo punto, dopo avere accennato che "il Signore da' e il Signore prende", concluse: "Non basta l'amore per il prossimo, la carità! senza la fede è tutto perso, non c'è salvezza senza la Chiesa! E spesso si è facile preda del male! Il Male è in agguato per chi non ha messo la sicurezza della Santa Croce nella propria vita! Satana è come un leone mancia uomini pronto a sbranare il peccatore, ci vuole la fede!". Urlò dal suo pulpito vittorioso e la gente capì quell'indice sferzato nell'aria come uno spadaccino verso la povera signora. In un paese di più o meno novemila anime si ci conosce tutti, in particolare la famiglia del medico Sciabarrà, così molti dei presenti girarono la testa verso di lei, la quale si mortificò tanto e non andò più a messa, neanche lei, preferì sgranare il rosario da sola a casa.

Si avvicinava la Pasqua ed il paese sembrava mostrare lo stato di tensione verso quell'evento. Ogni anno nella settimana santa vi erano due processioni: quella con i figuranti e quella con le statue. La prima avveniva il mercoledì, la seconda il venerdì. Il punto saliente era la piazza del Generale. Il quale se ne stava sul suo piedistallo con le mani ai fianchi e guardava dritto alla Torre dell'orologio, come se volesse sfidare il tempo, o stesse aspettando qualcuno indispettito ché non arrivava ed era terribilmente in ritardo. Amedeo sembrava essersi calmato, un po' stordito dai farmaci, per il sonno e per la debolezza fisica, visto che non mangiava e se ci provava andava immediatamente a vomitare tutto. Sentiva come un brusio di persone, come quando nelle giornate di festa la piazza si gremisce di gente, allora guardò da dietro i vetri e la vide piena di pecore, capre, mucche, asini, muli, cani e porci. Aprì la finestra e udì con più chiarezza qualche frase. Quelli inveivano contro il Generale. Un porco gli diceva a gran voce di scendere dal piedistallo, perché era ancora più porco di lui! Ma il Generale con lo sguardo fiero continuava a fissare l'orologio. Mentre le pecore parlottavano tra loro, qualche montone mugugnava tra i denti la parola traditore! I cani e gli asini gridavano: "A morte! A Morte!". Ad un certo punto dal palco, dove ogni anno Pilato se ne lavava le mani, scaricando la colpa del potere al popolo, spuntò l'Eccehomo, con il suo caschetto di spine e la nudità che si intravedeva dal suo mantello di porpora rosso, fissò uno per uno le bestie, ora ammutolite. Si incominciarono ad udire le litanie e i tipici canti lamentosi del Venerdì Santo che accompagnavano le statue dei Misteri in processione. E come una lava, le persone si fecero largo tra la folla di bestie, prima il Cristo che porta la croce, dietro la Madonna Addolorata con il cuore trafitto da un pugnale e così via. Allora il Generale saltò agilmente dal suo piedistallo ed andò a baciare la mano all'arciprete, parato come un gran sacerdote. Il quale gli disse: "Oh Giuda con un bacio mi tradisci!" e gli diede uno spintone, quello, dopo qualche passo all'indietro, perse l'equilibrio e cadde di spalle, frantumandosi in mille cocci. Amedeo incominciò ad urlare dal balcone: "Non è andata così la storia!". Tutte le bestie, le persone e le statue sorprese si voltarono verso di lui. La madre e il padre udendo le sue urla corsero al balcone, con forza lo portarono dentro e solo dopo un'altra iniezione si calmò. I giorni seguenti incominciò ad udire le voci e lui, prima sgomento, poi con molta calma, prese un quaderno ed una penna ed incominciò a scrivere per ore intere. Quando il padre guardò cosa stava scrivendo tutto il giorno vide solo segni, scarabocchi alieni, una pagina dopo l'altra, l'intero quaderno, senza alcun significato. Amedeo disse al padre che quegli appunti un giorno potevano servire alla scienza.

Il dottore Currieri, dopo un anno si era quasi arreso, riferì al suo amico che quello era un caso con delle attinenze di altri disturbi mentali, era una forma di schizofrenia, ma poi lui dava un seguito logico. Amedeo a volte capiva pienamente il suo stato di alterazione e se ne doleva pure. Era un caso molto interessante dal punto di vista della ricerca scientifica. Al medico, che era soprattutto padre, rimaneva solo l'amarezza di non potere aiutare quel figlio più di tanto. Una cosa certa ormai era che i deliri di Amedeo iniziavano a marzo e duravano per tutto maggio, poi lui si acquetava, restava per lo più in uno stato di malinconia e di abbandono totale all'inedia.

Era la mattina del 20 marzo del 1986 quando Amedeo incominciò a ripetere una parola, per la madre insignificante, sgranava gli occhi e con tono solenne, ad alta voce, diceva: "Intermundia!", passarono ore e ore e lui non desisteva. Cercava uno specchio, ma ormai li avevano tolti dal bagno, anche dal soggiorno. Verso sera si vide di riflesso nel vetro della finestra e dopo avere intravisto il suo volto per qualche secondo, si accese quel fuoco fatuo, con il dito percorse il suo profilo in quel vetro e quando si tolse quel fuoco rimase lì nel disegno del suo riflesso, così pronunziò di nuovo quella parola tanto misteriosa: "Intermundia!". Alla madre sembrò calmo e lo lasciò un momento, mentre fissava la finestra, appena dopo uscita dalla stanza, chiuse la porta e sentì il rumore del vetro infranto, rientrò immediatamente e lo trovò con il volto tutto insanguinato. Aveva battuto con violenza la testa contro quel vetro. Il padre capì che il figlio aveva bisogno di essere controllato con più attenzione, ora era diventato pericoloso per sé stesso, ma la madre non ne volle sapere di portarlo via da lei, si mise a piangere mestamente.

Amedeo era stato uno studente brillante e pur se aveva intrapreso gli studi scientifici, era un appassionato amatore di studi classici. A Palermo ha condiviso per molto tempo la stanza con Pepè di Menfi, studente in Lettere Classiche, che con grande passione intraprese un percorso di studi personali. Pepè quando parlava di Lucrezio gli si accendeva il viso ed una delle sue grandi deduzioni è stata quando arrivò a concludere che il Regno dei Cieli, l'Olimpo, qualsiasi Aldilà di qualsiasi cultura, nonché il Karma, erano l'Intermundia! Vi sono infiniti universi e tra universo e universo uno strato energetico li separa e li lega, lì è dove dimorano gli immortali! nell'assenza di passioni e senza alcuna penosità, né dolori. Amedeo ricordava con precisione l'espressione di Pepè, con gli occhi da pazzo, mentre gli diceva, ad un centimetro dal suo naso: "Atarassia! Aponia!". Poi gli portò come approccio concettuale che l'anima dell'uomo è un insieme di cocci qua e là nella materia del Mondo, che si accostarono tra di loro per fortuito caso e un giorno ritorneranno ad essere staccati l'uno dall'altro. Quindi l'anima nasce e ritorna impersonale. Questi cocci sono una immagine di tutti gli universi che vengono legati tra di loro dall'Intermundia. Come la tecnica giapponese del kintsugi, quando un vaso si rompe viene riparato unendo tutti i cocci con l'oro, impreziosendo così quel vaso ancor più di prima della rovina. La persona esiste nel suo Ka fin quando i cocci stanno uniti. Amedeo ha riflettuto a lungo sul suo malessere, sulle sue condizioni, capì che alcuni cocci si erano staccati e che più continuava a lasciarsi andare più perdeva pezzi. Allora ricordò il gesto maleducato, inconsueto per lui, che era stato sempre rispettoso con tutti, della manata alla vecchia mendicante a Palermo e la maledizione della megera, capì che un pezzo della sua anima già gli si era staccato e quella l'aveva solo avvertito. A volte bisogna ascoltare il proprio sentimento magico, mai abbandonarsi alla superstizione, ma percepire ed aprirsi a ciò che non si conosce, non si vede, non si tocca, senza pregiudizi. Fece chiamare a Gabriele dalla madre per accompagnarlo dal dottor Currieri, il quale si trovava già a Sciacca per le vacanze di Pasqua. Il dottore fu contento di quella visita e dello stato di Amedeo. Ora trovava un filo logico, un collant a tutto ciò che gli stava capitando, quindi facilmente si poteva inserire un codice comportamentale e di dialogo omologato ad una vita sociale. Pensò che la prima cosa da fare era di mettere ordine nella sua esistenza prima dell'episodio della vecchia mendicante, così chiese ad Amedeo di sforzarsi a ricordare anche eventi senza alcun significato importante.

"Ricordo che avevo programmato un viaggio con Clarabella, dopo la laurea di entrambi, volevamo andare per quindici giorni in Messico. Avevo la stanza piena di dépliant, avevamo pianificato tutto nei minimi particolari. Ero troppo felice, pensavo di vivere una vita piena, anche lo studio mi affascinava, era un continuo scoprire ciò che mi interessava conoscere. Poi il divertimento e le risate con Pepè! Quel diavolaccio! Provavo gran piacere ad ascoltarlo. La storia sentimentale con Clarabella a me sembrava a dir poco meravigliosa, anche dal punto di vista sessuale. Incominciarono arrivare proposte di lavoro per il post laurea, ed io postergai qualsiasi decisione di lavoro al ritorno del viaggio. Una mattina il professore Marchica mi invitò ad assistere e collaborare alla vivisezione di un cadavere. Mentre apriva il torace, mi raccontava che quella giovane donna si era buttata giù da un balcone del quarto piano e la madre, vedova, l'ha voluto donare all'università, gli disse: *Almeno la sua vita potrà servire ad aiutare qualcun altro.* Mentre il professore apriva la cassa toracica guardavo il viso intatto di quella ragazza, la quale aveva battuto gli arti inferiori spezzandoseli in più parti. Lì per lì, preso com'ero, in quello studio non ci riflettei più di tanto, ma quando rientrai a casa incominciai a pesare quel viso di quella povera ragazza, che a quanto pare faceva uso di stupefacenti, mi venne in mente più di una volta, appariva come se emergesse da una cortina di fumo bianco ed apriva gli occhi fissandomi. Poi successe la manata alla vecchia strega. Mi confidai con Pepè il quale mi disse che era convinto pienamente della persistenza dell'identità di una persona dopo la morte fin quando il cadavere era integro e poi si disfaceva assieme al cadavere. L'ho interrotto ad un certo punto mettendomi a ridere in maniera esagerata, come non avevo fatto mai."

Il dottore Currieri disse solo che c'era un filo da seguire e che era contento, finalmente qualcosa stava emergendo, bisognava avere pazienza.

Amedeo, tornato a casa, disse ai suoi genitori di non voler prendere più medicine, passò tutto il periodo di Pasqua guardando dalla sua finestra la gente che si muoveva seguendo le tradizioni di quella comunità come un cerimoniale. Non parlava, non diceva niente, oltre alle cose ordinarie quotidiane. I suoi genitori erano contenti da quell'evidente miglioramento. Il Lunedì di Pasqua disse che doveva andare via per un po' di giorni, una specie di escursione tra le colline intorno. Così la madre gli organizzò uno zaino ricco di cibo e all'indomani, di mattino presto, prima il sorgere del sole, i genitori lo videro uscire dalla porta e allontanarsi, per scomparire poi all'angolo della strada, stretti l'uno all'altro, in una pena contenuta con dignità. Il medico Sciabarrà dopo qualche giorno ha avuto notizie che lo avevano visto in una necropoli di tombe ad arcosolio poco distante dal paese. Dopo qualche settimana un contadino l'aveva visto in una altura al di là del fiume al confine del suo possedimento. Quello lo guardava con il binocolo e ogni sera riportava al padre il suo stato. Un giorno Masi Gargia, commerciante di mandorle e carrube, nonché noto usuraio, gli si presentò allo studio medico a protestare che il figlio della sua terra ne aveva fatto la sua dimora. Quello non era mai andato in quel terreno, avuto dall'Eras, ma trovò l'occasione di ricavarci qualche soldo. Il medico si trovò ben disposto a comprare quel pezzo di montagna e il Gargia glielo ha venduto per dieci volte il prezzo di mercato. Ora Amedeo era il padrone di quella montagna. Un giorno Gabriele si avventurò verso quelle rocce per andarlo a trovare, non gli venne facile raggiungere la grotta dove s'era rifugiato, perché si doveva attraversare una parte molto pericolosa, dove facilmente si poteva scivolare da una ripida parete rocciosa per trenta metri circa e finire giù nel fiumiciattolo. Riuscì a passare e vide che Amedeo, come un monaco basiliano, se ne stava dentro quella grande grotta, aveva preparato una specie di minestrone. Si abbracciarono con grande affetto. Amedeo sembrava il ragazzo di prima, completamente guarito, gli era tornato quel simpatico sorriso aperto, solo che aveva barba, capelli lunghi e folti, ma nonostante ciò era abbastanza pulito ed ordinato. Mangiarono insieme quell'intruglio saporito di erbe e pezzi di radici raccolti in quel posto. Lui era fornito di olio, sale, pepe, formaggio, insomma alcuni pastori e cacciatori gli portavano dei regali. Gabriele sapeva che per la maggior parte glieli mandava il padre e che li aveva pagati a prezzo pieno. Ad un certo punto Amedeo vide il cugino che lo guardava ricurvo su sé stesso per il peso delle cose che aveva da dirgli. Gabriele doveva cercare di convincerlo a tornare a casa, ma lo aveva visto così bene e non sapeva da dove cominciare, poi lo doveva mettere a conoscenza pure che il prossimo mese si sposava con Clarabella. Amedeo lo guardò più volte negli occhi, ad un certo punto gli disse: "Cugino mio so' quanto tu mi vuoi bene, quindi qualsiasi cosa mi devi proferire non preoccuparti, perché, da parte mia, non cambierà mai questo sentimento per te!". Gabriele lo abbracciò ancora una volta e poi gli disse che i suoi genitori sembravano invecchiati di dieci anni da quando se n'era andato, gli chiese il perché, cosa gli fosse successo veramente.

"Quando raggiunsi il completamento degli studi ed avevo pianificato la mia vita con il fidanzamento, così anche per il lavoro, o nello studio di papà, oppure in qualche ospedale, scoprii che quella non era affatto la mia vita, che quel lavoro, quel modo di vivere non erano miei, ma quello che avevano voluto mio padre e mia madre! Ed io? Dovevo vivere così, in balia del vento di primavera come una banderuola? Quando con il professore Marchica ho adoperato il segaossa sul cadavere di quella ragazza, mi accorsi che ero diventato così insensibile da non considerare che quella morta era una persona, vedevo organismi, ossa, muscoli, strato cutaneo, ma non quella giovane donna che si uccise per disperazione. Qualcosa è andato storto! perché quel viso si è insinuato dentro di me ed ha rimosso ciò che io ero per volere dei miei genitori. Quella sera in piazza vidi l'Eccehomo flagellato per volontà del Padre e che fra breve doveva morire inchiodato in una croce, sempre per volontà del Padre! capii che io di quel successo, di quella gloria non me ne facevo niente e quella era una croce dove io non volevo vivere inchiodato fino alla morte. Così la mia personalità fu messa a dura prova e si è rotta in mille pezzi, ora li sto mettendo assieme, uno dopo l'altro." Gabriele lo interruppe pronunziando: "Clarabella…"; "No! Aspetta, non ho finito. Quando m'incontrai con Clarabella ci siamo piaciuti tutt'e due, siamo andati d'accordo immediatamente, sembrava la mia donna ideale, aveva tutto che mi piaceva. Poi, messo in discussione me stesso, capii che quella non era come piaceva a me, ma come idealmente poteva piacere ai miei genitori e che in fondo stavo istaurando un rapporto artificioso. Insomma era un grave errore che armonizzava con l'Amedeo figlio ideale. Ecco che il me stesso represso incominciò a ribellarsi a fare delle cose insensate, fuori dal comune. Ora mi sento meglio, ancora non so cosa sono, ma fin quando me ne sto qui, ai margini della società, sto bene. Non so se resterò, o andrò via, non so cosa voglio, o cosa farò, per il momento sono qui!". Quando il cugino finì di parlare, incominciò con un tono serio e sereno: "Sai quanto ti amano i tuoi?! Loro vivono per te. Vorrebbero starti vicino, ma mi hanno riferito che se tu stai bene dove sei per loro conta di più il tuo di benessere. Devo confessarti che da tempo ho una relazione con la tua ex fidanzata. Io e Clarabella ci sposiamo il prossimo mese…". Dopo una lunga pausa continuò: "Posso venirti a trovare?" Amedeo acconsentì con la testa, ma non proferì più parola, i sentimenti lo avevano travolto, gli stessi che lo avevano portato in quella grotta preistorica, dove stava provando a trovare la serenità dell'esistere.

Passò qualche anno e in quel posto non lo videro più, nemmeno nei dintorni. I paesani ancora oggi la chiamano tutti "la grotta d'Amaddì". Alcuni dicono che si era trasferito, perché un giorno lo videro zaino in spalla andare via. I genitori morirono dieci anni dopo questi fatti, prima la moglie e dopo meno di un mese il medico. Gabriele cura ancora gli interessi in attesa che il cugino ritorni. Ogni tanto qualcuno dice di averlo visto in un pizzo di montagna, quasi come uno spirito rupestre. Qualche altro asserisce che molto probabilmente è caduto in una di quelle gole profondissime che si trovano in quella zona. Il suo amico Pepè, che era venuto a cercarlo in paese ed invece incontrò Gabriele e Clarabella, che gli raccontarono tutta la vicenda, ad un certo punto disse che secondo lui Amedeo aveva raggiunto finalmente l'Intermundia!

Vi mangeremo tutti

Vi fu un trambusto tra i lavoratori della piccola azienda di conserve alimentari. In quel periodo mettevano le sarde sotto sale in scatola e i filetti in olio nei barattoli di vetro. Era entrato un grosso e schifoso ratto, forse attratto dall'odore del cibo, che si portavano da casa i dipendenti. Le donne si misero a gridare, mentre gli uomini si organizzarono per la caccia all'animale. Quello, con il pelo irto e nero in un manto grigio scuro, saltava con quella coda lunga e spelacchiata. Perché mai ci fanno così schifo i ratti e come mai ci incutono tanta paura?

Rosina era balzata con un salto sul bancone della lavorazione, mentre Carmela e Peppina si strinsero tra di loro urlanti. Bastiano prese il tira acqua e corse verso dentro il locale, dove si era diretto quello schifoso ed era poi scomparso tra le lanne vuote accatastate alla parete. Mentre Filippo consigliava di mettere i pantaloni dentro le calze per prevenire un suo attacco. Gerlando persuaso com'era, anche se gli faceva schifo e terrore, doveva mostrare alle femmine che era uomo quanto gli altri, quindi eseguì il consiglio di Filippo e armandosi della scopa all'angolo, si affrettò determinato ad affrontarlo. Tanto fu determinato che scivolò nell'acqua con le spalle a terra, mettendo un piede su una testa di una sarda scapozzata. Vide, terrorizzato, l'animale che avanzava di corsa verso di lui, poi gli saltò addosso e mentre era sul suo petto, in seguito ha giurato fermamente che, lo aveva fissato negli occhi, come fa una persona. Poi la bestia, con un salto e una breve corsa, guadagnò l'uscita e la fuga.

Un episodio che non fu niente di particolare. L'indomani erano tutti intenti a sistemarsi nei loro posti di lavoro come quotidianamente facevano. Ciò che era successo ieri sembrava già dimenticato, quando ad un certo punto Peppina raccontò che la notte aveva sognato quel ratto schifoso! Guardò tutti i compagni negli occhi ad uno ad uno. Bastiano con il tono di chi vuole minimizzare la cosa disse: "Niente, sarà stato lo scanto che ti sei presa. E allora il cervello la notte elabora!". Peppina fissò Gerlando e continuò: "Quello mi guardava con gli occhi pieni di odio!". E Bastiano replicò: "Si perché Gerlando raccontò quella brutta impressione avuta. A proposito, come stai?". Gerlando, annacandosi, poggiandosi prima nella gamba destra e poi nella sinistra, disse: "Mi fa male ancora la schiena, ma va passando." Dopo una pausa riprese: "E cosa hai sognato di preciso?"; "Era diventato grande, due volte me, e con una voce tonante, gli occhi assangati, mi disse: *Vi mangeremo tutti!* E si lanciò su di me! Io, terrorizzata, mi sono svegliata nello spavento con il cuore a mille e non sono riuscita più a prendere sonno!". Bastiano stava parlando iniziando con quel "Nieente!", ma fu fermato subito da Peppina: "E' stato un incubo terribile! Che non auguro a nessuno! Era troppo vero! Altro che niente!". Carmela era preoccupata, si ci leggeva nel volto, perché sognare topi portava male alla persona che aveva fatto il sogno e con un soffio di voce si rivolse a Peppina: "Il Signore ci deve scanziari ogni male!". Filippo allargando le braccia e lasciando cadere la sarda di mano, le disse: "Senti Carmela ti devi decidere, se credi in Dio o alle superstizioni e poi vai in chiesa?! Sono minchiate! La notte uno sogna le tensioni del giorno, c'è quando al risveglio se le ricorda e c'è no. C'è quello che si fa condizionare da queste cose ed alla prima contrarietà fa riferimento al sogno. Punto!". Carmela con tono di rassegnazione fece un "Eeeh…" e girò la mano destra nell'aria, come dire: e ne ho sentiti parlare come te! "Che vuoi dire?", replicò lui. E lei continuò: "Per primo, che sull'interpretazione dei sogni la Bibbia n'è piena! (lo fece prendendosi il pollice con l'altra mano, poi si prese l'indice e continuò) e per secondo: lo sai quanti fatti sono successi e che io direttamente so? Tanti a miei parenti e anche personalmente! - Dopo una pausa di silenzio, come una riflessione di tutti i presenti, riprese - Ma tu non preoccuparti, il tuo sogno è veramente strambo, forse non c'entra niente!". Rosa se ne stava in disparte e si teneva con le mani le braccia, con gli occhi aveva seguito attentamente la discussione guardando l'uno e poi l'altro, le si leggeva che aveva paura. Ma gli altri non fecero caso a lei. Bastiano batté le mani: "Su! a lavoro! che la chiacchiera è bella, ma il travaglio ci aspetta!".

Nel piccolo borgo marinaro ad ottobre non vi erano più turisti e le famiglie dei pescatori tornavano in paese, perché la scuola era già iniziata, rimanevano solo chi lavorava: muratori che martiddiavano, alcuni ristoratori intenti a ristrutturare il locale, pescatori che aggiustavano gli attrezzi e la piccola azienda che in questo periodo inscatolava le sarde sotto sale. Il caldo si faceva sentire e la porta si doveva tenere aperta, come anche la piccola finestra. La circolazione dell'aria portava un po' di frescura. Mentre avevano preso il ritmo del lavoro, notarono adombrare il magazzino. Un uomo si affacciò alla porta. Era un signore sui cinquanta con una barbetta curata, ben vestito, portava un completo con giacca a doppio petto fumo di Londra: "Scusate, buongiorno, avrei bisogno di una informazione!". Bastiano si fece avanti e con la testa annuì la sua disponibilità. Tutti lo guardarono incuriositi. Quello così continuò. "E' qui che lavora la signora Rosa la sciannarisa?"; "Cosa vuole?", rispose con il petto in fuori Bastiano. "No, niente era per sapere come stava, siccome domani tornerò in continente, volevo portare notizie di come stava al suo fidanzato." Rosa a questo punto si fece avanti: "Lei conosce il mio Sasà?"; "E come no? Il ristorante dove lavora è mio! Mi parla sempre di lei *quantu è bedda! Quantu è bedda!* e sono stato curioso di verificare se fosse vero quanto affermava. E lei è veramente una bella ragazza!". Rosa gongolò un po', poi si fece seria, qualche cosa la preoccupava, disse: "Me lo saluti assai, assai!"; "Non mancherò. Lui sarà qui per natale. A quanto pare vi sposerete?! Bene, sbrigatevi prima che è troppo tardi e tanti auguri signorina! Beh, scusatemi se vi ho interrotto. Piacere di averla conosciuta e riferirò che lei sta bene e porta bene la sua gravidanza". Rosa era pronta ad esplodere e quello ridacchiando, sembrava che squittisse, adombrò il magazzino ed uscì velocemente fuori. Quando Bastiano lo seguì, incuriosito da quel personaggio e dal suo strano modo di camminare a passetti veloci, vide in mezzo alla strada quel ratto del giorno prima che si volse, lo guardò e fuggì via dall'altro lato della strada. Rientrò e non disse niente. Era una cosa molto strana e le donne si potevano impressionare ancor più con le loro fantasticherie. Trovò la discussione animata sulla presunta gravidanza di Rosa. Lei negava risoluta, asseriva con le lacrime agli occhi che non era vero, considerato tra l'altro che il fidanzato mancava dal paese da quasi cinque mesi e quindi se fosse stata incinta si sarebbe notato già. Carmela era di ben altra convinzione, perché già da tempo sospettava una tresca tra Gaetano e Rosina. Gaetano era il loro datore di lavoro, da quattro giorni al BIT di Milano ad esporre i suoi prodotti. Secondo Carmela aveva molte attenzioni verso Rosina, tra i due vi erano lunghi sguardi, risatine di compiacimento, insomma tutti quei segnali di consenso degli innamorati. Il fatto era che Gaetano era *felicemente sposato* da una decina d'anni e con due bambini, quindi, secondo Carmela, tranne lo spasso, non ci usciva niente di serio. E spasso oggi e spasso domani qualcosa di serio è capitato. Peppina diceva a Rosina con allegrezza: "Queste cose belle sono! Non ti preoccupare che da qui non esce niente! Vero picciotti?" Filippo fece un largo gesto con la mano ed emise un "Uuh!", voleva significare che tutto il paese e provincia lo veniva a sapere alla velocità della luce. Carmela aveva il tono della voce alterato, qualcosa gli prudeva il sedere, si rivolse a Peppina: "Mettiamo in conto ch'è incinta, visto che non si vede niente, lo è da tre, teh! Tre e mezzo…". Rosina l'accavallò con voce rotta: "Cosa vuoi dire?"; "Cosa voglio dire? Che il povero Sasà non c'entra per niente. Ma poi perché ti stai arrabbiando, visto che non lo sei?". La discussione si smosse dopo l'intervento di Bastiano di rimettersi tutti quanti a lavorare. Quel giorno finì con il musone di tutti, aleggiava più di una preoccupazione, si percepiva che qualcosa non andava per il giusto verso. Fatto sta che, mentre andavano verso l'850 a furgone, parcheggiata poco distante, accanto alla caserma della Finanza, vedevano saettare da una parte a l'altra grandi topi, nel frattempo aspettavano Bastiano, che aveva le chiavi per entrare e così andare via, si sentivano osservati da mille occhi, incominciarono ad udire tanti risolini. Sembravano che quegli animali schifosi ridacchiavano osservandoli. Si presero di paura tutti quanti. Filippo incominciò ad urlare il nome di Bastiano, il quale dopo aver chiuso il portone dell'azienda si era prodigato a correre per vedere cosa aveva da urlare in quel modo. Come aprì si misero subito a bordo e partirono. Prima di arrivare al piccolo ponte Peppina incominciò a gridare ed a saltare sul sedile posteriore: "Mi ha morso!", così tanto che Bastiano guardò dietro appena ed andò a finire fuori, giù nella scarpata della strada. Uscirono tutti da lì dentro e fuggirono. Nel furgone vi erano dei ratti. Percorsero a piedi un centinaio di metri, dove vi era la stazione ferroviaria del borgo, presero la littorina e tornarono in paese. Come arrivarono si diressero tutti e sei dai carabinieri, raccontando di avere notato quella massiccia presenza di ratti. Il maresciallo li assicurò che avrebbero preso provvedimenti segnalando il fenomeno a chi di dovere e competenza.

La stessa sera Bastiano pregò il suo amico Giuseppe, bravo meccanico del paese, e altri due amici, per andare a recuperare l'850. Sembrava tutto tranquillo. Armati di torce appena scesero si avvicinarono al furgoncino ed appena aperto lo sportello del lato guida si accorsero che era invaso dai topi, a questo punto venne in mente a tutti e quattro la stessa idea: mettersi sulla 600 e fuggire via da quel posto. Si fermarono al Bar di don Ciciu. Bastiano per ringraziarli della loro disponibilità gli volle offrire qualcosa e presero tutte e quattro un Millefiori. Mentre parlavano tra di loro entrò Pietro il postino, il quale salutò e disse a Giuseppe che da sotto la sua auto vide che si allontanavano tre ratti, sembravano conigli. "Che minchia sta succedendo?", disse Bastiano con gli occhi pieni di spavento. Pietro continuò avendocela con l'amministrazione comunale, ché quell'anno non aveva ordinato ancora di fare la derattizzazione, con rabbia, perché per lui la campagna elettorale non era ancora finita ed era stato sostenitore accanito della lista perdente, disse: "Sono bravi a parole! *Il cambiamento!* e poi pensano solo a farsi i fatti loro, direi a tutti quelli che l'hanno votati, fateci l'applauso a questi incompetenti!". Giuseppe salendo sull'auto era intimorito per il racconto di Bastiano, comunque si fece coraggio ed andò all'officina. Non successe niente di nota. Nel Telegiornale della sera, l'annunciatore dava notizia che Londra era invasa dai ratti. Anche a Parigi e a Roma era stata notata la presenza massiccia di questi animali, ma ancora non era scattato l'allarme come oltre Manica.

L'indomani mattino nel magazzino sotto casa di Gaetano c'erano tutti. Era tornato la notte stessa. Gli raccontarono ogni cosa, anche la visita di quel signore del continente. A questo punto Gaetano si rannuvolò un po' e Peppina non ha potuto fare a meno di notarlo. Poi, preso dalla preoccupazione, mista con la stanchezza del viaggio, disse: "Quindi il furgoncino è distrutto?!". Bastiano ormai travolto completamente dal dramma, perché era convinto che quel fenomeno era così grande che le quotidianità avevano poca importanza, con un filo di voce disse: "Dobbiamo andare a vedere."; "Caspita era quasi nuovo! Intanto abbiamo tante commissioni, oltre le consegne da fare all'inizio del mese, quindi ci dobbiamo mettere il cuore in pace ed andare a lavorare!". Che le cose andavano bene in azienda per i lavoratori era un'ottima notizia. Significava continuità nell'occupazione e serenità economica, ma da quel giorno ogni cosa era diventata incerta. Dopo lo spavento della sera precedente tornare al borgo preoccupava tutti. Ad un tratto Pasquale, il marito di Peppina, entrò, con un viso ottenebrato, senza salutare, si rivolse alla moglie e con un filo di voce le disse: "Devi venire a casa di tuo padre!"; "Ch'è successo?". Sparirono velocemente lasciando interdetti tutti. Il padre di Peppina da anni era rimasto vedovo e non aveva voluto lasciare la sua casa, lei lo accudiva facendogli da mangiare e le pulizie. Spesso la mattina il marito andava a vedere come stava il suocero, prima di andare a lavorare alla muratura. Quella mattina lo trovò a terra maciullato, letteralmente divorato dai ratti. Quando entrò vide la casa piena di quelle bestie schifose ed uscì immediatamente ad avvisare la moglie dell'accaduto. Arrivati davanti la porta Peppina piangeva e urlava per il dolore. La gente subito si riversò per la strada e si fece una folla davanti la casa del povero vecchio. Pasquale insieme ad altri due vicini, armati con pale di ferro, entrarono e notarono che non vi erano più animali, era rimasto solo il cadavere, insomma quello che restava di quel corpo. Erano entrati dalla tazza del cesso. Al vecchio l'avevano sempre avvertito di tenere il coperchio della tazza chiuso, visto che abitava a pianterreno. In seguito il medico legale ha accertato che era deceduto in serata e poi i ratti hanno attaccato il cadavere, aggiunse: "non è la prima volta che succede".

La sera, a casa di Peppina, erano presenti i colleghi di lavoro per manifestare la loro partecipazione al lutto. Carmela prese per il braccio Filippo e gli disse: "*Nieeente!* Che mi dite ora tu e Bastiano?" Lui se ne stava con la testa bassa e non rispondeva, mentre Bastiano era davanti la porta, che parlava con Gaetano. Discutevano sulla necessità di riprendere a lavorare. Il furgone era nel carrozziere per una sistemata, sembra che non ci siano stati danni seri. Potevano andare con le proprie auto. Rosina era accanto a Peppina, con una faccia mortificata e triste, disse: "Il funerale sarà domani?". Peppina con un tono di stizza rispose che ancora la salma era all'obitorio del cimitero e quindi non potevano fare affiggere nemmeno le carte. Poi Peppina con un tono materno aggiunse: "Ma che hai? Sei così triste che ti si legge in volto!". Quella si mise a rucculiari in un pianto chiuso dentro. Tanto che i visitatori quando uscivano davano la mano pure a lei considerandola una parente. Peppina la prese per mano e se la portò in cucina, dove vi era il marito, e con una occhiatura gli ordinò di andare via. Quello immediatamente ubbidì. La prese per le spalle e la fissò negli occhi: "Se vuoi un mio aiuto, io sono qui."; "Mi vergogno."; "Ho capito! Ma questo cornuto…"; "Che cosa faccio?"; "Chi lo sa oltre a noi due?"; "Gaetano!"; "E che ti ha risposto?"; "Mi ha detto di capire la sua posizione e per il momento di non andare più a lavorare!"; "Ti ha licenziata?!". Ormai Rosina era in un pianto a dirotto, acconsentì con la testa e Peppina con rabbia rispose: "Cornuto!", poi aggiunse: "Aspetta che mi finisce tutto questo trambusto e poi troviamo una soluzione. Va bene? Stai tranquilla, non è la fine del mondo!".

In paese successero altri casi d'invasione di ratti dentro le abitazioni a pianterreno. Si raccontava che una sposina si prese un grande spavento seduta sulla tazza del cesso mentre stava orinando, aveva le mestruazioni e l'odore del sangue aveva attratto una di quelle bestie. Mentre era rilassata se la sentì tra le cosce e fece un salto di un metro, urlando di terrore! Quando poi guadagnò l'uscita e chiuse la porta del bagno, udì un gran trambusto. Altri ratti erano sbucati dal cesso. Poi incominciò a sentire rosicchiare con forza il sotto della porta. Le vicine di casa, udite le urla disperate, corsero in suo soccorso. Nei giorni a seguire casi analoghi se ne raccontarono diversi.

Il Telegiornale ormai non parlava d'altro. Le bestie avevano preso di mira i senzatetto nelle metropoli. Mentre prima era capitato che, quando un poveretto tirava le cuoia, il cadavere diveniva oggetto di scempio dei ratti, che ne facevano un lauto pasto, ora, invece, le orrende bestie li attaccavano in branco mentre erano addormentati nei cartoni a terra, tanto che i poverini hanno avuto la peggio per la maggiore dei casi. "Alcuni esperti affermano che questi ratti hanno subìto una mutazione genetica, in parole povere, qualcuno ha raddoppiato la loro aspettativa di vita, dal limite massimo di un animale ben nutrito. Quindi ora possono vivere da cinque a sei anni. Questo comporta un aumento della loro popolazione in maniera esponenziale. I ratti mangiano ogni cosa. Ma stanno attaccando il genere umano, ci considerano una delle più grandi risorse alimentari. Noi stiamo diventando il loro cibo. Più si riproducono, più ci mangiano! Ora le previsioni del tempo."

Un'auto del Comune, munita di trombe acustiche, girava per tutto il paese e una voce nasale avvertiva alla popolazione di chiudere le finestre, di non lasciare indumenti, o alimenti fuori le abitazioni, perché la stessa sera, dalle ventitré alle sette di domani mattina, la ditta Gambino effettuerà la derattizzazione e disinfestazione. Mentre all'indomani alle ore nove lo stesso intervento sarà fatto al borgo marinaro del Comune. Al passaggio dell'auto al club Acsi di Agostino si affacciarono tutti. "Cornuti! Ora ci dovevano pensare? Ora? Che i ratti ci mangiano vivi?", disse con rabbia Gerlando. Rispose Paolino, che con la "politica" ci stava bene: "Meglio tardi che mai", lo disse con un tono furbetto, da presa in giro e diede una guardata a destra e a manca, cercando consensi, ma gli altri rientrarono dentro il locale, lasciandolo con il suo leccaculo che acconsentiva con la testa.

Per una intera settimana la piccola comunità sembrò tornare alla normalità. Rosina non accettò di sbarazzarsi della creatura in grembo, a qualsiasi costo, pronta a subire la vergogna e la condanna di tutti. Peppina le aveva consigliato una mammana di Porto Empedocle, che l'avrebbe fatta abortire senza tanti pericoli e soprattutto di nascosto. "La vita è fatta di scelte…", le disse Peppina con lo sguardo sognante, sicuramente riflettendo su qualche episodio del suo vissuto. Gaetano era contento per come stavano andando gli affari e che il lavoro era ripreso nella normalità.

Peppina dopo qualche giorno incominciò a sentirsi infreddolita, sembrava che aveva preso l'influenza, il solito virus, così andò dal medico, il quale confermò che i sintomi erano quelli dell'influenza, quindi diede i soliti rimedi di questo caso. Ma a quanto sembra nel giro di due giorni erano già in molti ad averla presa, tutti i colleghi di lavoro e tutti coloro che erano andati al funerale, praticamente tutto il paese.

Il Telegiornale parlò di allarme grave per un virus molto pericoloso che si era adattato all'uomo, è stato veicolato tramite alcuni ratti scappati da un laboratorio cinese. Fu pandemia! La peggiore tragedia della storia dell'umanità. Meno gli uomini uscivano per le strade più prendevano territorio le bestie, sempre più aggressive e con una popolazione in continua crescita, inoltre facevano scempio di chi moriva senza soccorso. Le strade brulicavano di ratti.

Bastiano guardava da dietro i vetri della sua finestra che dava sulla Via Roma, ad un certo punto prese la doppietta la caricò ed incominciò a sparare a quell'assamo di bestie, costatava che ne cadevano parecchi. Quelli si allontanavano, restavano solo i colpiti, poi gli altri tornavano e li divoravano, dando un effetto ottico particolare da quel punto di osservazione, sembrava dell'acqua che si muoveva ad ondate. Così Bastiano caricava e sparava di nuovo. Dopo un po' sentì altri spari e altri ancora, come l'ultimo dell'anno. Quella notte tutto fu inutile. Con l'aggravante che ci furono dei feriti, perché qualche pallottola di rimbalzo colpi alcuni malcapitati, che si trovavano in traiettoria.

La scienza non riusciva a cavare una soluzione, non trovava come combattere quel virus, né a fermare quelle bestie. Alcuni ricercatori costatarono che quella mutazione genetica permetteva all'animale di evolversi, tanto che alcuni di loro riuscivano ad utilizzare certa apparecchiatura elettronica. In un laboratorio di Berlino, sperimentarono l'uso di una tastiera con dei simboli per comunicare e dopo un po', che uno di quei ratti annusò qua e là, si avvicinò a quei tasti e incominciò con le zampine a pigiare. Sullo schermo, che occupava gran parte della parete, spuntò la scritta, a messaggio completato ed elaborato dal computer: "Wir werden euch alle fressen"! Provarono sgomento e fecero un passo indietro.

Mentre il genere umano sembrava al suo ultimo capitolo, ogni uomo viveva i suoi drammi, spesso fatti di meschinità e codardia, raramente di atti di coraggio e di bontà.

Alcuni signori della guerra si crucciavano nel riflettere che proprio la bestia più crudele della Terra doveva soccombere ad uno schifoso piccolo animale come il ratto.

In India ormai la situazione era catastrofica. Alcuni credevano che questo era il regno di Karni Mata. Gli uomini morivano e si reincarnavano in ratti.

Rosina ha avuto la tristissima notizia che Sasà aveva perso la vita in un attacco di ratti nel ristorante dove lavorava. Lei si sentiva in colpa nel percepire in quella morte il sollievo della liberazione del suo peccato. Ora, per la sua gravidanza, non doveva renderne conto a nessuno, era solo sua. Gli inquirenti non si sono spiegati la dinamica di come avevano fatto le bestie ad entrare, considerato che era chiuso al pubblico, la cucina produceva solo pietanze a portare, che venivano consegnati tramite una piccola finestra. Nonostante tutte le accortezze sulla sicurezza del personale, le bestie erano riuscite a mettere a segno l'attacco. L'unico a salvarsi dalla strage è stato il proprietario, che in una intervista al Telegiornale disse che si trovava dentro l'ufficio e quando uscì ormai il disastro era avvenuto. Bastiano quando lo vide in televisione lo riconobbe e ricordò l'impressione che ha avuto non vedendolo più in strada e a sua vece c'era la bestia. Ora guardandolo bene, quello lì sembrava proprio un ratto, aveva i movimenti della testa e alcune espressioni del viso che sembravano da ratto. Bastiano era un tipo molto pragmatico, così ad un certo punto pensò ad alta voce: "ma che minchiate vado pensando?".

Il famoso predicatore della Nuova Chiesa Mondiale, nonché Gran Maestro del trentatreesimo grado del rito scozzese della loggia massonica "George Washington", dalle guance vermiglie, gli occhi verdi, i capelli biondo rossi e tirati all'indietro, ben tarchiato, Joseph kartoffel, infiammava migliaia di fedeli. Annunciava la venuta della Bestia e la fine del mondo. L'Apocalisse era cominciata! E lui n'era stato informato direttamente dall'Arcangelo Michele. Tonava con decine di migliaia di watt: "Pentitevi!". A guardarlo, ad ascoltarlo, personalmente non gli avrei affidato nemmeno un centesimo, ma nel suo show, i ciechi vedevano, gli zoppi camminavano, i malati erano risanati, i sordi udivano, gli indemoniati venivano liberati, non rimaneva che credergli. I fedeli urlavano "Alleluia!". Ad ogni miracolato lui sorridente, con il suo faccione, diceva: "Alleluia, la tua fede ti ha salvato, amen!". E il pubblico urlava: "Alleluia! Amen!". E il coro nel palco cominciava a cantare accompagnato dalla numerosa orchestra, poi tutti quanti, sotto il grande tentone, cantavano gioiosi. Il predicatore era stato chiaro, catastrofico, apocalittico: "I ratti hanno una sola mente, sono una sola persona. Questa persona è la Bestia! Ma la fede ci salverà!". Quindi non ci rimaneva altro che avere fede. Un giornalista in una intervista gli chiese: "Predicatore Kartoffel, lei ci annuncia che la fede ci salverà, mi scusi, ma da cosa? Considerato che la fine del mondo, come dice la fede, è incominciata?". Kartoffel, rise con tutto il suo faccione e con il suo ventre, e disse allargando le braccia: "Ma dalla perdizione eterna!"; "Quindi i ratti vinceranno? Ci mangeranno tutti quanti?". Allora kartoffel si rannuvolò in volto ed abbassò la testa, lasciandosi uscire un debolissimo sì. Quell'intervista segnò il decadimento del pastore. Al pubblico non erano più sufficienti i miracoli. Il pubblico voleva ascoltare una speranza contro la paura viva e pressante che stava vivendo.

Ed allora era meglio il generale William Prick, capo dello stato maggiore congiunto delle forze armate statunitensi, che voleva prendere a cannonate, tutti i ratti in ogni parte del mondo! Utilizzare l'aviazione per lanciare bombe dove vi era una intensità di popolazione delle bestie, quindi devastare l'India e poi la Cina. Diceva con ciglio e il mento prominente: "Per raggiungere l'obbiettivo dobbiamo attaccare il nemico, non dargli tregua, a costo di sacrificare dei civili!". I capi di stato di Cina e India replicavano che questo avrebbe innescato un conflitto mondiale, perché non se ne stavano con le mani in mano mentre il grande Prick li sterminava. Almeno le parole del generale avevano un briciolo di speranza pratica per questo mondo.

Le popolazioni della Terra erano tutte affamate. Era iniziata una carestia di alimenti di prima necessità. Il bestiame era stato divorato dai ratti. I campi abbandonati, le industrie chiuse. Ma alcuni incominciarono a mangiare loro, proprio i ratti. Li catturavano e li cucinavano in tanti modi, così facendo soddisfacevano la fame e godevano nell'uccisione del loro più grande nemico. In fondo l'uomo è stato sempre la bestia più feroce sulla Terra. Vi era tanta carne in giro… Bastava mozzare testa, coda e zampette, levare la pelliccia come i conigli, aprire la bestia e togliere le interiora, in fine metterla sulla brace, una girata e un'altra ancora e veniva così grigliata, poi, per i più facoltosi, olio, sale, pepe, prezzemolo, aglio e limone. Così si rosicchiavano le ossicina ad uno ad uno, si spolpava la carne rinfrancandosi dalla fame. Oh, i vegetariani, i vegani, che ridere!

Gli occhi spiritati, i capelli sciolti e quelle più grandicelle con il grigiore che avanzava sempre più, gridavano per la fame colleriche. Molte di loro tradirono la loro fede ed addentarono l'arrosto offerto dai vicini, mentre le altre mangiavano erbe amare comprate a caro prezzo.

In paese si era organizzata una squadra di sterminatori che controllavano le strade, però capitava che le bestie prendevano d'assalto una casa e da sopra il tetto piombavano dentro a valanga, erano molti per poterli contrastare. Allora la squadra di sterminatori aveva il compito d'incendiare quell'abitazione, non bisognava mettere in considerazione le persone che si trovavano dentro, spesso erano parenti e amici, si udivano da fuori le grida. Quando i ratti spinti dal fuoco tentavano di uscire, trovavano tutte le uscite bloccate. Si udiva uno squittio disperato fin quando non rimaneva che il silenzio.

Rosina aveva partorito un bel maschietto che ha voluto chiamare Rosario, per rispetto a quell'uomo che infondo tanto rispetto lei non aveva avuto. La madre di Sasà incollerita ha commentato la questione, secondo lei era come continuare a beffare il povero figlio suo! Tutti sapevano che il piccolo Sasà era il figlio di Gaetano, pure la moglie lo sapeva, ma in quelle condizioni non era opportuno sapere, però nutriva un odio come una fiammella sempre accesa dentro sé, come quando Abramo portava il fuoco e Isacco il fardello di legna sulle spalle per il sacrificio. Le volte che facevano sesso tra di loro vi era Rosina e il piccolo Rosario. Gaetano, nonostante l'umanità era alla fine, continuava la sua vita disonesta, il magazzino con le conserve di sarde lo rendeva il più ricco del paese e trovava donne disposte a tutto per una scatola di sarde sotto sale. Una sera la moglie, prima di uscire gli tolse la chiave di casa, lui, ignaro dell'inganno, prese la scatola ed andò via, fece i suoi porci comodi e poi, quando tentò di rientrare a casa, si accorse che la chiave non l'aveva, così si mise a bussare ripetutamente pigiando il pulsante del citofono e con pesanti manate, a dare spallate alla porta, nel mentre cominciò a udire il branco di bestie che, come un fiume, stava per passare per quella strada, urlava con tutta la forza della disperazione. Mentre l'orda si avvicinava udì la moglie dal citofono che disse: "Chi è che disturba a quest'ora?"; "Apri! Sbrigati!"; "Ma … Lei chi è?"; "Non fare la stupida apri questo cazzo di porta! Stanno arrivando le bestie!"; "E allora muori bastardo!". Il fiume di ratti lo travolse e non rimase di lui quasi niente. L'indomani la gente mormorava quello che era successo. Molti dicevano che la moglie aveva fatto bene, altri invece che ci vuole coraggio e sangue freddo a fare morire il proprio marito in quella maniera. Rosina aveva paura per un nuovo sentimento che le sorgeva di tanto in tanto, insomma provava soddisfazione, senso di giustizia, per quello che era capitato a quel porco e dentro sé capiva che c'era del male, quel male che accomuna gli uomini perversi, corrotti, assassini, egoisti, di tutti i posti e di tutte le epoche, quindi lei non era tanto da meno dell'odiato Gaetano. Trascorsi tre giorni in paese non si parlò più dell'accaduto, tanto i morti erano all'ordine del giorno.

Gerlando, spinto dalla fame, prese le attrezzature per la pesca, cavalcò la bicicletta e si avviò per il borgo marinaro. In fondo al porticciolo trovò altri che avevano fatto la sua pensata, così si sistemò proprio di punta, mise la sua esca all'amo e lanciò con forza dando una frustata con la canna. Dopo qualche minuto si accese la sigaretta e fumava con grande soddisfazione. Lui non era stato mai un fumatore, ma quando morì suo padre l'unica cosa che gli rimase di lui fu proprio una stecca di MS e se le stava fumando una ogni tanto. Tra le boccate di fumo rifletteva su ciò che era stato suo padre, uomo di pochissime parole, che aveva sempre lavorato, e anche duramente, prima nelle calcare di gesso, poi come muratore, lavoratore agricolo a giornata e persino andava di tanto in tanto con i pescatori. Insomma si dava da fare. Gerlando ricorda quel giorno, mentre si praticava una masturbazione anale in bagno, pensava di essere solo in casa così non aveva messo il lucchetto e il padre lo scoprì! Era rientrato inaspettato perché quel giorno la nonna era stata portata in ospedale, ormai su con gli anni, e lo avevano chiamato a lavoro, corse a casa per darsi una lavata e prendere un tassì. Appena vide la scena, Gerlando lesse la sorpresa del padre nel volto, il quale si tirò indietro e richiuse la porta. Prese una bacinella e si lavò in cucina, si vestì e corse in ospedale. La nonna morì lo stesso giorno. Gerlando si aspettava che il padre lo avrebbe ammazzato di botte finiti i giorni di lutto. Invece non ne fece parola, nemmeno un cenno e Gerlando rispettò quel suo silenzio per tutta la vita. L'ultima tirata alla sigaretta e sentì che qualcosa aveva abboccato, mentre si stava adoperando per la pesca, spuntò tra le rocce uno schifoso ratto che annusava qua e là guardingo. Gerlando aveva una grande paura di questi animali, per non dire terrore, ma non voleva mollare ciò che aveva abboccato all'amo, a quanto sembrava era qualcosa di grosso. Quel ratto lo fissava, sembrava come se gli stesse dicendo qualche cosa, quando tra lo sciacquettio udì che lo chiamava per nome, poi distintamente, ma nella sua mente: "Gaetano sono!". A questo punto la fame non fu sufficiente ad alimentare il coraggio, ma teneva ancora in pugno la canna. L'animale sembrava sghignazzare, proprio come di solito faceva Gaetano. Poi sentì una voce corale: "Vi mangeremo tutti!". Incominciarono a spuntare ratti in quantità che saltavano verso di lui. Preso dalla paura e disperazione urlando si buttò in mare e morì poco dopo annegato, perché non sapeva nuotare.

Nei paesi dell'Est scoprirono una tossina che inalata dalle bestie le uccideva all'istante. Per questioni politiche gli altri stati non acconsentirono a testare l'efficacia del prodotto, anzi lo vietarono. La politica non era ancora pronta per una relazione tra i popoli, non aveva stabilito ancora l'utilizzo libero della risorsa scientifica in caso di emergenza globale. Era ancora ad un livello primitivo, quindi troppo attaccata all'economia spicciola e alle soluzioni belliche. Tanto che non trovarono un accordo né sull'inquinamento, né sui rifiuti, né sull'etica scientifica. Quindi tramite servizi segreti sabotarono i laboratori russi della tossina ed il prodotto divenne altamente dannoso anche per l'uomo, causando più di centocinquantamila vittime. La loro morte fu spaventosa dall'effetto irritante del medicinale, che causava profonde escoriazioni alla pelle. Le immagini furono trasmesse nel Telegiornale con dovizia di particolari, terrorizzando ancor più la popolazione.

La televisione in prima serata, dopo il telegiornale ha trasmesso la provocazione fatta sotto forma di spettacolo da un comico famoso di Roma. La scena si presentava come una stanza asettica, bianca, con a centro un cubo, anch'esso di colore bianco. Dopo mezzo minuto di silenzio entrava lui di spalle, con un vestito a doppio petto nero, mascherato da ratto e con una lunga coda, si girava a destra ed a sinistra frustando la coda e sghignazzando. La regia metteva le risa di un pubblico che non c'era. Poi salì sul cubo e incominciò a parlare lisciandosi le mani con l'una e con l'altra. "Buonasera umani! Che ridere che mi fate. Dove sono andati a finire i vostri peluche di Topolino, di Minne, eh? Jerry? Topo Gigio? (risate) I cinesi volevano modificare geneticamente un ratto per venderlo come animale di compagnia. In fondo noi ratti siamo più intelligenti di un cane. Ma occorreva che vivessimo di più, quindi loro, intelligentissimi, perché i cinesi sono intelligenti, (doppie risate) ci hanno raddoppiato gli anni, da mediamente tre a sei! La dottoressa Kufùfù, (risate) che dirigeva il laboratorio, un giorno pensò che mi poteva tenere lì, come un cagnolino, (risate) che mangiava dalla sua mano, (risate) ed io all'occasione liberai gli altri ratti, aprii la porta, pigiando il tasto apposito e scappammo. Fuori abbiamo trovato il mondo, il vostro mondo che era proprio per noi. Montagne di rifiuti qua e là, tutto lasciato andare all'abbandono. Bastava mostrarci e voi fuggivate via gridando. (risate) Ci siamo montati la testa! Non solo vi vediamo tutti quanti come voi vedete i suini, o i polli, o i vitelli. Insomma siatene orgogliosi siete il nostro cibo preferito, (risate) quindi vi mangeremo tutti! - Ridacchiò una volta, due, tre e poi riprese - L'immondizia per voi bastava buttarla fuori di casa vostra, come se fuori non fosse il vostro ambiente, la vostra casa! - E ridacchiava - Ora state chiusi in casa, quella considerate casa vostra in fondo no?! E i gatti? Dove sono andati a finire tutti i gatti di Roma? (risate) Dove? Insieme ai politici? (risate) Bravi quelli, bravi a bisticciare tra di loro. *Io sono più verde di te! Ed io sono più rosso!* (risate) *E allora io sono arancione, Ed io sono giallo!* (risate) Dove sono andati a finire? Lo so non sono buoni da mangiare, come gli operai e i disoccupati. (risate) Sanno di pupù, (risate) in fondo è gente avariata per la troppa cocaina, (risate) ma noi ratti ci accontentiamo di tutti, basta che siano umani. E i preti? Quelli sì che sono bestie d'allevamento, grassi al punto giusto, dal gusto amarognolo forse per l'incenso inalato, ma che goduria a morderli qua e là. (doppie risate) - Ridacchiò ancora ed ancora. - Voi umani vi credevate di essere i padroni della Terra. Pensavate che per come lo avete ridotto il pianeta sarebbe morto. Vi sbagliavate! Perché voi, tutti quanti, per questo pianeta siete solo animali e quando l'ecosistema viene guastato da questa specie dominante, il pianeta cambia specie, finisce quell'animale, e ne subentra un altro. Quindi ora tocca a noi ratti! - Ridacchiò ancora e si prese la coda in mano, poi chinò la testa e strappò la coda, (sussulti) lentamente si tolse la maschera e la schiacciò con il piede. (un *ooh!* corale) Guardò fisso alla telecamera, sembrava guardare ogni spettatore negli occhi e con serietà e vigore disse - Noi umani abbiamo più fame di loro e dopo averli gustati, saremo noi a mangiarceli tutti, tutti quanti! A ratti, vi mangeremo tutti!". E chiuse lo spettacolo con un grande inchino teatrale, tra gli applausi. Appena dopo all'incirca venti secondi di nero iniziò un film in bianconero hollywoodiano della 20th Century Fox, prima del titolo, cominciò l'effetto neve dell'assenza di segnale, fu la fine della televisione. Filippo era seduto con tutta la famiglia, avevano assistito allo spettacolo, e poco prima aveva detto alla moglie: "Non mi ha fatto ridere per niente!". La moglie, se ne stava a braccia conserte e imbronciata, acconsentì con la testa. Quando iniziò il formicolio nello schermo rimasero insieme alle figlie Lucia e Gabriella a fissare quello schermo per cinque minuti. Filippo allargando le braccia disse: "Si è guastato! Forse l'antenna? Il cavo? Vado su a vedere". La moglie con gli occhi impauriti lo ha fermato e con la testa gli disse di no. Dopo qualche mezzora si trovarono tutte e cinque senza far niente, per giunta affamati, ogni tanto sentivano urla e strani rumori provenire da fuori. Gerlando controllò la linea telefonica, alzò la cornetta e quella era muta, così preso dalla disperazione afferrò il telefono e lo scaraventò a terra. Sembrò una conseguenza di quel gesto e si spense tutto, fu blackout! Le bambine si misero ad urlare terrorizzate. Il famoso comico romano si sbagliava. Nel giro di una settimana il genere umano fu completamente sopraffatto dai ratti. Molti morirono a causa del virus, altri suicida, altri ancora aggrediti dall'orda delle bestie. Nell'alba del primo ottobre dominava per tutto il pianeta lo squittire dei ratti. Divoravano sistematicamente tutto, poi si divoravano tra di loro. Sembrava che la vittoria toccasse ai ratti giganti africani, ma quelli cinesi erano più evoluti e dominarono il mondo.

Carmela si svegliò che non erano ancora le cinque, all'unisono con suo marito. Si guardarono negli occhi ed ognuno leggeva il terrore dell'altro in quel semibuio della stanza. Si sentivano i morsi dei ratti sulla carne, erano stati aggrediti da una quantità enorme di bestie, che li travolsero e li dilaniarono, entrando nei loro addomi tramite la bocca. Carmela sentiva i brividi di terrore. In un balzo scese dal letto ed accese la luce, vide suo marito con gli occhi sbranati e l'espressione di scimunito. Il quale disse: "Che brutto sogno!". Si affacciò dal balcone e vide delle auto che passavano correndo a velocità sostenuta per le strette strade del paese, poi Peppina che urlava dal balcone: "Siamo vivi!". In fondo era la cosa che contava di più, quella di essere vivi! Nei giorni seguenti rispuntarono tutti: politici e politicanti, preti e scienziati. Il Telegiornale spiegò che non fu un sogno, ma una suggestione globale, dovuta ai cambiamenti climatici. Il professore Cornelius Beck, con occhialoni dalla pesante montatura nera e una lunga barba d'antico sapiente, disse: "Madre Terra ci ha voluto lanciare un messaggio, un rimprovero, per riflettere sulla nostra condotta. A mio avviso dobbiamo fare un passo indietro, tutta l'umanità. Smetterla con questo progresso, basta elettronica, basta carburanti!". Ma quale paese del mondo avrebbe staccato la spina per primo? Dopo qualche mese riprese il campionato di calcio. Il famoso comico romano, questa volta senza maschera, con una sfilza di ballerine ed orchestra dal vivo fece uno show in prima serata il sabato sera, divertente. Il predicatore Kartoffel, con un vestito di lino bianco, seduto in una poltrona papale, disse che la fine del mondo era stata rinviata e l'arcangelo raccomandava il pentimento, mentre in sovraimpressione spuntava il codice IBAN per donare e farsi perdonare. Qualcuno assicurò che fu provocato dalle scie chimiche degli aerei per controllare la popolazione, altri che si trattava di un esperimento dei cinesi, altri ancora che è stata opera degli extraterrestri, i più sofisticati parlarono di un accavallamento di una stringa temporale. Insomma una gran confusione, non si ci capì un accidente. Piano piano ognuno riprese le attività quotidiane e si dimenticò ogni cosa. L'immondizia cresceva sempre più e sboccava dai cassonetti. Gaetano con il sacco della spazzatura a tre metri di distanza del cassonetto lo lanciò e battendo si aprì, vide saltellare alcuni ratti si voltò e ritornò stringendo in pugno le chiavi di casa. Mentre Rosina la sciannarisa, si toccò la pancia e costatò che incominciava a notarsi.

Giovanni Canaglia

Noi siciliani amiamo appiccicarci delle ingiurie. Le chiamiamo così perché all'inizio lo facciamo per ingiuriarci e così sfotterci. Poi, le ingiurie lentamente assumono un'altra funzione, quella di distinguere uno dagli altri, magari con lo stesso nome e cognome. Vi sono ingiurie che nascono dal mestiere, quelle storiche, quelle del luogo di provenienza, quelle di famiglia, che in alcuni casi vengono registrate anche all'anagrafe. Addirittura nel comune di Capizzi, in provincia di Messina, a sua difesa, l'ingiuria viene registrata all'anagrafe a tutti i capitini. La letteratura dei siciliani è piena d'ingiurie. Quella che mi viene in mente per il momento è di Pirandello nella novella *Ciaula scopre la Luna*. Questo caruso una notte, fuori la miniera di zolfo, alza lo sguardo al cielo e rimane affascinato dalla Luna. Pure il sorvegliante ha la sua: *Cacciagallina*. Non voglio dilungarmi su tale storia, ma porvi all'attenzione sulle ingiurie che ci accostano molto agli indiani d'America. La ingiuria animalesca viene quasi spontanea ed avviene quando l'individuo ha delle caratteristiche somatiche che richiamano all'animale. Ad esempio Ninu Vurpi somiglia proprio ad una volpe. Nel caso di Ciaula l'Autore chiarisce che il ragazzo aveva lo scherzo di fare di tanto in tanto "cràh!", quindi lo chiamarono tutti Ciaula. Mi ricordo che ad un calzolaio lo chiamavano Peppi Sciccareddu, questo perché suonava la batteria in un gruppo pop e cantava la famosa canzone *Sciccareddu di lu me cori*, dove ad un certo punto il cantante imitava il raglio dell'asino. Ebbene lui lo faceva così bene che tutti dicevano: "Sembra per davvero u' sciccareddu!", e dopo qualche passaggio gli rimase appiccicata l'ingiuria.

Giovanni Canaglia, un giovane dal corpo asciutto, zigomi prominenti, capelli castani a ciocchi disordinati, gli occhi leggermente a mandorla castani scuri, naso greco, gli orecchi da prete e il labro inferiore cadente, tendente a tenere la bocca aperta, statura media, all'anagrafe risulta Vincenzo Dinoto. Da non confondere con il cognome Noto, perché mentre il primo denota la provenienza del ceppo familiare della cittadina siracusana Noto, il secondo invece è la sostituzione del cognome ebraico con quello di una città, in questo caso Noto, a causa della persecuzione spagnola del 1492. Ora la famiglia Dinoto ha una sua ingiuria. Gli appartenenti erano i così detti Ghilli Ghilli, perché il capo stipite si balbettava ed a quanto sembra anche i successori. Oggi vi sono tre cugini primogeniti di tre fratelli, che portano lo stesso nome del nonno. Il figlio di Giuseppe ha tenuto la ingiuria di famiglia, perché anche lui balbetta, se pur leggermente, e quindi gli tocca di diritto, il secondo, figlio di Carmelo, non ha nessun soprannome appiccicato, ed è caduta pure quella di famiglia. Lavora all'ospedale di Canicattì come anestesista e collabora con il *Giornale di Sicilia* scrivendo di tanto in tanto articoli di cronaca locale. Il terzo ha perso prima il nome, poi il cognome e l'ingiuria di famiglia. Lui, figlio di Salvatore aveva il vizio di chiamare Giovanni tutti quelli che non ricordava, o non conosceva il nome, così di rimando gli altri lo chiamarono Giovanni, fin quando gli rimase appiccicato. Ventenne, dopo una coffa avuta da una ragazza del suo cortile, la bella e bionda Francesca, si convinse di andare via, così mentre cantava "Che sarà" prese il treno ed andò in Germania nella città di Ludwigshafen. Dove all'inizio fu ospitato a casa di un cugino della madre e poi trovò un mono locale, trovò pure un lavoro in fabbrica, alla BASF, portava scatoloni da una parte all'altra, e, a quanto sembra, viveva bene quella esperienza di emigrante. Sennonché la sorella di tanto in tanto gli mandava i saluti della bella e bionda Francesca, questo incominciò a sentire il cuore che gli palpitava all'impazzata. Era il Sanremo del 1987 e Albano e Romina cantavano "Nostalgia canaglia"! Non occorrerebbe aggiungere altro… Giovanni lentamente fu preso dalla nostalgia, tanto che sognava il suo cortile, Francesca che gli sorrideva, lo salutava e tutta Favara che l'aspettava. Una notte prese la decisione e in meno che non si dica fece ritorno in paese. Quindi nelle giornate al Bar Volare raccontava questa esperienza concludendo con "nostalgia canaglia", dopo un po' tutti lo chiamarono Giovanni Nostalgia Canaglia, dopo ancora decadde la parola nostalgia e rimase per tutti Giovanni Canaglia. Intanto quando tornò lentamente scoprì che Francesca nemmeno lo considerava e in un secondo tempo che aveva una relazione con un certo Renato di Agrigento, quindi chiuse il capitolo e pensò ad altro.

Sembra che lui viva una vita diversa da quella degli altri, come se fosse in uno universo parallelo al nostro. È veramente curioso che lo stesso fatto, vissuto assieme, raccontato da lui è tutta un'altra storia da come era secondo il nostro percepire la realtà. L'altro giorno al bar, seduti fuori ad oziare sotto l'ombrellone, già dalle dieci di mattina, Giovanni Canaglia raccontava che aveva preso uno a schiaffi alla Posta Centrale di Agrigento. Era entrato insieme al cugino Carmelo e sua moglie Nunziata per spedire urgentemente un plico dato dall'avvocato, dove erano stati un momento prima. Senza pensarci su Nunziata passò la coda e si mise davanti a tutti. Un uomo anziano ben vestito si mise prima a brontolare, poi a manifestare apertamente il suo dissenso, fin quando fu pure offensivo nei riguardi della cugina. Carmelo prese per un braccio la moglie e con gli occhi le disse di rispettare la fila. Lei prontamente obbedì, ma quello non la finiva più di dire: "Maleducata! Non c'è rispetto! Vastasa!". Giovanni Canaglia gli si mise davanti e guardandolo negli occhi gli disse: "Ora babasta!". Ma quello gli rispose che non aveva paura e con lui la mafia non funzionava, così Giovanni Canaglia gli diede due schiaffoni e ordinò a Nunziata di mettersi davanti a quello. Che non fiatò più e rimase a testa bassa. Quella mattina alla Posta Centrale per caso si trovava Gabriele, il poliziotto, cugino del nostro amico Franco, che gli aveva raccontato una versione completamente diversa. Quando quel signore impose a Nunziata di rispettare la fila, il marito la prese per il braccio e la fece indietreggiare, mentre Giovanni Canaglia gli disse a quel signore che avevano fretta a spedire quel plico. Quello di rimando gli rispose: "E allora si chiede prima e con cortesia! Mi dispiace, abbiamo fretta tutti quanti!". Lui rimase a fissarlo e quello continuò: "Vuole intimorirmi? Guarda che ha me quelli come te non fanno paura!". Giovanni Canaglia se ne tornò dal cugino Carmelo mogio mogio e a testa bassa. Franco aggiunse che per fortuna è finita in quel modo, perché quel signore di mezza età era un ispettore della DIA, impegnato in tantissime operazioni pericolose e lo avrebbe arrestato senza pensarci su. Le avventure che raccontava dei pochi mesi in Germania, se pur divertenti e sorprendenti, dagli amici venivano misurate con il metro dell'esperienza che avevano acquisito nei suoi riguardi. Mentre Nino Carduni si chiedeva: "Chi sa cosa fosse successo veramente?", Paolo Mulu Malu rispondeva: "Niente di niente! È stato tutto il tempo libero a casa a masturbarsi!".

Mulu Malu era l'unico componente di quella compagnia di frequentatori del bar fuori ressa, mentre tutti gli altri erano persone che amavano il quieto vivere, lui aveva in sé il male. Gli veniva più congeniale pensare al male che al bene, quindi gli altri quasi sempre si trovavano impreparati ad una sua offesa verbale ed a volte anche fisica. Sembrava innocuo, uno di quei meschini che subiscono sempre e invece nascondeva quest'animo infido, negativo. Il suo viso era insignificante, sembrava che il suo cranio fosse scacciato, il naso lungo e carnoso e gli occhi piccoli ed incavati. L'altra volta Vito gli era seduto accanto mentre giocava a Cinquecento. Lui guardava con la sua sigaretta sempre accesa e fumava. Vito era esuberante perché le cose gli andavano bene e rideva, scherzava con gli altri. Mulu Malu con indifferenza gli accosto la sigaretta accesa e gli bruciò il dorso della mano: "Oh! M'ha scusari. Non l'ho fatto apposta!", ma si ci leggeva in viso la soddisfazione di quel gesto. Vito s'è fatto scuro in volto e buttò le carte in aria, andò dal barista e si fece dare del ghiaccio che mise prontamente sulla bruciatura, poi gli disse a Mulu Malu che era un pazzo maniaco e di controllarsi, perché un giorno o l'altro avrebbe subito le conseguenze. Paolo prese la sua ingiuria a dodici anni sul campo di calcio, aveva l'abitudine che come si sentiva marcato e spinto da dietro, tirava un calcio all'avversario colpendolo alle gambe in maniera dolorosa. Fu espulso più di una volta fin quando nessuno volle giocare con lui per le sue scorrettezze. L'esperienza calcistica gli lasciò la prontezza di stabilire l'azione considerando le persone come avversari. Non lo faceva con tutti, solo con alcuni che lui considerava nella sua fobia come, appunto, avversari, va a capire di cosa e per come? Nel gruppo i suoi avversari erano due: Giovanni Canaglia e Vito Cciainisi, chiamato così per i suoi occhi a mandorla e il suo aspetto da perfetto cinese. Giovanni Canaglia un giorno fu preso di mira da Mulu Malu, prima ricevendo battute poco piacevoli sul suo conto, per il fatto che quello che diceva non era vero, poi mentre di corsa stava uscendo dal bar per andare a vedere una ragazza, che stava passando, gli fece uno sgambetto e lo fece stramazzare a terra rompendo la birra che teneva in mano e per fortuna non si fece niente, ma poteva ferirsi di brutto. Come si alzò, invece di chiedergli scusa, lo imbeccò dicendogli di stare attento dove mettesse i piedi. Giovanni Canaglia non capì veramente se fu fatto di proposito, o è stato un incidente, ma si mise ad osservarlo e non gli rivolse più la parola. Paolo Mulu Malu, con quel stupido sorrisetto, se ne stava ad osservare gli altri e quando interveniva solo qualcuno di tanto in tanto gli dava ascolto. Un giorno non si presentò al bar, e mancò per parecchi giorni, scomparve dalla circolazione, fin quando una mattina Franco, informato dal cugino Gabriele, portò la notizia che Mulu Malu era ridotto come un cristo. Ufficialmente ha avuto un incidente di lavoro, ora era ricoverato al San Giovanni di Agrigento e stava bene. Oh! Giovanni Canaglia incominciò ad annacarisi, ed ogni tanto lanciava qualche espressione, per lasciare intendere a tutti che lui ci entrava in qualche modo. Si mise a dire: "Mulu Malu… Seh! paparlava assai! – poi - 'Ma lui cheche credeva che non doveva papagare il conto? - … - Ora vediamo se ha capito come si ci cocomporta!". Tutti lo guardavano con commiserazione per quella sceneggiata che non credevano. Qualcuno pensò che forse Giovanni Canaglia avrà fatto veramente qualcosa, così incominciò a stuzzicarlo per farlo parlare: "Ma che cosa gli è successo?". Intervenne Vito Cciainisi: "E che ne deve sapere lui?"; "Io?! Niente!", Giovanni Canaglia in quel niente mise tutta la sua fantasia, era sembrato come se avesse detto "l'ho massacrato!". Si guardarono tutti in faccia, poi disse al barista: "Dadammi una birra d'importazione, la voglio bebere alla faccia degli infami!". Lo zio Carmine leggeva il giornale aperto sul frigo bancone dei gelati e con l'orecchio aveva ascoltato tutta la discussione, si voltò appena e guardò Giovanni Canaglia che si tracannava la birra dalla bottiglia a collo lungo.

Passarono alcuni mesi e Mulu Malu ritornò al Bar Volare, sempre con quell'aria sottomessa e sorridente. Qualcuno gli chiese cosa gli era capitato. E lui raccontò che, mentre era in campagna e stava preparando il terreno con la motozappa, investì una grossa pietra, gli si capovolse e gli passò di sopra, ferendolo in diverse parti del corpo. Totò di Tresa gli disse: "Ringrazia a San Giuseppe!". Mulu Malu gli rispose con un sorriso amaro, mentre pensava che gliela doveva fare pagare a questo minchione, che si augurava una disgrazia maggiore su di lui, ma gli disse invece che la madre quest'anno aveva fatto la prummisa di un pentolone di maccu e lui stava preparando il terreno per le cipolle. Quello rincarò la dose, mentre ridacchiava insieme a gli altri guardandoli in cerca di consensi: "Significa che San Giuseppe non gradiva le tue cipolle!". Mulu Malu ha avuto acidità allo stomaco, si voltò verso il barista ed ordinò una limonata. Quello con movimenti a rilento prese il bicchiere, la bottiglia di un quarto panciuta e stava versando, "no! la bevo in bottiglia" e incominciò a bere curiosando al tavolo dei giocatori. Dopo un po' girò guardando le carte dei giocatori e si posizionò dietro a Totò di Tresa, mentre beveva gli cadde della limonata sopra a Totò, il quale si alzò e lo prese per la giacca strattonandolo di quale maniera: "Ti rimando all'ospedale di corsa!". Mulu Malu ripeteva che non lo aveva fatto apposta e che la sua reazione era eccessiva, doveva stare più calmo. Totò di Tresa gli stava mollando qualche cazzotto e fu fermato da gli altri. Mulu Malu non ci provava soddisfazione, né carica di adrenalina, senza causare dolore fisico a qualcuno, si accontentava di poco, se ci fosse riuscito si sarebbe sentito bene per un po', a livello di qualche ora, poi ricadeva nel baratro della sua malinconia perversa. Quella sera al bar Mulu Malu si accostò a Totò di Tresa e quasi scusandosi gli parlò dell'ultimo acquisto dell'Inter, quello lo fissò negli occhi, gli voltò le spalle e andò verso fuori.

Giovanni Canaglia dopo qualche giorno incontrò lo zio Carmine dal tabacchino e, una parola tira l'altra, lo invitò al matrimonio di un suo nipote, insieme al tavolo degli amici, per la prossima settimana, al Madison di Realmonte. Lui ancora oggi si chiede perché aveva accettato? Sarebbe bastato che avesse riflettuto un po' di più sull'anomalia di quell'interessamento, tutto sommato, di un estraneo e invece ha accettato ed è stato l'evento scatenante di tutta quanta la storia. In questo consenso vi era in Giovanni Canaglia la perversione del male, perché in paese si ci conosce tutti e quindi lo faceva sentire avvicinato da quella forza delinquenziale. Passò la settimana e andò al matrimonio, arrivato in sala, trovò lo zio Carmine che lo aspettava. Lo portò al tavolo degli amici, dove vi erano già seduti una ventina di uomini, per la maggiore tutti anziani e tutti con le loro coppole in testa. Gli fecero festa e dopo averlo fatto accomodare gli riempirono il primo bicchiere di vino, non quello della sala, ma di sotto il tavolo tirarono fuori un bottiglione di due litri di vino marrone portato da Favara, prodotto da qualcuno di loro. "Bevi! Questo è nostrano forte e genuino! Qui ne abbiamo in abbondanza!", disse l'anziano a capo tavola, che aveva incontrato di tanto in tanto in Piazza Cavour e che lo ricordava per i suoi occhi freddi e cattivi. Era un matrimonio con più o meno quattrocentocinquanta invitati, la musica di un complesso, tante voci, sembrava una festa regale. Lo zio Carmine, dopo l'antipasto di mare e i tre primi, invitò

Giovanni Canaglia ad uscire per fumarsi una sigaretta, così appena fuori gli disse che voleva presentargli la figlia di una sua conoscente, fece cenno con la mano e da un gruppo di quattro donne si staccò una ragazza ben formata, bene abbigliata con una veste attillata, sopra le ginocchia e largamente scollata, di colore beige con grandi fiori rossi con foglie verdi e una sciarpa di seta nera sulle spalle. Lei con due occhioni sorridenti e compiaciuti, in un viso piacevolmente arrotondato, salutò: "Buonasera!" E guardò a Canaglia, poi continuò: "Zio Carmine si diverte?"; "Si, ti ho chiamata perché voglio presentarti questo mio amico, che è un bravo picciotto. Vincenzo Dinoto. - poi si rivolse a lui e continuò - e questa è Alessandra!". Lei fu pronta a stendere la mano e lui ad assecondare la stretta, si dondolò un po' con un sorrisetto, che Giovanni interpretava a modo suo. Lo zio Carmine disse: "Fatevi una passeggiata e conoscetevi meglio, che io entro!".

Giovanni Canaglia di questa serata al Madison ha più confusione che altro. Sopra ogni cosa aveva presente che Alessandra era una ragazza sapitura. Sapeva dove andare per trovare un posto più appartato. Lo condusse per mano nella terrazza della sala di sotto, dove vi era un angolino di fronte quel mare mozza fiato lungo il litorale bianco della Scala dei Turchi. E, con quel viso da madonna rinascimentale e quell'espressione da porca, sapeva bene, dopo qualche parola, dove mettere le mani. Sappiamo tutti che Giovanni Canaglia era bravo a parole, ma arrivando ai fatti non era un granché. Alessandra quella sera lo rincoglionì totalmente. Quando ritornò a casa sembrava ubriaco, gli girava la testa, pensava quel seno turgido, quei collant appiccicati al suo attrezzo, che gli sembrava essersi accresciuto fuori misura, e rideva come uno scemo. L'indomani mattino si svegliò poco prima delle sette e trovò la sorella che, già era alzata, mentre stava sorseggiando la sua tazzona di latte e caffè. Gli chiese senza guardarlo: "Com'è stato il matrimonio?". Giovanni, con la faccia da ebete, emise un felice: "Eeeeeh!"; "Che significa?"; "Eeeeeé!". Lo guardò in viso: "Hai fatto conoscenze?!". Lui aveva la faccia da scemo, ancora con il cervello di sughero. Allora la sorella con i suoi occhi indagatori, appoggiò la tazzona sul tavolo e incominciò a fargli pressione per saperne di più, bastò poco per capire chi era stata la sua conoscenza, così con espressione delusa gli disse: "Alessandra, abita a Giarritella, proprio alla fine della salita, la figlia della Parmisa! Miiì, di famiglia di Linticcheddi!". Giovanni Canaglia sembrò precipitare da un burrone e si ci cancellò quell'espressione da beone, disse, dopo un po': "Ma a me piace!"; "Ho capito. Ti ha fatto rincoglionire!".

A Favara i Linticcheddi sono persone di poco conto. Avete presente una lenticchia quanto è piccola? Più piccola ancora. Alcune tradizioni locali parlano di gente venuta dal Nord Europa e che si saziarono di lenticchie ospiti nel castello Chiaramonte. Di vero c'è che coloni albanesi intorno al 1570 diedero un impulso notevole all'agricoltura e alla pastorizia nei feudi siciliani, popolandoli tramite il loro lavoro. Sembra che a Favara si piazzarono un gruppo di albanesi presso alcune grotte in zona San Rocco. Si racconta che vi fu un furto di diversi sacchi di lenticchie al castello Chiaramonte e che in seguito furono ritrovati nelle loro grotte, quindi iniziarono ad appellarli in maniera dispregiativa Linticchieddi, ingiuria che perdura fino ai giorni nostri.

Giovanni Canaglia quando andò al Bar Volare sembrava un altro, più sicuro di sé, soddisfatto, ma poco propenso a parlare, soprattutto sull'entità dell'oggetto della sua compiacenza. Ad un certo punto chiese al barista di passargli la linea telefonica alla cabina, si chiuse dentro e restò a conversare per più di un'ora. Quando uscì aveva l'orecchia rossa e il cuore a mille. Non riferì niente della sua storia. Gli amici rimasero stupiti che Giovanni Canaglia non svuotasse il sacco. Era evidente che aveva iniziato una relazione di un certo tipo con una tipa e sicuramente tutto è successo al matrimonio dell'altro giorno. Mentre se ne stava andando Vito Cciainisi, preso dalla curiosità, lo salutò: "Ci vediamo stasera!"; "No, questa sera ho un impegno!". Totò di Tresa, rimarcò: "Allora la cosa è seria?!". Lui irrigidì i muscoli facciali e poi con aria furbetta salutò con un cenno della mano ed andò via. Franco si mise al centro del bar e guardando gli amici, buttò lì per lì la sua idea di spiare la sera stessa dove si andava a intrufolare il loro amico. Organizzarono dei turni dalle ore quindici fino alle ventuno, in un angolo dove potevano osservare, senza essere visti, l'uscita obbligata dal suo cortile. Quella sera, alle ore diciotto e venti, Franco aveva iniziato il suo turno di guardia e vide Giovanni Canaglia allicchittatu, passare dritto verso Piazza Cavour. Franco è stato bravissimo a non farsi notare e in ultimo vide, che dopo avere fatto la salita di Via San Rocco, s'infilò nella traversa a sinistra e lì scomparve. Al bar tutti non avevano dubbi: Giovanni Canaglia aveva una relazione con Alessandra la Linticchedda, quella con un bel curriculum.

Quando Giovanni Canaglia entrò in quella casa, trovò tutto predisposto alla sua visita, perfino i due fratelli, quello di dieci anni e quello di quattro, erano stati puliti, pettinati e ben vestiti. Ad un certo punto, il tempo necessario di mettere a suo agio il fidanzato, la Parmisa prese i due figlioli e lasciò loro soli nel salotto. Comunque per farla breve Giovanni Canaglia diventò frequentatore di quella casa, per la prima settimana ogni sera era lì dentro. Di tanto in tanto mangiava anche qualche cosa.

Gli facevano trovare a sorpresa la pizza, le mignolate, il cudduruni e altro. Poi Alessandra gli fece vedere la sua stanzetta nella mansarda, si accedeva da fuori, grazie ad un dislivello delle strade. Una stanzetta arredata abbastanza bene e che permetteva ancor più intimità. Giovanni Canaglia stava scoppiando, perché quella intimità concessa d'Alessandra non arrivava mai al dunque. Fin quando una sera, dopo giuri e spergiuri, che lui faceva sul serio, e che presto avrebbe portato i suoi a casa sua, si concesse e per Giovanni Canaglia sembrò che il mondo dove lui aveva vissuto fino a quel momento cambiò totalmente. Ogni cosa aveva luce e colore diversi e quindi tutto un altro significato. Pur se l'universo era cambiato lui però rimase quello di sempre, la costante cosmica. Un giorno Alessandra gli chiese perché lo chiamavano Giovanni Canaglia, allora le rispose correttamente per la prima parte della ingiuria, per la seconda s'inventò che da ragazzino giocava a pallone ed era così bravo che sembrava Chinaglia e poi quando smise di giocare alcuni per cattiveria gliela commutarono in questo modo. Lui, come contro partita, chiese a lei che ruolo aveva lo zio Carmine nella sua famiglia? Lei rispose che era come uno zio, aveva provveduto ad aiutare la sua famiglia, dopo che il padre era finito in galera per una rapina a mano armata. Poi per conto suo Giovanni Canaglia venne a sapere che in quella rapina ci fu un metronotte ucciso e quell'omicidio era stato addossato proprio a suo padre. Lo zio Carmine era stato compagno di cella e una visita tira l'altra la Parmisa sfogò la sua solitudine in forma di gratitudine allo zio Carmine. Giovanni Canaglia e lo zio Carmine non s'incontrarono mai lì dentro. Lui un giorno, dopo pressioni da parte della fidanzata, chiese ai suoi di farsi presente a dimostrare la buona volontà del suo rapporto. Successe un parapiglia. Il padre lo insultò chiamandolo pullicinella! La madre si diede delle manate sul viso e si strappo la veste. La sorella, che era mezza fidanzata con un ragazzo di buona famiglia, gli disse che era un buffone. Giovanni Canaglia per più di tre settimane, una scusa dopo l'altra, non andò dalla fidanzata. Le telefonate divenivano sempre più brevi. Così un pomeriggio, mentre era al Bar Volare con la solita compagnia, vide entrare zio Carmine. Lui prima fece finta di non vederlo, quando poi lo vide dirigere verso di lui, lo salutò cordialmente. Quello si fece offrire il caffè e poi gli chiese di fare due passi. Lo fece entrare nella sua Giulietta, milleseicento, grigia metallizzata e se lo portò a San Leone. Giovanni Canaglia lungo il tragitto incominciò a darsi pensiero, visto che erano usciti dal paese e quello prese la via per il borgo marinaro di Agrigento. Quando scesero, lo zio Carmine, con tono persuasivo, gli spiegò che era stato lui a presentarli, quindi si sentiva responsabile di quel rapporto e che non voleva fare una mala figura, né con la sua comare, la Parmisa, e nemmeno con il suo amico dentro. Giovanni Canaglia ormai si sentiva il nodo scorsoio alla gola, che stringeva sempre più. Ad un certo punto lo zio Carmine gli disse che Alessandra piangeva, perché era pentita di essersi concessa con lui, ma che lo aveva fatto perché gli voleva veramente bene. Giovanni Canaglia giorni prima aveva saputo da Franco che lei aveva avuto già diverse relazioni, tra l'altro una con un certo Gaetano di Grotte, magari c'era stata la fujutina, ma dopo una settimana quello la riportò dalla madre, facendola scendere dall'auto in mezzo alla strada davanti casa, sotto gli occhi di tutto il vicinato. La sorella aveva telefonato a Franco spingendolo a chiarire al fratello chi era quella ragazza, gli aveva detto: "Se tu sei amico suo, come dici di essere, gli devi dire la verità!". Giovanni Canaglia con gli occhi a terra riferì allo zio Carmine quello che era venuto a sapere. Quello, per tutta risposta, gli disse che erano cattiverie e minchiate per gelosie di femmine nel paese, e che gli assicurava l'onestà di quella casa, soprattutto di Alessandra. Insomma finì che quella stessa giornata mangiarono tutt'e due dalla Parmisa e Giovanni Canaglia fece pace con Alessandra in maniera molto calorosa. L'indomani mattino Giovanni Canaglia prese l'essenziale e ripartì per l'estero, questa volta scelse il Belgio, destinazione Charleroi, dove aveva altri cugini della madre ad attenderlo.

Trovò lavoro in una pizzeria gestita da un certo Antonio da Casteltermini, insieme alla sorella. Quando erano singoli, tutto filava dritto e in maniera gioiosa. Poi la sorella Mariella si sposò con Armando, un abruzzese, che piano piano aveva preso le retini del comando. Anche Antonio si sposò con Rosa di Ribera e ci furono le scintille! Si armò una guerra tra le donne e tra gli uomini. Ogni tanto in cucina volava qualche piatto tra Mariella e Rosa. Nell'angolo pizzeria Armando, che faceva il cameriere, doveva stare sempre attento a qualche colpo di pala "involontario" di Antonio, che infornava e sfornava pizze. Giovanni Canaglia si trovò a fare il banconista in mezzo a questo fuoco. Il locale era sempre pieno e quando si lavorava si lavorava e basta, seppur digrignavano i denti tra di loro. L'adrenalina faceva brutti scherzi! Era a fine serata che, stanchi morti, facevano partire le accuse e i processi sommari a forza di sospetti. Insomma iniziava una bella litigata e si andava a finire con il rimanere morti di fame, si facevano le pulizie urlando qua e là e via, a letto. Giovanni Canaglia dormiva nella mansarda sopra il ristorante. Quindi scendeva in cucina, appena era solo, ed afferrava quello che gli capitava sotto tiro per riempire il buco allo stomaco. Poi si accendeva la radio ed ascoltava qualche programma italiano. Si sentiva solo ed a volte la tristezza lo buttava giù. In mezzo a tanta solitudine gli capitava di tanto in tanto di pensare i calorosi abbracci di Alessandra, lui aveva con sé una foto di lei, che incominciò a guardare, così lentamente se ne rinnamorò. Ma questo amore non era ancora forte abbastanza da vincere tutti i pregiudizi che sovrastavano ogni pensiero ed ogni sentimento. Fu un giorno di primavera, quando l'ultima neve si dileguò da ogni dove e nel locale in sottofondo la musica creava l'atmosfera ai clienti con i successi di Albano e Romina. Capitò quella maledetta canzone e si risentì afferrare le budella, tanto da prendere una decisione, quella di chiamare al telefono Alessandra, solo per sentire la sua voce e riattaccare. Che poteva succedere? Così fece all'indomani durante il giorno di riposo. Scese giù al ristorante, erano le undici e qualcosa di sera, e fece il numero. Rispose lei e lui si sentì stravolgere. "Pronto?! Pronto?!". A questo punto non ha retto e con un filo di voce la chiamò: "Alessandra!"; "Sei tu, Vincenzo?". Quando udì il suo sì, Alessandra cominciò a piangere un pianto vero, sincero, da bruciargli in una vampata quel *cuore di paglia*. Si parlarono tanto che la cornetta si surriscaldò, e così quasi ogni notte, fin quando non arrivò la bolletta del telefono da pagare del ristorante. Antonio, lo chiamò e gli disse: "Hai chiamato in Sicilia?". Giovanni Canaglia ha commesso il grave errore di dire no, allora quello prese i fogli e gli fece notare tutte le chiamate. A testa bassa allora lui ammise che aveva lasciato una ragazza giù in paese e che l'ha chiamata preso dalla nostalgia. Insomma si misero di mezzo le donne e si concluse un accordo. Giovanni doveva pagare tutto e non chiamare mai più dal telefono del locale. Con la paga di quel mese in più la mettà del mese precedente saldò il debito.

Prese la decisione di trovarsi qualche alloggio, magari un piccolo appartamento con due stanze, per avere più indipendenza e staccarsi dall'ambiente lavoro, ma dentro covava l'idea di avere con sé Alessandra, magari per qualche settimana. Con l'aiuto di Armando trovò, in una palazzina poco distante, proprio quello che cercava.

Una mattina, entrando nel ristorante, vide Armando e Antonio che parlavano con una persona, la quale sagoma di spalle lo turbò molto, si rifiutava di credere ai suoi occhi. Quando Antonio gli disse: "Vincenzo, vieni, c'è un tuo paesano!", quello si girò la testa a rallentatore e con un sorriso derisore gli disse: "Che piacere! Giovanni Canaglia il Linticcheddu…''. Mulu Malu era lì in carne ed ossa, con tutta la sua malvagia perversità. Lo presero a lavorare come lavapiatti, anche perché Mariella era al quarto mese di gravidanza ed Armando non voleva che si affaticasse molto. Mulu Malu incominciò a sfottere Giovanni Canaglia e se prima veniva chiamato da tutti con il suo vero nome, come ai tempi della scuola: Vincenzo, ora era il Linticcheddu. Mulu Malu gli attaccò l'ingiuria per contagio. Incominciò a balbettare e quello trovava occasioni in più per deriderlo. Lui stava nervoso tutto il tempo. Mulu Malu si rendeva simpatico a gli occhi dei padroni, li faceva divertire raccontando cattiverie su Giovanni Canaglia alle spalle e con allusioni palesi. Tanto che Antonio se lo chiamò in pizzeria come aiutante e gli insegnò a fare le pizze, mentre Giovanni Canaglia prese il suo posto a lavare piatti. Passarono mesi e Mulu Malu incominciò a lavorare da solo. Lui, invece, scoprì la passione per la cucina e, frigi una cotoletta, cuoci le salse, poco alla volta, dal lavello passò ai fornelli. Mulu Malu sotto stress mostrava ogni tanto la sua vera natura. Un giorno Rosa gli portò da infornare diversi pasticciò e incominciò a digrignare contro lei, fin quando gli sfuggì tra i denti "stronza!". Armando lo richiamò all'attenzione ammonendolo con l'indice davanti la sua faccia. Passò qualche giorno e Mulu Malu, mentre Armando gli stava posando una comanda, passandogli dietro, tirò la pala e lo colpi sulla bocca. Mulu Malu si affrettò a scusarsi, affermando che non si era accorto di lui. Armando sembrò prenderlo per buono, ma a fine serata, quando la sala si svuotò, la discussione divampò. Antonio venne a sapere che aveva offeso sua moglie, Rosa voleva le sue scuse e Armando lo prese per il fazzoletto rosso attaccato al collo e lo strattonò. La faccia di Mulu Malu era fredda, falsamente pietosa ed ogni tanto emergeva una espressione beffarda. Ormai era sotto tiro, comunque per quella volta passò così. Capitò un fine settimana di strapieno e Mulu Malu sotto pressione fece delle sue, bruciò delle pizze e poi diede del coglione ad Armando, il quale fece finta di niente, ma a fine serata lo riprese per il fazzoletto attaccato al collo e gli diede due ceffoni. Mulu Malu reagì e fu licenziato in tronco. Giovanni Canaglia per pietà, o per una certa coscienza favarese, aveva cercato di calmare gli animi, ma Mulu Malu gli disse di farsi gli affari suoi e lo appellò con disprezzo "Linticcheddu!", poi da quella sera non ne ha saputo più niente. Questi fatti nella narrazione di Giovanni Canaglia ad Alessandra assumevano una luce ed una verità tutta sua. Raccontava che Mulu Malu era preso dalla gelosia, perché lui era diventato cuoco e, quindi, un giorno, dopo una discussione vivace, perché lo aveva offeso, gli ha dato due schiaffi. Uno dei padroni si mise in mezzo e lui gli pose l'out-out, "o lui o me" e così lo licenziarono in tronco.

Le telefonate con Alessandra divennero lunghe e puntuali. Giovanni espresse la sua nostalgia di vederla e il desiderio di averla insieme in quell'appartamento. Tanto bastò ad Alessandra per creare un coinvolgimento emozionale sempre più vivo e più forte, fin quanto ciò che sembrava improbabile divenne un progetto attuabile. "Ma tu veramente mi vuoi lì con te?"; "Si…". La Parmisa comprò un po' di biancheria e il necessario, divulgando in ogni dove, per lungo e largo Favara, che la figlia partiva per il Belgio a raggiungere il fidanzato. La madre di Giovanni Canaglia si mazziò di brutto, dandosi manate sul viso e battendo i piedi in mezzo alla casa. La sorella cadde nello sconforto totale. La notizia era vera!

A Charleroi, per Giovanni Canaglia ed Alessandra la Linticchedda, furono giorni felici, pieni di passione, di cose nuove. Poi lentamente le cose nuove divennero abitudini ed Alessandra incominciò ad annoiarsi del solito paesaggio che si scorgeva dalla finestra. I giorni diventavano sempre più lunghi passati ad attendere che lui tornasse dal lavoro, se non che un giorno, mentre saliva per le scale, fece la conoscenza di due giovani pugliesi, Vito e Nicola, che lavoravano in fabbrica, una industria di prodotti chimici, quindi avevano orari completamente diversi con Giovanni Canaglia. Vito era abbastanza alto con un corpo prestante, due occhi neri e il profilo greco. Mentre Nicola, normale di statura, i capelli erano ricci e dorati, gli occhi verdi smeraldo. Alessandra fece amicizia con i due e spesso passava i pomeriggi assieme. Ogni tanto raccontava a Giovanni Canaglia dei nuovi amici, come erano simpatici ed intelligenti ed in un giorno di riposo mangiarono tutti e quattro assieme. Vide che quei due con Alessandra avevano una bella confidenza, una di quelle che si scherza con le mani senza imbarazzo. Giovanni Canaglia incominciò a riaccendere gli antichi timori, così divenne sospettoso, non era geloso, si sentiva solo preso in giro e giorno per giorno trovava conferma della relazione abbastanza intima con i due pugliesi. Una sera in pieno servizio chiese cortesemente a Rosa di allontanarsi per una mezzoretta. Armando capì ogni cosa e Rosa confermò che l'aveva visto serioso e ogni tanto diceva che la sua ragazza s'annoiava lì da sola. Lui andò subito a casa e come si era immaginato non la trovò, preso d'impeto scese giù al piano di sotto e suonò il campanello dell'appartamento dei pugliesi, da fuori si udiva lo stereo ad alto volume, non apriva nessuno, poi la musica staccò e una voce da dietro la porta chiese chi fosse. "Vivincenzo sono!". Dopo cinque lunghissimi minuti uscì Alessandra sorridente con la tuta e i capelli scombinati: "Amore, è successo qualche cosa?". Lui non rispose quasi niente, farfugliò solo due, tre parole, scese le scale ed andò via. Pestò la neve, non avvertiva freddo, bolliva di rabbia e prima di entrare nel locale trovò la calma. Passarono altri tre mesi e la neve scomparve in ogni dove, fin quando il locale chiuse per le ferie e così decisero di tornare a Favara. Presero l'aereo e da Charleroi a Roma furono compagni di posto con un professore di Palermo. Il quale quando viaggiava gli piaceva starsene tra le pagine di un libro e non amava chiacchierare con i vicini di posto. Questa volta, attratto dalla bella Alessandra da gli occhi grandi ed espressivi e dal suo corpo ben fatto, si è messo a conversare con i due. Li guardava e costatava la forza del futuro, di essere giovani, notava lei come gli stringeva la mano e lo guardava ammirata. Lui fiero del suo lavoro di avere scoperto che si può conciliare lavoro e passione, anche se la gastronomia richiede sempre dei sacrifici. A Fiumicino attesero insieme l'imbarco per Palermo e consumarono qualcosa al bar. Durante il volo per Palermo lei era gioiosa, fremeva al solo pensiero di ritornare al suo paese. Tempo che il professore andò alla toilette e tornò, trovò un parapiglia, i due in gran tempesta. Il viso di Giovanni Canaglia era una maschera rigida, tutti i muscoli in tensione, lo sguardo incattivito, riluttante. Lei con gli occhi persi nella paura guardava il professore e gli chiedeva aiuto con i muscoli corrugatori e gli occhi piangenti. Il professore si azzardò a chiedergli: "Ch'è successo?". Lui la guardò dritto negli occhi e le disse: ''Babasta!''. Il professore aprì il libro e si mise a leggere, ignorando quegli occhi asciutti, ma persi nello sgomento di lei, nel disagio più assoluto, fin quando atterrarono a Punta Rais con il tradizionale applauso dei passeggeri, ripromettendosi fermamente di non conversare mai più con chi che sia nei prossimi viaggi. Giovanni Canaglia aveva preso la decisione di lasciarla senza condizioni, non aveva potuto farlo in Belgio, aspettò fino a quando arrivò nel cielo di Sicilia, fino ad allora aveva ingoiato il veleno della gelosia e di quel comportamento libertino della Linticchedda. Quando Giovanni Canaglia spiegò ogni cosa alla sorella per telefono, non appena lo sbarco, la madre si mise in mezzo al salone ed alzando lo sguardo e le mani al lampadario si mise a ringraziare tutti i santi di Favara, iniziando da San Giuseppe, al quale promise il maccu, la Madonna d'Itria, la Madonna bambina, il Santissimo Crocifisso, l'Immacolata, Santa Lucia e finendo con Sant'Antonio, lanciando baci ad ognuno con tutte e due le mani, gli occhi piene di lacrime di commozione.

A casa fu trattato come un principe. Lui raccontava le sue avventure così strabilianti, dove la sua persona di "omu!'' veniva esaltata. La sorella lo faceva semplicemente contento, perché conosceva bene quanta differenza c'era tra i fatti reali e i suoi racconti. È complicato il mondo fantastico di Giovanni Canaglia. Per certi versi lui, con la forza di un bambino, sembrava che credesse a quello che diceva, ma il suo racconto, come si è già detto in precedenza, non era verace, a volte era stato inventato di sana pianta. Come definirlo: bugiardo? immaturo? Mah? Quando raccontava quello che gli era successo in Belgio sembrava un novello Odisseo. Lui incontrò, non una maga Circe, bensì sette! Non un Polifemo, ma tanti e tutti accecati dalla sua astuzia. Dopo mille peripezie, dopo l'ultima avventura, dove, liberatosi, era fuggito dalle maglie della rete intessuta dalla Linticchedda Penelope, era tornato alla sua Favara trionfatore su ogni prova. Rimanevano gli amici al Bar Volare, quelli sì che erano d'ammazzare uno per uno con la loro insensibilità, ironia, con quello sfottò tra le labbra e gli occhi sempre in cerca dentro di lui! Dopo due giorni di clausura, colazione con cornetti appena sfornati e film kolossal alla televisione di prima mattina, Giovanni Canaglia si avventurò con passo grave verso i Proci. Prima di svoltare l'angolo vide parcheggiata, ben accostata al muro, la Giulietta milleseicento grigia metallizzata dello zio Carmine. Tutto faceva presagire che non aveva intensione di andare via subito, perché in caso contrario lasciava il passaggio per qualche motorino e al primo colpo di tromba di protesta di qualche d'uno, che doveva passare per forza da quella strada con la sua auto, salutava ed andava via. Meglio affrontarlo subito e toglierselo dalle scatole, tanto cosa doveva dirgli? che erano tutte frottole? Scostò la tendina e salutò. Dentro non erano in molti, ma quei pochi risposero con entusiasmo. Totò di Tresa, tanto per ridere, gli chiese quando ripartiva? Lui capendo la battuta gli rispose: "Totò ti sei già stancato di vedermi in giro?". Era di sicuro più maturo, sembrava avere i lineamenti più definiti e più gradevoli. Mentre tutti lo festeggiavano al bancone, pronti alla consumazione, il rumore della tendina e il cambiamento di luce annunciò l'arrivo di qualcuno. Era lo zio Carmine! Gli amici si allontanarono come per fare spazio al nuovo arrivato, il barista, si mise a sistemare qualcosa nella vetrina della tavola calda. Giovanni Canaglia prese l'iniziativa di salutarlo per primo: "Bubuongiorno…". Lo zio Carmine lo guardò, come se non lo conoscesse affatto, ed ordinò un espresso, consumò, salutò ed andò via. Lui rimase lì, immobile, di ghiaccio. Cosa poteva significare quell'atteggiamento? Gli amici facevano una faccia che mostrava chiaramente la loro convinzione che lo zio Carmine aveva un sospeso con lui da saldare, ma non davanti a tutti. Quel giorno Giovanni Canaglia, era andato al bar per gustarsi la granulosa di limone accompagnata da un tarallo. Il Bar Volare era il luogo dove trovare i taralli tutto l'anno e non solo per il periodo del Giorno dei Morti. Il malumore lo aveva sovrastato, rinunziò e tornò a casa. L'indomani mattina era domenica, non fece colazione, doveva soddisfare la nostalgia che gli sorgeva tra la neve di Charleroi, bianca come la glassa dei taralli, e di filato si apprestò verso il bar. Dopo alcune traverse un tipo, con una faccia ed una espressione poco raccomandabile, gli si piazzò davanti e gli intimò di girare dall'altra strada, perché da lì non si poteva passare, così fece, tornò indietro ed allungò diverse centinaia di metri, prima di arrivare al bar udì alcuni spari, che per quanto erano forti incutevano paura. Fece dietrofront e con la cacarella addosso tornò a casa. Trovò il padre e la madre che parlottavano a bassa voce e la sorella messa davanti la finestra che guardava da dietro le serrande. Dopo un po' si distinse, tra il silenzio delle mura del cortile, la notizia che avevano ammazzato ad uno! Chi fosse non si sapeva.

Finalmente Giovanni Canaglia, seduto sotto l'ombrellone, s'imboccava col cucchiaino la sua granulosa di limone ed ogni tanto la sorseggiava pure, tra un morso e l'altro al tarallo. Il sole rendeva le strade e i muri una vampa di luce e la frescura dell'ombra gli spandeva in tutto il corpo una dolce lentezza. Voci lontani e rumori di uomini e motori di quella quotidianità rendevano perfetto questo momento di vacanza mentre la gente lavora, così spesso pensato con tanta nostalgia a

Charleroi. Ancora altri sette giorni e sarebbe tornato lì, dove gli esami non finivano mai, dove aveva imparato a stare muto, anche quando le parole bollivano come il mosto ad ottobre, dove i ricordi erano morbidi cuscini per poggiarci la testa ed addormentarsi. Mentre rifletteva da solo, non ascoltando il chiacchierio degli amici dentro il bar, gli venne in visione un volto e fu scosso dentro come un turbamento: Mulu Malu! Quando chiese sue notizie, nessuno sapeva niente. Non sapevano nemmeno che era stato a Charleroi, insomma erano mesi e mesi che non lo vedevano. Così Giovanni Canaglia fu eccitato dallo stupore degli amici quando raccontò che avevano lavorato nello stesso ristorante e tutta la sua versione dei fatti, ormai per lui una verità assodata. L'indomani mattina è stata la sorella, con la sua tazzona di latte e caffè davanti, che come una sibilla svelò il mistero di Mulu Malu. Dopo che era tornato dal Belgio, si rintanò in casa, ha avuto una crisi, chiamiamola "spirituale". L'arciprete gli consigliò un ritiro per una settimana in un convento di Messina, ed è ancora lì! Giovanni Canaglia rimase stupito davanti questo paradosso ed allargava lo sguardo cercando d'immaginarsi Mulu Malu con il saio. La sorella continuò, rispondendo alle mute fantasie del fratello: "E' lì a riflettere sulla vita, credo che indossa abiti civili, non è un frate…". Giovanni Canaglia allontanò la testa per focalizzare meglio il volto della sorella e le chiese come mai conoscesse queste cose, visto che in paese nessuno ne sapeva niente? Fu lì che scoprì il mistero dei misteri, come Mulu Malu era venuto a conoscenza dell'indirizzo di Charleroi. "Io e Paolo avevamo una storia!", disse la sorella a testa bassa, ma ormai con l'animo in pace. Giovanni Canaglia meditò che Dio esisteva per davvero, perché gli aveva evitato dei nipotini che somigliassero a quello lì, provò un brivido su tutto il corpo che lo fece tremolare. La sorella gli chiese cosa avesse e lui rispose che Dio esiste! Diede una manata sul tavolo, tra sé dicendo: "Talè, talè, qua ce n'è un altro!".

Erano passati i giorni delle ferie, ne rimanevano solo due, ma gli sembrava come fosse passato un anno, una vita, pensava a Charleroi senza nostalgia. Non era la stessa sensazione di quando si trovava lì e pensava a Favara con il cuore stretto… La Linticchedda non si vedeva per le strade e nemmeno la Parmisa, a maggior ragione dopo il lutto dello zio Carmine, abbattuto dal piombo di quel giorno. Dopo una passeggiata a Piazza Cavour, prese la via del ritorno e il fato volle che incontrò la bella e bionda Francesca, la quale gli sorrise e con voce dolce lo salutò: "Ciao Vincenzo, come stai? Da quanto tempo che non ci vediamo!". In poche parole, Renato già l'aveva lasciata ed anche l'amico di lui, Gerlando, così chiuse definitivamente con i gialli di Girgenti. Lei già dalla finestra di casa lo aveva visto passare più volte e guardandolo bene pensò: perché no? Così, sapendo che il tempo stringeva, appena lo vide uscire, si vestì, si truccò e lo seguì. Ferro e fuoco e si fidanzarono ufficiosamente. Quando partì gli sembrò che un pezzo di cuore gli si era staccato ed era rimasto con la bella e bionda Francesca. Lei gli sussurrò: "Per te ho sofferto tanto, perché sei stato l'unico amore della mia vita!". Quelle parole gli stiparono il cuore pronto a scoppiare. Partì e appena fu sull'aereo, allacciò le cinture, incominciò un pianto liberatorio irrefrenabile e senza vergogna.

Povero Giovanni Canaglia… La nostalgia lo ha attanagliato come un assedio nemico alla sua mente, che ogni tanto sferzava attacchi furenti. Ma le parole di Francesca e della sorella lo convincevano a non desistere. Troppo breve era stato il tempo dal fidanzamento al distacco, strappato dall'abbraccio della bella e bionda Francesca, tanto che provava vera e propria astinenza del suo corpo, del suo viso, della sua voce. In cucina era diventato diligente ed anche bravo. I proprietari erano contenti. Lui sempre con il musone, ma la malinconia gli faceva bene a quella sua personalità bizzarra. E poi percepiva una certa completezza, perché la relazione con Francesca era come un cerchio che era rimasto aperto e che ora si chiudeva. Gli sembrava che nel suo Mondo tutto fosse andato al suo giusto posto. Persino l'ingiuria se la sentiva addosso bene.

Tralasciando luci ed ombre, come la vita ci ha abituati sin dalla nascita, la relazione era arrivata al suo culmine con l'intrusione dei familiari per stabilire la data del giorno delle nozze. Fortunatamente per lui, è riuscito a stare lontano da tutte le discussioni che sono seguite. In questo caso la geografia è stata un grande vantaggio. Gli fu concesso di ritornare per le feste natalizie in vacanza, una settimana giusta giusta. Forse è stato il natale più felice della sua vita. Quando fu lì lo disturbava la relazione che aveva intrapreso la sorella con il cugino di Franco, il poliziotto, Gabriele. Lo ha visto troppo intraprendente e confidenziale con la sua fidanzata. Quella impertinenza e spavalderia da caserma lo infastidiva. Però, a quanto sembrava, faceva sul serio, perché ha voluto ufficializzare il fidanzamento mentre lui era in paese. Festa nelle feste, con scambio d'anelli, rose rosse e rosolio. Lui era divorziato ed aveva una bambina di otto anni, Emily. Tra sua sorella e la bambina si istaurò un rapporto d'affetto immediato, si vedeva, ché stavano sempre attaccati l'una con l'altra. Il cortile di Giovanni Canaglia era in festa come non mai, perfino lo adornarono con luci e un grande pino, pieno di addobbi natalizi e luci intermittenti colorate, portato da Carmelo cinquantunista forestale che abitava lì. Al Bar Volare vi era aria di festa con brindisi a giro. Il proprietario cercava di frenare un po', perché quella baldoria infastidiva i clienti delle commesse, anche se il bancone della pasticceria si trovava in un altro ambiente, separato da un grande arco aperto. Sia Giovanni Canaglia che Gabriele lasciarono le rispettive fidanzate, troppo impegnate con le faccende di casa, così liberi e festosi con gli amici e conoscenti scambiavano auguri per il fidanzamento e per le feste. Con la coda dell'occhio Giovanni Canaglia vide la Linticchedda insieme ad un giovane forestiero vestito elegante, troppo elegante, che stavano comprando dei cannoli. Sarà stato l'alcol, ma a Giovanni Canaglia gli salì qualcosa dallo stomaco, che non riuscì a trattenere e vomitò lì, davanti a tutti. Alessandra si accorse del trambusto e lo vide. Vi fu uno scambio di sguardi tra loro due. E lei provò compiacimento, così si strinse al braccio di quel giovane e lo rassicurò: "Niente, un ubriacone. Che vuoi farci, è festa…". Gabriele si scusò per lui e preso per il braccio lo portò a casa. Si coricò e quella sera finì per lui sommerso dalla vergogna. Il poliziotto, che era a conoscenza delle vicende con la Lintichedda, come anche tutto il paese, raccontò alla fidanzata che il fratello, appena vide lei, ha avuto quella reazione. La sorella rispose ch'è stato il nervosismo: "Lo stomaco si ci è messo sotto sopra!". Pregò a Gabriele di non dire niente della Linticchedda a gli altri.

Posò il trolley e il bagaglio come entrò nella stanza e si mise a girare in quel piccolo appartamento, percepì la solitudine, mentre mise la caffettiera sul fornello, non era la solita nostalgia, sapeva di consapevolezza, che era costretto da qualche cosa più forte di lui a vivere quella triste realtà, lontano dagli affetti e dal suo paese, come una pena che doveva scontare per una colpa che lui stesso non si dava ragione. "Sì, minchiate ne ho fatte, e come! Ma quale tra queste mi condanna in maniera così grave?".

Sorseggiò il caffè e ricordò in maniera lampante l'incontro con la Linticchedda al Bar Volare. Ci ha riflettuto su, e concluse che lei non avrebbe fatto tutta quella strada per venire lì, attraversare quasi tutta Favara, quindi era venuta apposta a comprare i cannoli, per incontrare lui e fargli vedere che anche lei aveva il fidanzato. Si disse: "Sono contento per lei!". Poi pensò ai suoi fianchi, al suo seno, alle sue labbra, ai suoi lunghi capelli e la desiderò con tutta la passione che conteneva nel suo corpo.

Passarono i giorni, preso dal lavoro e dalle telefonate con la bella e bionda Francesca. Ogni volta che finiva la telefonata gli rimaneva una sensazione d'incompiuto, come se non si fossero detto tutto. Un giorno il locale chiuse per il matrimonio del fratello più piccolo di Antonio e Mariella, questo fatto permise a Giovanni Canaglia un sabato libero. Si fece una bella passeggiata al centro e poi ritornò a casa, mentre saliva le scale incontrò Nicola che stava scendendo. Come lo vide lo salutò con tanta cordialità e gli chiese di Alessandra. Lui si rannuvolò e lo guardò a testa bassa in quegli occhi verdi smeraldo che lo infastidivano. "Non mi dire che vi siete lasciati?". Lui restò muto, pronto a scoppiare e dirgli: mi credi così scemo? Ma si chiuse a riccio. Allora Nicola lo invitò per un caffè a casa loro. Lui accettò, pronto e determinato ad affrontare la questione con tutti e due, tanto per non lasciargli pensare che i favaresi sono dei cornuti volontari. Mentre Nicola e Vito raccontavano la loro storia a Giovanni Canaglia gli veniva voglia di buttarsi giù a capofitto dalla loro finestra. Nicola e Vito erano fuggiti dal loro paesino per i pregiudizi della gente, si erano innamorati e visto che, sia le loro famiglie, sia i loro paesani, non erano pronti ad accettare quella loro relazione, cercarono qui a Charleroi un po' di serenità. Partì prima Vito e dopo essersi sistemato arrivò Nicola. In Alessandra trovarono una vera amica, con la mente aperta e senza pregiudizi, facevano ginnastica, ballavano, si davano consigli di cucina, sul trucco, sul vestire, si raccontavano tutte le varie vicissitudini. Vito concluse guardandolo in faccia: "Voglio dirti con tutto il cuore che Alessandra ti amava per davvero, e stare insieme ad una persona con un amore vero è come trovare la Luna in fondo al pozzo. E tu l'hai lasciata! Vincenzo hai fatto una grande stronzata!". Giovanni Canaglia avvampò e si sentì scrollare di dosso il grande peso di essere stato tradito, poi sbottò a piangere. E questa era la seconda volta che gli capitava nella sua vita d'adulto.

I giorni passavano uno dopo l'altro ed ormai era caduto nel baratro della malinconia febbrile, pensava costantemente ad Alessandra, cercava di evitare più possibile di parlare con Francesca e con la sorella. Ormai era tardi! L'ha vista insieme a quel giovane e sembrava pure felice. Ma a qualsiasi costo voleva chiedergli scusa, solo questo, e poi avrebbe continuato la sua vita, la strada intrapresa. Così in un momento di acuta malinconia chiamò Alessandra, tremando e lentamente compose il numero. Il telefono squillò più volte. Quando aveva perso le speranze rispose con quella sua voce chiara e decisa. Lui provò a parlare e disse: "Propropronto...". Quella attaccò immediatamente, senza farsi scrupolo minimamente.

Ormai con Vito e Nicola aveva stretto amicizia e nel giorno libero la chiacchierata ci scappava sempre. Lui raccontò questo tentativo andato a vuoto, Nicola gli chiese il numero di telefono per poterla contattare e, chiedendogli il permesso, di parlare con lei della questione. Quando la chiamò lei fu felice di sentire la sua voce e quella di Vito, parlò con l'uno e poi con l'altro, raccontandosi di tutto e di più. La storia con il nuovo fidanzato era destinata a finire, perché aveva una personalità instabile. Lui aveva un fisico palestrato, era un bel ragazzo e di una buona famiglia di Comitini, affettuoso e gentile, ma in alcuni momenti diventava irascibile e le faceva pure paura. Addirittura una volta la strattonò e la spinse forte davanti a tutti in un pub ad Agrigento. Vito le disse, con tono deciso, che lo doveva lasciare immediatamente. Ma a lei piaceva, nonostante tutto. In un'altra telefonata raccontarono del rapporto che si era istaurato con il suo ex fidanzato e che aveva provato a telefonarle per chiederle scusa. Lei, con un tono rassegnato, in un filo di voce, disse: "Ormai è tardi…". Intanto Giovanni Canaglia aveva ormai perdutamente riacceso la passione per Alessandra. Era una passione completa, mentale, corporale e dolorosa, tanto che incominciò a soffrirne. Per farla breve le telefonate tra la coppia pugliese e Alessandra si susseguirono per diversi giorni, e con l'andare si trasformarono in una trattativa estenuante. In conclusione, per perdonare Giovanni Canaglia, lei pretendeva un evento eclatante davanti tutta Favara, in modo che poteva riprendersi la rivincita di quel rifiuto talmente mortificante da diventare la zimbello di tutti i paesani. Pensa e ripensa i due arrivarono alla conclusione che lui doveva andare ospite in una trasmissione televisiva e chiederle scusa pubblicamente se voleva venirne a capo. Quando spiegarono il da farsi a Giovanni Canaglia, quello rabbrividì considerando gli effetti collaterali della situazione, ci ripensò una settimana intera non riuscendo a dormire un solo minuto. Forse facendosi forza della distanza tra Charleroi e Favara, accettò, così prima a sé stesso si disse con voce crescente: "Si! Si! Si!" e poi li ha ripetuti ai due amici pugliesi che lo abbracciarono. Quelli subito stilarono la lettera alla redazione e dopo qualche settimana arrivò la risposta. La storia finì in prima serata televisiva. I favaresi videro Giovanni Canaglia piagnucolante a tutto schermo che chiedeva perdono alla Lintichedda. Immaginate cosa è successo al Bar Volare… E in quel commercio di emozioni avvenne la riappacificazione tra i due innamorati, senza ritegno per un briciolo d'intimità. La bella e bionda Francesca non si aspettava affatto tutto ciò. Per tanti anni l'istinto femminile l'aveva tenuta lontana da questo tipo di uomo, ma la voglia di mettere su famiglia le fece commettere questo grave errore. Mentre guardava ignara sul divano, e udiva la narrazione della conduttrice, sentiva raggelarsi il cuore, provava un senso di sprofondamento. La madre le chiedeva continuamente: "Ma è Lui?". Lei pensò ad alta voce: "Non per niente lo chiamano Canaglia!". La sorella era seduta con il fidanzato e la bambina, diventò verde e gli occhi due pozzi neri. Stettero tutti muti fino ai titoli di coda della trasmissione, come si annerì lo schermo, prima della pubblicità, il padre disse: "Se viene qui gli sparo!". La madre si alzò di scatto ed emise un urlo straziante, si tirò i capelli, si diede due grandi manate sul volto, ha battuto i piedi più volte e ricadde sulla sedia con lo sguardo stravolto da sembrare una madonna della pietà.

Un anno dopo. La Linticchedda appena arrivata a Charleroi volle mettere un sigillo a quella storia facendosi ingravidare. La bella e bionda Francesca un po' per vendetta, un po' perché capì che la cosa poteva essere, fece la gatta morta con lo sbirro Gabriele e quello cambiò volentieri, prima con il tradimento e poi ufficializzando la questione. La sorella accusò il fratello per tutta quella sventura che le era capitata.

E Mulu Malu? Entrò in seminario e ne uscì sacerdote, festeggiato da tutto il paese, ha avuto l'incarico a Camastra. L'arciprete del luogo per alcune dispute e discussioni con il comitato della festa patronale era in ansia, e una mattina trovò l'auto incendiata e alcune minacce di morte scritte sulla porta del suo alloggio. Così il vescovo lo trasferì nella parrocchia di

Menfi. Mulu Malu da cappellano divenne il parroco di Camastra. Correvano voci che lui era stato l'autore delle minacce e dell'auto bruciata, ma erano solo voci d'infedeli.

A Charleroi nacque una bellissima bambina, la chiamarono con un nome a piacere: Vanessa. E dopo la pace fatta con la sorella, Alessandra ha voluto che lei fosse la madrina. Passò qualche anno e la famiglia è tornata per le ferie a Favara. Le donne vollero battezzare alla matrice la figlioletta e che a celebrare fosse don Paolo (Mulu Malu), il quale accettò e rincontrò dopo tanto tempo la sua ex nel confessionale, ma è tutta un'altra storia. Don Paolo, dopo il battesimo, volle tenere in braccio Vanessa e si complimentò con i genitori per la bellezza della bimba, con quei bei occhi verdi smeraldo.

Storia di Abul Binà-Jusur

La notte successiva Dunyazàd dormiva profondamente e Shahrazàd era dinanzi a lei, prima che si mosse per svegliarla aprì gli occhi e si mise seduta a metà letto, pregandola d'iniziare il racconto. La sorella guardò lei e poi il sultano, il quale chinò leggermente il capo acconsentendo, quindi incominciò.

Nella città di Bassora sotto il re Zeynn al-Asnàm viveva Barakah cogia, un ricco mercante di gioielli. Si era trasferito dall'Egitto, dove aveva comprato per tremila dinàr la bellissima Silene, che in seguito ingravidò e tanto le piaceva che la prese come moglie, dalla quale nacque uno splendido bambino, vivace ed intelligente che chiamò Abul. Silena aveva i capelli biondi chiari e gli occhi neri come la notte, suonava ogni strumento, cantava canzoni che lei stessa componeva all'occasione ed era una danzatrice sensuale e bravissima.

Un giorno Abul, all'età di otto anni, vide in fondo alla lunghissima strada il sorgere della grande Luna, rossa, accesa, in un cielo che brillava ancora di un azzurro profondo, desiderò, con tutto sé stesso, di vedere quello spettacolo ancor più da vicino, così si mise in cammino a passo svelto verso quell'orizzonte. Era stato dato in consegna dalla madre alla schiava anziana, la quale, presa da un argomento piccante con il venditore di datteri, quando si accorse dell'assenza del piccolo fu troppo tardi. Cercò tra le bancarelle del mercato, chiese al giudice di polizia, ma tutto fu inutile, ormai il buio era calato e non le rimase altro che tornare dai padroni e informarli dell'accaduto. Non era preoccupata per la punizione che le sarebbe stata data di certo, ma per il piccolo Abul forse in pericolo, a quella tenera età tutto solo, o peggio ancora in mano a gente mala intenzionata. Faceva con la mente mille congetture e le venivano i brividi ad ognuna di queste.

Il piccolo camminava affascinato dalla Luna, non l'aveva mai vista così grande, aveva attraversato tutta la lunga strada della città, i palazzi ai lati e poi anche le case più piccole erano ormai finite ed ora si trovava in aperta campagna, ma continuava ancora lungo il sentiero in direzione di quella magnificenza sempre più grande. Le sue gambette si muovevano veloci senza stancarsi un solo attimo. Quando ad un certo punto quel sentiero portava ad una grande torre circolare altissima. Il portone di ferro era socchiuso, così, mosso da qualcosa dentro di lui, lo spinse leggermente e, sorprendendolo, si spalancò, così salì la scalinata a chiocciola, senza alcuna paura, determinato. Mentre dalle feritoie vedeva di tanto in tanto quel disco luminoso, che si alzava sempre più, così si mosse con più fretta, quando fu nel terrazzo, udì l'infrangersi delle onde del mare ai piedi della torre, vide un cielo trapuntato da mille e mille stelle e la Luna accesa tra le sue ombre, che gocciolava come se fosse emersa da un mare di sangue. Era immensa! S'innalzava a grande velocità. Una voce lo chiamò: "Abul!" e da dietro spuntò il mago Abrabahm, con la sua lunga barba nera, l'abito e il turbante entrambi neri. Era nascosto nell'ombra. Quella presenza lo turbò. "Piccolo mio, la Luna ti chiama, ti vuole a sé, non avere paura e salta in volo verso di essa." Il bambino acconsentì con la testa, allora Abrabahm lo prese e lo alzò e lo pose sopra, tra i merli della torre. Abul guardò giù e vide il precipizio del burrone che continuava oltre le mura della torre, ebbe paura, poi alzò lo sguardo su quell'affascinate sfera immensa che correva davanti a sé. "Abul, su! Spicca il volo, vai!". Ormai rimaneva solo una piccola parte, il Polo Sud, e sarebbe passata definitivamente, così mentre alzava le piccole braccia, si abbassò tutto e si spinse verso quello che rimaneva della Luna, sembrò che stesse precipitando vertiginosamente verso l'abisso, quando invece vide tutto capovolgersi e così stava proprio sopra e volava libero sul suolo dell'astro come un uccello, bastava stendere un braccio, una gamba per dirigersi dove voleva. Sotto era di una bellezza straordinaria, montagne altissime, mari verdi e prati e foreste azzurre, città con immense piramidi e palazzi grandiosi che brillavano come oro bianco. Quando ad un certo punto vide una piazza gremita di gente ai piedi di un grande tempio circolare sormontato da una cupola d'oro, da dove, tra le gigantesche colonne, una donna lo stava chiamando con tutte e due le mani a braccia aperte, più si avvicinava più notava il viso bello di quella donna e la sua espressione rassicurante, materna, quando fu a poca distanza fu preso dolcemente da lei e così pose i piedi sul suolo. Si alzò un urlo di giubileo di tutte quelle persone radunate, che gridavano il suo nome, sembrava un forte tuono, ripetevano: "Abul! Abul!".

Quando la schiava anziana arrivò a casa si è prostata con il viso a terra davanti alla sua padrona, afflitta e terrorizzata. Silena subito capì turbandosi che era successa qualcosa al bambino, così chiese immediatamente: "Dov'è Abul?". Quella con il dolore al cuore, perché lei aveva accudito il bambino sin dalla nascita, e il terrore di cosa le sarebbe accaduto in seguito, si mise a balbettare e riferì che lo aveva perso al mercato. Silene rimase impassibile, ferma, impietrita come una statua, disse con voce ferma all'eunuco nero e armato di scimitarra: "Rinchiudila nelle segrete!". Quello la prese con una mano per il braccio e strattonandola la portò giù. Silene si voltò e dirigendosi alla finestra guardò lungamente la Luna. Saputa la notizia Barakah cogia si rattristò profondamente, perché amava tanto quel figliolo, ma non si perse d'animo, volle interrogare la schiava anziana e poi diede ordine di batterla con un nerbo di bue quaranta volte al giorno fin quando Abul non sarebbe stato ritrovato.

Intanto sulla Luna Abul veniva trattato come un principe e le venne attribuito il nome di Binà-Jusur, che significa costruttore di ponti. Lui non pensava per il momento agli affetti che aveva lasciato sulla Terra, era troppo preso dalla miriade di bellezze straordinarie di quel mondo. Lo vestirono con una tonica argentata intessuta con fili d'oro e una cinta trapunta di diamanti. Imbandirono una tavola con piramidi di frutta di ogni genere, ed altre con dolci e pani d'ogni tipo, mentre fuori il tempio la gente esultava ancora. I giorni a seguire i maestri iniziarono ad istruirlo nelle arti mediche, magiche, matematiche, impartirono lezioni di storia, letteratura, astrologia, alchimia, geomanzia, lo addestrarono con esercizi fisici e militari, come armeggiare e combattere anche in situazioni estremi. Lungo gli anni Abul incontrò Aurora, sua coetanea e compagna di giochi, la quale nel tempo sbocciò come una rosa e divenne una donna di una bellezza unica. Abul a tredici anni è divenuto geloso di lei e non voleva che nessun altro l'avvicinasse. Anche Aurora incominciava a provare per Abul, oltre la venerazione che provavano tutti, un sentimento più profondo. Erano soliti appartarsi nel grande giardino tra le siepi e un giorno, mentre s'intrattenevano nei loro giochi amorosi, due abitanti dell'Altro Lato spuntarono da sotto terra e catturarono Abul, lo misero dentro un sacco e si defilarono da dove erano sbucati. Aurora corse immediatamente urlante verso la Gran Maestra. La quale chiamò urgentemente il Consiglio dei Dieci ed informò tutti dell'accaduto.

Quando ad Abul gli fu tolto il sacco vide una grande galleria illuminata da sfere alle pareti, vi erano un centinaio di ominidi, non portavano vesti, avevano il corpo ricoperto di conchiglie di colore grigio, alcuni di loro avevano una vistosa cresta spinosa con una membrana rossa. Parlavano tra di loro un idioma gutturale incomprensibile. Quando ad un certo punto un fumo nero sembrò uscire dal pavimento e decine di enormi geni si materializzarono proprio davanti a lui, indossavano vesti di seta, ognuno di un colore diverso, ed avevano lunghi capelli neri raccolti in una grande treccia. Uno di loro si accostò assumendo le dimensioni normali per Abul, s'inchinò e baciandogli la mano destra se la pose in testa in senso di rispetto, poi disse: "Perdonaci per averti sottratto in questo modo, ma era l'unica strada per incontrarti. Noi siamo gli abitanti dell'Altro Lato della Luna, quello che non vede mai Grande Madre Terra. Il popolo della Luce e del Buio hanno reso schiava questa gente. Anche noi geni siamo stati processati ed esiliati qui, schiavi di questo posto e incatenati a non potere utilizzare la nostra forza magica, perché dissidenti a questa immane ingiustizia." Abul rifletteva che, se pur aveva studiato di tutto e di più non era stato messo a conoscenza minimamente dell'Altro Lato della Luna e del loro popolo, quindi porse maggiore attenzione. Infine chiese dunque: "Perché mi avete catturato? Cosa volete che io faccia?". Il genio allora gli disse: "Tu sei Abul Binà-Jusur. Tua madre è Silene, ultima figlia di Azzar Binà-Jusur, il suo primogenito maschio è l'erede al titolo d'imperatore, quello sei tu! La tua famiglia, in una notte d'eclissi totale, ha subìto una rappresaglia da parte dei Maghi Neri ed è stata sterminata. Grazie ad un dissidente di loro tua madre, all'età di otto anni, è stata aiutata a fuggire dalla

Luna. Nel Lato della Grande Madre vi sono molti nemici della pace tra i popoli della Luna, sono potenti ed hanno creato l'immane menzogna. Ci accusano che volevamo il massimo potere, così ci hanno condannato ingiustamente alla schiavitù. Hanno costruito la grande muraglia dividendo totalmente i due lati della Luna. Questa è la verità! Ed è giusto che tu la sappia.". Abul rimase sorpreso da questo racconto e dalla sua origine, dopo anni di studio pensava di conoscere la storia della Luna ed invece, se tutto fosse vero, non conosceva i regni dell'Altro Lato, né la storia della sua famiglia. I geni fecero visitare l'Altro Lato, non era splendente come il Lato della Grande Madre, per lo più vi erano abitazioni modeste, senza abbellimenti, non vi erano giardini, solo alcune foreste e i mari erano grigi. Quando poi visitò il sottosuolo scopri le magnificenze artistiche, i monumenti grandiosi scolpiti nella roccia, fontane che zimbellavano acqua e le strade lastricate di marmo. Apprese che quelli ominidi erano gli indigeni della Luna e che i maghi, i geni e tutta l'altra umanità erano arrivati sul loro astro. Loro per l'alto livello di civiltà furono ospitali. Secolo dopo secolo gli indigeni furono soggiogati. Quindi la condizione di pace, che si arrivò dopo le tante guerre tra la confederazione dei regni dell'Altro Lato e il grande impero del Lato della Grande Madre, era l'invalicabilità della muraglia. Quando Abul la visitò vide l'opera grandiosa in un materiale che sembrava ferro leggerissimo nero, era sormontata da una strada dove vi erano dei carri trainati da velocissimi roditori, grandi quanto elefanti. Ormai gli umani erano sulla Luna dopo tanto tempo si sentivano anche loro indigeni, così come i geni e i maghi, arrivati lì da mondi lontani. Gli indigeni chiedevano di annullare il presunto debito che fu addossato ai loro padri, dovuto per la costruzione della muraglia e per il costo della guerra, ciò li costringeva ad una vita da schiavi nelle miniere, oltre a non potere avere libero accesso e movimento nell'impero del Lato della Grande Madre, così chiedevano la realizzazione di porte nella muraglia. Il popolo della Luna era d'indole pacifica amante dell'arte, pur avendo grande qualità di scavatori, da dopo la guerra non si erano mai spinti nell'altra parte, non avevano mai passato i confini, tranne questa volta. Per loro era intollerabile non avere accesso nella loro Luna, in tutti i loro territori. Dopo tutte le onorificenze fu portato sulla grande Muraglia con un seguito di migliaia di ominidi. Ad un certo punto Abul si sollevò in alto e facendo un cenno con la mano volò verso l'altro lato. Volò fino al tempio, dove la Gran Maestra ed Aurora l'attendevano. Abul lasciava trasferire dal suo volto il disappunto verso tutto quel lusso dell'Impero, che contrastava in maniera così avvilente con la miseria dell'Altro Lato. La Gran Maestra lo pregò di raccontare dall'inizio alla fine cosa gli era successo. Lui lo fece con minuzia di particolari, aggiungendo le sue impressioni e considerazioni. Aurora le stringeva la mano, aveva avuto molta paura di perderlo. La Gran Maestra, quando lui finì, con molta dolcezza gli disse: "Abul Binà-Jusur tu sei il figlio della Grande Madre Terra, noi abbiamo aspettato da secoli la tua venuta per governare l'impero del Lato della Grande Madre e mettere pace con la confederazione dell'Altro Lato. Abul Binà-Jusur, generato dal sangue reale di Silene e dal sangue reale di Barakah, figlio di Badr, generato dal re di Persia e dalla principessa del Popolo del Mare Giulnar, discendente del re Salomone, ascolta la verità! Gli indigeni, i geni e i maghi neri non sono i ben venuti nell'Impero, perché hanno dato prova della loro malvagità nei secoli passati, già molte volte hanno tradito gli accordi di pace, quindi non ti angustiare tanto per loro. Il Consiglio ha già deciso che il gesto che hanno fatto di superare la Muraglia e di catturarti sarà severamente punito!”. Abul si addolorò nel sentire quelle parole e il suo dolore trasferiva dal suo volto, così disse supplichevole: “Gran Maestra, per me siete come una madre, fate in modo che questo non accada. Io ho visto dei popoli pacifici che credono in me il loro liberatore da una schiavitù che dura ormai secoli. Le loro rivolte e le loro guerre hanno avuto un solo movente: l’oppressione …”; “Basta! Perdonami Abul, non sopporto sentirti parlare in questo modo! Di grazia, ritirati nel tuo appartamento e domani, dopo la riunione del Consiglio dei Dieci ne parliamo.” Abul fece un inchino e si appressò verso le scale. Aurora lo seguì e arrivata davanti la porta gli chiese se poteva entrare per restare un po’ con lui. Aurora così carezzandolo gli disse che erano stati tanto in pena per lui ed avevano pensato al peggio: “E’ un miracolo che ti hanno lasciato vivo.”; “Vi sono due verità contrastanti, ho bisogno di saperne di più. Ricordo prima del salto sulla Luna di un uomo che mi attendeva, mi aiutò nell’impresa, ora capisco che quello era uno dei maghi neri, penso che lui mi potrebbe chiarire la questione.”; “I maghi neri, sono malvagi!”; “Non tutti! Io ero sotto il suo controllo e mi aiuto a compiere il mio destino.”.

L’indomani il Consiglio dei grandi Maestri di tutti i dieci regni dell’Impero si riunirono, stettero diverse ore a discutere, dopo convocarono Abul per assistere. Lui seguì il dibattito ordinato, molto calmo. La discussione, per linea di massima, verteva che era stata concessa troppa libertà, tanto da riuscire a catturarlo, quindi il Consiglio doveva prendere provvedimenti adeguati, affinché non si ripetessero gesti simili. La Gran Maestra, che presedeva quella seduta, chiese ad Abul di chiarire i suoi pensieri a tutti. Abul prima chinò la testa e poi disse: “La mia missione è quella di abbattere muri e costruire ponti.” La Gran Maestra si alzò e disse: “Abul Binà-Jusur liberare gli abitanti dell'Altro Lato: maghi, geni e indigeni, con i loro grandi poteri, significa sottomettere alla magia non solo il nostro ma anche altri mondi, non ci possiamo permettere di sbagliare, già ci è costato molto in passato!". Abul chinò la testa più volte e prese la decisione di tornare sulla Terra, così chiese se ci fosse stato un modo. La Gran Maestra disse che era rimasto un ultimo portale, ma doveva essere distrutto appena utilizzato, quindi la sua sarebbe stata un'andata senza ritorno, considerato che lui non era un loro prigioniero, poteva andare quando voleva. Così si determinò che l'indomani stesso Abul sarebbe tornato sulla Terra. Aurora decise di non volerlo lasciare e gli disse: "Dove vai tu vengo anch'io, la mia vita qui senza di te non sarebbe più vita. L'ho capito quando sei mancato". La Gran Maestra lo abbracciò teneramente e volle donare, una spada di acciaio nero e un'ampolla con l'acqua della Luna, gli disse: "E' la più pura e la sua potenza è enorme, usala bene! Mentre appena siete arrivati sulla Terra mi devi promettere d'infrangere il portale con la spada nera!". Abul disse: "Lo prometto madre! Parola di Abul Binà-Jusur." Poi con Aurora furono condotti davanti allo specchio degli antenati. Loro così avanzarono, passo dopo passo, presi per mano, fin quando s'immersero nello specchio e scomparvero. Le immagini si agitavano, infine lo specchio tornò a riflettere la Gran Maestra in maniera limpida, la quale prese una spada d'acciaio nero e con un colpo secco lo frantumò in mille pezzi.

Quando Abul e Aurora attraversarono come in un plasma luminescente, uscirono da un altro specchio, posto tra forzieri e oggetti preziosi. Appena fuori, Abul, senza pensarci due volte, prese la sua spada di acciaio nero e diede un colpo a quello specchio che si frantumò in mille pezzi. Udirono gli scatti della serratura, qualcuno stava aprendo. Aurora gli sussurrò di non preoccuparsi, così fece un gesto con tutte due le mani davanti le loro teste e divennero invisibili. La porta si aprì, spinta dal tesoriere del califfo Harùn Ar-Rashìd, che si era incuriosito per il rumore che aveva sentito del vetro rotto nell'interno della stanza del tesoro, entrò per costatare cosa fosse accaduto, ma non vide nessuno, fu attratto dai pezzi di specchio per terra e guardava in giro, loro nel frattempo uscirono e fuggirono via. Quando giunsero fuori le mura del palazzo del principe dei credenti, Aurora tolse il velo invisibile, per potersi muovere più agilmente. Abul chiese spiegazioni di quell'arte magica, lei dichiarò che era una fata, come ogni donna della sua famiglia, il velo lo aveva sottratto alla propria madre prima di partire. Mentre il tesoriere andò ad informare il califfo su ciò che era successo e che non mancava niente dalla stanza del tesoro. Harùn Ar-Rashìd l'aveva avuto in dono da un principe del Cairo, che aveva trovato dentro una piramide, il quale l'aveva informato che quello doveva servire per l'arrivo del Binà-Jusur, raccomandando una accoglienza degna della sua grandezza, quindi quell'evento significava solo che era già arrivato, così fece chiamare il suo gran visir Giàafar e chiarì ogni cosa, aggiungendo che quella sera lo dovevano andare a cercare in segreto se fosse ancora Bagdàd, travestiti da mercanti, come facevano spesso per controllare cosa succedeva tra i sudditi. La sera, usciti da una porta segreta del giardino, il califfo Harùn Ar-Rashìd e il suo gran visir Giàafar, andarono in una locanda spesso frequentata da viaggiatori e mercanti, subito notarono due giovani ben vestiti e di una bellezza e prestanza uniche, si avvicinarono e chiesero da dove venivano. Il giovane rispose che erano di passaggio e giungevano da Shiràz. Così con tono cortese il gran visir e il califfo offrirono il loro aiuto: "Dovete stare molto?"; "No, domani partiamo per Bassora". Harùn Ar-

Rashìd non aveva più dubbi, uno di quei due giovani era Binà-Jusur, per il portamento, la bellezza e la magnificenza degli abiti, così disse che offriva ospitalità nel suo palazzo e che si potevano fidare di lui, era onorato di potere essere utile. Aurora guardò negli occhi prima il califfo e poi il gran visir e lesse i loro pensieri, poi diede un segno di consenso ad Abul. Tornati a palazzo il principe dei credenti, dopo avere chiarito la questione dello specchio e della sua profezia, ha chiesto ad Abul se si fosse realizzata. Abul così raccontò sin dal salto sulla Luna fino all'arrivo nella stanza del tesoro. Harùn Ar-Rashid rimase tanto colpito da una storia, che superava tutte quelle che aveva sentito finora e di tale magnificenza. Quindi si mise a disposizione con qualsiasi mezzo per la sua missione di trovare i suoi genitori e il mago nero.

Silene, dopo la scomparsa di Abul, incominciò a ricordare le fantasie della sua infanzia, immagini e scene, come in un sogno, rifletteva sul fascino che le suscitava la Luna, come un profondo legame. Era cresciuta in casa di un signore nella splendida città di Siracusa, per lei era il suo vero genitore. All'età di sedici anni stava viaggiando per via mare con la famiglia verso Creta. La nave fu attaccata dai pirati. Il padre, mentre difendeva la figlia da uno di quei bruti, che voleva abusarne, fu ucciso e gettato a mare. Lei poi fu venduta come schiava all'attuale marito. Nei suoi ricordi affiorava l'immagine spaventosa di un uomo vestito di nero con una lunga barba nera, spesso le capitava nei giorni di perigeo lunare.

Dopo qualche settimana dalla scomparsa del figlio nel negozio di Barakah cogia si presentò il mago Abrabahm travestito da un anziano mercante, propose la sua mercanzia di perle pregiate, rubini e zaffiri di una bellezza strabiliate. Barakah cogia notò che la merce era veramente straordinaria e il prezzo un affare, tutto ciò non lo convinceva e si chiedeva tra sé dove stava l'inganno, così gli chiese: "Padre, dove avete preso queste bellezze straordinarie?"; "In un posto dove ve ne sono così tante che valgono poco. È per questo che li sto vendendo a questo prezzo!"; "E dov'è mai questo posto?"; "Nei regni sotto il mare." Barakah cogia pensò che quell'anziana persona si stava burlando di lui, quindi comprare quel tesoro a quel prezzo non era cosa corretta, per liberarsi di quella presenza gli disse che poteva proporre la sua offerta al mercante ebreo accanto alla sua bottega, quello l'avrebbe accettata volentieri. Abrabahm allora si tolse il suo travestimento e gli disse: "Cocciuto, vengo a portarti notizie del tuo amato figliolo. Guarda dentro questo rubino!" Lui vide in un attimo Abul che volò verso la Luna, così disse: "Che significa?"; "Che il destino di tuo figlio è sulla Luna, lui è sovrano per discendenza sia della Terra, sia del Mare che della Luna!"; "Ma cosa dici vecchio, io sono mercante, figlio di mercante e sua madre schiava che io ho comprato!"; "Sua madre Silene è l'unica figlia legittima del Binà-Jusur della Luna che io salvai e portai sulla Terra. Tu sei il figlio legittimo del re di Persia, che appena nato sei stato scambiato da una stupida e maldestra schiava con un bambino nato lo stesso giorno. Eri creduto morto annegato, perché caduto da imbraccio alla nutrice nella vasca dentro il giardino del palazzo reale, questa per paura di essere uccisa riuscì a fare lo scambio. Invece tu, figlio della principessa del Popolo del Mare Giulnar, ti sei messo a nuotare, perché l'acqua era il tuo ambiente congeniale e trascinato in un cunicolo sei arrivato nel lago Maharloo. Un mercante di Bassura, trovatosi in riva per caso, ti prese e ti ha cresciuto, credendoti mandato da Allah, visto che non aveva avuto figli. Doveva compiersi il destino del matrimonio tra te, principe di Persia, e Silene, principessa della Luna, e il destino, prendendo altre strade, si è compiuto lo stesso. Quindi stai felice per tuo figlio e non disperarti perché quello ch'è scritto nelle stelle avverrà, in ogni modo!". Abrabahm, dopo avere detto quelle parole indossò il suo travestimento ed uscì. Barakah cogia lo seguì, con intenzione di fermarlo e chiedere altro ancora, ma non vi era più né a dritta, né a manca della strada. Così tornò immediatamente a casa e riferì ogni cosa alla moglie, poi fece liberare la vecchia schiava, considerando che sotto vi era più di una semplice scomparsa di Abul in quella storia e che la poverina non poteva contrastare le forze del destino. Silene raccontò i suoi sogni misti ai suoi frammenti di ricordi ed incominciavano ad assumere un significato più chiaro. Barakah cogia decise di andare nella capitale del regno di Persia per presentarsi ai suoi veri genitori con la moglie. Organizzò ogni cosa portandosi con sé solo un forziere di preziosi e il resto lo nascose in un luogo segreto del suo palazzo, pregò ad Abdul-Tawaab, un suo fraterno amico, la gestione delle sue proprietà. Così partì insieme a Silene, con schiavi ed eunuchi armati, per Shiràz. L'amico fraterno in realtà aveva sempre provato invidia di Barakah cogia, per la sua fortuna e per la bellissima moglie, quindi ha creduto che quella era l'occasione opportuna di prendersi possesso di tutto, compreso di Silene che avrebbe tenuta prigioniera a disposizione delle sue voglie fin quando non avrebbe accettato la sua condizione, quindi Abdul-Tawaab organizzò una rappresaglia di predoni e dopo qualche giorno fece attaccare la carovana dell'amico. Questi uccisero i servi e catturarono Silene e alcuni eunuchi che si arresero. Dopo un lungo combattimento il capo dei predoni ha creduto di avere ucciso Barakah cogia affogandolo nell'acqua, in realtà si finse morto e lo lasciarono lì immerso a metà nella vasca. I predoni come ricompensa hanno avuto i muli, il forziere e consegnarono

Silene ad Abdul-Tawaab. Questo cercò il tesoro nel palazzo, ma non trovò niente, chiese a Silene se sapeva dove fosse, ma non gli rispondeva affatto e negli occhi le si leggeva solo sdegno per quel vigliacco. Abdul-Tawaab, muro dopo muro, fece abbattere tutto il palazzo, fin quando trovò il tesoro. Barakah cogia, dopo che vi fu solo il silenzio attorno a se si sollevò dall'acqua, si disperò tanto per la sorte della moglie, catturata con le sue serve. Riprese le sue forze ed ha pianto la sua sciagura, pensò che l'unica via da fare era di proseguire verso Shiràz. Le rimasero solo le pietre date dal mago Abrabahm in una sacca che teneva nascosta nel petto e quindi poteva sostenere quel viaggio.

Abul e Aurora dopo qualche giorno si recarono a Bassura. Un inviato del principe dei credenti annunciò la visita di Abul Binà-Jusur al re Zeynn al-Asnàm che lo accolse con tutti gli onori. Quando vide il palazzo della sua infanzia, con qualche mezzo muro su e il resto diroccato, rimase sconfortato, mentre poco distate ve ne era uno magnifico, che sembrava regale, era quello di Abdul-Tawaab. Questo, notando la straordinaria presenza, volle incontrare quei signori. Come si accostò e seppe che era il piccolo Abul scomparso, Abdul-Tawaab si rallegrò, costatando che era ancora vivo, ma Aurora percepì il suo cuore malvagio ed avvertì Abul di nascosto. Gli chiese che cosa fosse successo alla loro famiglia, e quello rispose che il padre e la madre erano partiti dopo la sua scomparsa per un lungo viaggio e non sono tornati mai più. "Il palazzo di mio padre è stato completamente distrutto, perché è ridotto così?"; "I servi dopo giorni rubarono tutto ciò che hanno potuto e sono fuggiti, nella ricerca di tesori nascosti hanno ridotto il palazzo in queste condizioni, ahimè!". Abul non fece trapelare i suoi sospetti e lo salutò con rispetto andando via. La sera Aurora ed Abul, sotto il mantello invisibile, entrarono dentro il giardino del palazzo di

Abdul-Tawaab e seguendolo scoprirono che teneva la madre Silene prigioniera in una stanza, così uscirono. Abul riferì tutto al re Zeynn al-Asnàm. La stessa sera Abul, con un gruppo di guardie, catturò Abdul-Tawaab e liberò sua madre, che dopo avere pianto di gioia per il figlio ritrovato, raccontò ogni cosa e perché erano partiti da Bassora, poi cadde nello sconforto, perché credeva che il marito fosse stato ucciso. L'indomani mattina il re diede ordine di decapitare nella pubblica piazza l'infido traditore, che ha abusato della fiducia del suo migliore amico, dei beni dati in consegna, che dovevano essere considerati sacri per un buon musulmano e per ogni altra nefandezza che aveva compiuto. Il re Zeynn al-Asnàm, inoltre, decise che tutte le proprietà confiscate ad Abdul-Tawaab fossero dati come risarcimento al principe Abul Binà-Jusur. Il quale dopo qualche giorno diede la tutela dei suoi beni al re stesso e partì con Aurora, la madre ed il giusto seguito per Shiràz.

Barakah cogia raggiunse Shiràz, dopo tante altre peripezie, e guardava la ricchezza del palazzo reale, lo splendore della grande città, pensava tra sé che non poteva andarsi a presentare al re dei re e dire che lui era il suo legittimo erede, doveva trovare un modo. Ad un tratto sentì: "Pisssì! Pissì!", qualcuno lo chiamava da dietro un angolo. Subito pensò che quello poteva essere un agguato e mise mano al pugnale, risentì di nuovo quel "Pisssì! Pissì!" e poi una voce di un anziano che lo chiamava: "Barakah cogia, finalmente sei arrivato!". A questo punto seguì quella voce e svoltando l'angolo si trovò davanti Abrabahm che gli disse: "Non ti preoccupare Silene è viva! Domani vai al cospetto del re dei re e della regina, racconta la tua storia e dona questo ramoscello dell'albero della Luna, sarai accolto come ospite e potrai così vedere la tua famiglia." Il mago si avvolse nel suo mantello nero e si dileguò nell'ombra.

Barakah cogia, guardò quel ramoscello di pino, era diverso, di colore azzurro, sembrava di zaffiro con i mazzetti di foglie aghiforme che scintillavano. Così andò nel bagno pubblico e poi comprò abiti degni a quella visita. Si avviò al palazzo e le guardie lo fermarono, disse che veniva da lontano e voleva conferire con il re e la regina per portare in dono una meraviglia che sarebbe stata cosa gradita ai sovrani. Il capo delle guardie gli si presentò davanti e lo strattonò dicendo: "Vai via! Ogni giorno si presentano straccioni come te che vogliono parlare con le maestà!". Mentre veniva allontanato la regina Giulnar stava uscendo da palazzo e vedendo quel forestiero senti un brivido nel suo sangue, intimò di fermare la carrozza e chiamò il capo guardia chiedendo informazioni dello straniero. Quello riferì alla sua regina e disse che voleva conferire con le maestà. La regina gli ordinò di farlo avvicinare e il capo guardia ubbidì. Barakah cogia gli disse che veniva da Bassora per farle dono del ramoscello dell'albero della Luna, così lo prese e glielo donò chinandosi fino a terra. La regina prese il ramoscello e sorridendogli gli disse che domani mattina lo aspettava per l'udienza, poi diede ordine di proseguire. Il ruscello nelle sue mani si mise a splendere di una luce simile allo scintillare del mare sotto il sole, fu colpita da questa meraviglia. L'indomani fu ricevuto dal re dei re Badr e dalla regina Giulnar, la corte al completo di consiglieri e saggi. Si prostrò e baciò il pavimento davanti le maestà, il re con un gesto della mano gli concesse di parlare e Barakah cogia iniziò così: "Chiedo perdono alle vostre maestà, ma non potevo nascondervi ciò che sono venuto a sapere", così iniziò a raccontare dettagliatamente tutta la sua vita e ciò che era venuto a conoscenza dal mago Abrabahm. La regina ascoltando la storia sorprendente di Barakah cogia si turbava continuamente, tratteneva le lacrime. Concluse la sua storia dicendo: "Se ho offeso le vostre maestà datemi la morte che volete infliggermi!". Il re si alzò e andò davanti a Barakah cogia gli disse: "Sei disposto a superare la prova per costatare se sei il figlio nostro?"; "Sono pronto anche a morire per le vostre maestà!". Così dicendo lo portarono in una imbarcazione a largo nel mare e seguito dalle guardie della regina Giulnar, uomini del Popolo del Mare, legato da pesanti catene a dei pesi, lo fecero tuffare e sprofondò rapidamente. Barakah cogia si sentì morire, mentre affondava sempre più, ma ad un certo punto quell'ambiente gli sembrò naturale, respirava e vedeva come sulla superficie. Le guardie, vedendo ciò lo liberarono dalle catene. Fu attorniato da altre persone, che vivano giù in fondo al mare, che lo acclamarono con grande festa. Quando salì sulla superficie il re e la regina lo vollero subito incontrare. La regina si alzò dal trono e disse: "Già percepivo che eri il nostro figliolo appena ti ho incontrato, noi del Popolo del Mare sentiamo i legami di sangue in maniera forte. Abbracciami figlio mio!" Anche il re abbracciò il figlio ritrovato. La regina così raccontò: "Il bambino che era stato posto nella tua culla dalla perfida serva, poverino è deceduto un giorno in fondo al mare, non riuscì a resistere in quell'ambiente, perché la sua natura non era adatta. Questo ci rattristò molto e sospettando del cambio, perché non sentivo il legame di sangue, abbiamo costretto la serva a confessare. Pensavamo che il nostro figliolo ormai fosse stato aggredito e divorato da qualche bestia, invece Allah ci ha fatto la grazia." Vi furono tre mesi di festeggiamenti alla quale parteciparono molti del Popolo del Mare e dei regni vicini alla Persia.

Mentre il mago nero Abrabahm era in attesa che il giovane Abul Binà-Jusur aprisse il ponte tra la Luna e la Terra per sottomettere gli abitanti con i loro grandi poteri magici con il pretesto che il Binà-Jusur poteva reclamare la sua sovranità sia in superficie che nel mare e sulla Luna. Ora il piano congeniato da secoli era quasi completo, bisognava aspettare il tempo necessario per la presa dei pieni poteri di Abul Binà-Jusur e dell'attacco della Federazione dell'Altro Lato, che con l'inganno avrebbero sconfitto l'Impero del Lato della Grande Madre Terra. Aspettava quando lui avrebbe aperto il ponte. Abrabahm guardava dentro le sue pietre preziose in attesa che dessero le immagini dell'arrivo sulla Terra, così passarono gli anni, quando finalmente un rubino si illuminò nella notte, capì che il Binà-Jusur era arrivato, il ponte era stato aperto, bisognava scoprire dove era la porta e rendere stabile il ponte per l'arrivo dei geni, dei maghi neri e le truppe degli indigeni della Luna. Così si presentò da Barakah cogia e lo informò che suo figlio era arrivato sulla Terra, se lo voleva incontrare non gli restava che andarlo a cercare. Ormai Barakah cogia aveva fiducia nel mago per avergli mostrato tanta lealtà e benevolenza nei suoi riguardi, quindi si congedò dalle maestà suoi genitori e con il seguito degno di un principe si avviò alla ricerca del figlio.

Ormai era questione di tempo e padre e figlio si sarebbero incontrati, visto che l'uno andava verso l'altro. E l'incontro avvenne nella città di Bagdad. Quel giorno gli abitanti assisterono a così tanta ricchezza e magnificenza mai vista prima. L'incontro tra Barakah cogia con la moglie Silene e con Abul Binà-Jusur avvenne alla presenza di tutti gli abitanti, che provarono grande commozione. Il principe dei credenti ospitò nel suo palazzo con tutti gli onori la grande e nobile famiglia. Al mago nero Abrabahm interessava sapere del ponte aperto, così interrogava le sue pietre, ma nessuna dava segnali e allora con maniere gentili si avvicinò ad Abul ricordandogli che era stato lui quella sera sulla torre. Abul lo riconobbe e lo accolse con benevolenza, anche il padre concordava raccontando l'aiuto che gli aveva dato. Aurora non si fidava di Abrabahm in quanto era un mago nero, ma non riusciva a leggere la sua cattiveria, perché lui la nascondeva ai suoi sensi. Harùn Ar-Rashìd ascoltò la storia di quella famiglia e giurò che non ve ne era altra a paragone. Abul raccontò al padre come era andato sulla Luna e come era tornato sulla Terra. Come Abrabahm udì la sciagura dello specchio rotto capì che non vi era più possibilità del ponte e preso dall'ira del fallimento del suo piano fece un terribile sortilegio, sparse le sue pietre scagliandole in aria. Le pietre emisero tanti fasci di luce creando una rete che intrappolò tutti trasformandoli in statue di sale.

Intanto sulla Luna i popoli della federazione dell'Altro Lato invasero l'Impero. Gli indigeni scavarono nel sottosuolo migliaia di gallerie e trasportarono i geni, che alla luce di Madre Terra riacquisirono tutti i poteri ed insieme ai maghi neri sferrarono un attacco mortale alle città dell'Impero. Le fate e le Grandi Maestre contrattaccarono, così le grandi armi magiche dell'una e dell'altra parte ridussero la Luna in un deserto grigio e senza vita. Abrabahm perse il suo potere che arrivava dalle grandi foreste lunari ormai incenerite e quel suo incantesimo non fu più efficace. Le pietre persero la luce e caddero a terra come dei semplici sassolini. Fuggì dannato a vivere come un uomo normale, peregrinando di città in città. Nella corte di Harùn Ar-Rashìd ripresero vita tutti. Le guardie, che avevano tentato di entrare nella corte, senza riuscirci, durante l'incantesimo, ne furono testimoni, così raccontarono il maleficio del mago. Il principe dei credenti volle scrivere questa storia con caratteri d'oro da lasciare ai posteri.

Barakah cogia e la sua famiglia tornarono a Shiràz, dove dopo l'incontro con le maestà, Abul Binà-Jusur e Aurora si

altri pastori viggero il miracolo ridevano si squaccheratamente che a ognuno i denti si potevano contare. Il patrone presente lo volle suo senza contrapposizione alcuna. Portatolo a la casa e messo sopra il mobile de la cucina si sollazzava a lo gioco del fraticello di mandorlo tra le risate. L'anziana fante de la moglie fu curiosa di quel monaco che pareva a lo suo parere nuno santo, nel modo di toccare la testa vigge il miracolo e presa da lo spavento fu scappata misasi, come na pazza, a vociare: "Lo diavolo! Lo diavolo!".

Madonna Costanza II di Chiaramonte, figlia di lo cavalere Federigo II Chiaramonte, che Federigo III, il re di Cicilia pi volontati de li ciciliani, volle premiare, dopo la pace di Caltabellotta, co la baronia di Siguliane pe il suo gran valore ne la battaglia, aveva sposato l'11 novembre de lo 1307 il marchese di Savona e Finale, Antonino del Carretto, il quale pe l'etate avanzata, o per sua natura, nulla combinava con la moglie. Costanza era la più bella madonna de lo Regno di Cicilia, co intelligentia, grazia e bellezza di corpo. Pi sollazzo Costanza iva ne lo maniero di Seguliane e invitava dame e cavaleri di tutto il Regno, co confetti d'ogni maniera e vino di delizia, balli, canti e novellatori. E tra un gioco e na novella venuta a conoscenza di lo monachello di Burgio volle coseco avere. Fu portato a la madonna e fatto veggere come funzionava magnificamente, fu chiarito che lo monaco in carne ed ossa era frate Nino da Favara che facea pregna ogni femina. Costanza riflettuta a lungo la questione affidò ad una sua fante di fiducia la ricerca di frate Nino e di condurlo seco a suo cospetto. Trovatolo a Gergenti lo fece salire su la carrozza e portato fu na lo castello de Siguliane. Fatto desinare cu delizia poscia arrivata fu Costanza che come lui la vigge s'arzò pe la bellezza e lo splendore: "Servo suo madonna Costanza!"; "Sedetevi, frate Nino avete nominia che lo vostro levito è di grand'effetto. Visto che quello de lo mio marito pare scaduto oramai, se voi aggrada dovete farmi il servizio in gran segreto, se cosa alcuna fori andasse la vostra testa staccare farei! Deve essere uno servizio senza lo godimento, in tale modo come pronto sarete prontamente lo infilate immanente la mea fessa!". Tale modo si fece na lo salone de lo quarto nobile de lo maniero. Frate Nino come veggiuto lo di dietro nobile rotondo bianco come l'ovo e la bella tutta in lo tutto, s'apparecchiò. A la fantesca parea lo monachello di Burgio per lo batacchio che vigge alzare dalla tonaca. Si novella ancora che nessun sollazzo ci fu, ma la Costanza parea che ridea, o chiancea, o cantava e splendea per lo godimento. Fatto dono di monete d'oro in abbondanza frate Nino ritorno fece da la sua famiglia, sposò con dote le figlie femine e uno podere comprò, dove passò li sui anni in prosperitate. Madonna Costanza a li nove mesi precisi l'erede a lo marchese suo marito dette e pi la grazia avuta lo volle chiamare come il santo: Antonio! Madonna Costanza conosciuto il gran piacere ha voluto feste na lo castello di Seguliane fare e fare. Il marito marchese na lo castello di Racalmuto si ritirò, contrariato pe la condotta della mogliera, ma per lo vero era stanco da lo peso de l'etate. Brancaleone Doria avventuriero na lo invito la volle incontrare e pare che sollazzarono tanto, che divenuta vedova si sposarono e pe altri sette figli pregnò madonna Costanza. Il piccolo Antonio cresciuto, che parea frate Nino, portò avanti la dinastia de la famiglia Del Carretto in Regno di Cicilia.

Tana finita la novella tolse da lo capo la corona d'aglio intrecciato, tra ridere di omini e femine tutti. Rimasto vivo nella loro testa frate Nino novo Pan di Cicilia. Siniscalco disse: "Sorecchia Tana avete fatto incontro voi con lo frate Nino? Di certo pregna ne sarete rimasta!" E la brigata non finiva de lo tanto sollazzo.

Il vangelo nascosto

Questo è Issa! È stato concepito dall'energia femminile in unione con il serpente, nel coito celeste secondo il Tantra. Qui siamo a Mataria nel Giardino delle Erbe in un monastero esseno. Quanta bellezza! Fiori e alberi di ogni genere, profumi intensi e fragranti! Issa se ne stava lì, solo e osservava ogni istante, ogni cosa e sembrava sfiorarle leggermente con la sua manina. La sua veste bianca, senza cinto, lasciava intravedere due gambette e braccini perfetti e chiari, quando una voce di uomo lo chiamava da lontano.

"Questo è Giuseppe. Loro lo hanno eletto suo protettore da prima della nascita, ed è pronto a dare la sua vita per lui, anche se proprio ieri sera, di fronte a gli anziani della confraternita, lui rinunziò ad ogni diritto sul bambino. Giuseppe sapeva che questo momento sarebbe arrivato, ma quando si posizionò al centro del semicerchio dei confratelli, mentre guardava sua moglie, tra le donne a destra, sentì il suo grande amore per Issa esplodergli dentro, poi mangiò il suo pane e bevve il suo vino, cantò gloria al Signore Assoluto. Lui e lei si guardarono intensamente e ripercorsero a ritroso la fuga e la nascita in quella notte, dove la congiunzione di Saturno e Giove nella costellazione dei Pesci condusse i monaci a celebrare la rinascita di Buddha. Portarono la ciotola, i gioielli, l'incenso e le cose appartenuti al Dalai Lama deceduto, insieme ad altre cose, li posero davanti a Issa e dopo un istante, con la sua manina afferrò la ciotola e se la portò alla bocca, con una forza sorprendente. I sacerdoti si rallegrarono e cantando gloria andarono per il cammino di ritorno. Ora Issa appartiene all'Ordine. Gli fu insegnato il saluto e il segno della santa confraternita. Quella sera si ballò e cantò fino a poche ore fa." Concluse mesto l'anziano rospo. "Ma che storia stai narrando? Il tuo Issa è forse il mio Gesù?". Non mi diede nessuna risposta. Dopo un lungo silenzio mi disse: "Guarda!".

Issa sembrava non ascoltare Giuseppe che lo chiamava, chinato sullo specchio d'acqua di fronte a noi giocava turbandola, immergendo il suo indice della mano destra, creando dei cerchi concentrici e ripentendo quel gesto innumerevole volte. Quando nell'acqua spuntarono delle immagini. Il volto di Giuseppe, che confessò di non essere suo padre, ma di amarlo ancor più di un padre. Incominciò a vibrare la luce di fuochi accesi sulla montagna, dove si trova Masnada. Lo splendore di una luna crescente illuminava due giovani di fronte a diversi gruppi di esseni in abito bianco, che all'unisono portarono la mano destra al petto e la sinistra sul fianco. I due giovani pronunziarono assieme, solennemente, di rinunziare ad ogni ricchezza e fama, ad ogni potere su gli altri uomini. "Issa e Giovanni", li chiamò il vecchio Nabbin: "Giurate fedeltà e segretezza!", e li baciò. Poi furono segregati per tre giorni e tre notti nella caverna delle tentazioni. Rivestiti con l'abito bianco ricevettero la cazzuola e il bacio, furono così iniziati all'Ordine. Passò un'altra luna nuova e furono confratelli. Issa toccò di nuovo l'acqua del Nilo con il suo piccolo indice e altre immagini rispuntarono nei cerchi concentrici. Una lunga carovana tra deserti e montagne verso il fiume Indo e poi il fiume Gange tra la gente di Varanasi, mentre parlava del Signore Assoluto, anima dell'universo, occhi d'odio lo fissavano. Issa esortava: "Aiutate i poveri, assistete i deboli, non fate danno a nessuno, non bramate ciò che non avete e ciò che vedete posseduto da altri!". Tra le montagne del Nepal a Kapilavastu, Issa pregava e studiava tra i rotoli, pronunciò i suoi sermoni. Il vecchio abate disse ai monaci buddisti: "Questo è Bodhisattva. Oggi è un picco del Tempo. La sua stella di saggezza si alza nel cielo. Issa ci porta una conoscenza di Dio. Tutto il mondo lo ascolterà!". Il bambino rimise il dito nell'acqua e il suo volto adulto si rispecchiò, tra i suoi confratelli, vestito di bianco, e fu scritto sull'acqua: *Sincerità*. Rimise il dito e dopo la turbolenza fu scritto *Giustizia*, poi *Filantropia*! e in oro emerse il suo nome: *Issa*! A questo punto ci fissò e ci disse: "Mai più il Signore offenderà l'uomo facendolo rinascere in un corpo animale!". E il rospo ha avuto il coraggio di rispondergli: "Ma un animale rinasce uomo!"

Issa lo guardò, ma non gli rispose, riemerse il suo dito nell'acqua e rispuntò un'altra scritta nell'acqua: *Eroismo*, e poi, *Amore*! Si udirono grida da tutte le parti: "Questo è il Cristo!", "Ha raggiunto prima il Sé, poi l'immortalità!". Noi tutti, compreso i fiori abbiamo meccanicamente pronunziato la parola "Amen!".

Lui divenne uomo, non fu più il bambino di prima. I Sette Saggi riuniti a Mataria: un pitagorico, un esseno, un buddista, un induista, un druido e un egizio di Zaratustra, dichiararono chiusa l'era della crudeltà per iniziare l'era dell'amore. L'uomo deve incatenare la sua anima animale e rinascere solo uomo. Questa era la linea del non ritorno verso l'innocenza crudele delle leggi universali, ora per la salvezza dell'uomo bisognava incamminarsi verso l'amore. Per questo è stato costruito il Cristo, dal Messia delle profezie di Israele, al Messia celtico Esus, al Buddha rinato, o al ritorno di Krishna, al Sé filosofale. Molti furono i fallimenti e i messia senza storia, ma Issa, nato da Maria di Glastonbury in Britannia, portata appena nata, da Giuseppe D'Arimatea, dai suoi lunghi viaggi commerciali, cresciuta nella spiritualità, con il suo aspetto così diverso da gli altri. L'insegnamento dei saggi rese Issa infallibile. Solo la grande fede dell'Ordine Esseno permise questo grande evento che cambiò la storia. E Zaccaria che acconsentì l'avvenimento in casa sua del coito celeste. Fu in quella casa che rimasero gravide la moglie Elisabetta e sua cugina Maria. Maria e i suoi sedici anni, Maria e i suoi occhi chiari e i suoi capelli neri, Maria la donna più bella, Maria madre di Dio, Maria scrigno di tanto mistero, Maria Arca santa. E un'altra Maria, di Magdala, lo amò come Dio e come uomo. L'unica che Issa baciava sulla bocca. Ma Issa fedele alle regole dell'Ordine Esseno, fedele alla missione dei Sette Saggi, non la prese come moglie, Tapa, austerità, senso del dovere, fin quando tutto fu compiuto. A l'età di tredici anni molte famiglie lo volevano promesso secondo le regole ebraiche e fu allora che Giuseppe lo inviò con la carovana verso oriente. Tutto fu preparato minuziosamente per realizzare la profezia più grande. E quando Pilato lo vide la prima volta, appoggiato al tronco di un albero di mandorlo, mentre proferiva parole di umiltà, con la sua bionda barba e i suoi capelli sciolti, la sua carnagione chiara, in mezzo a tutti gli altri con quelle barbe nere, ebbe proprio l'impressione di un dio in terra. Così scrisse a Tiberio Cesare, nel 32 d.C., che Issa non era contro Roma, predicava la sopportazione e l'amore, il perdono. Quando Pilato se lo trovò davanti, invitato al Foro, Issa andò, e con il solo sguardo lo impietrì. Pilato scrisse: "Mi pareva di avere i piedi inchiodati al pavimento di marmo con catene di ferro. Tremavo tutto, come farebbe un colpevole, mentre lui era calmo!". Tutti provarono un gran rispetto per Issa, tanto che decise di proteggerlo e lasciargli libertà di convocare il popolo, agire e parlare. Ma i suoi nemici erano sempre più numerosi, tra i potenti, ognuno vedeva in lui un pericolo. Anche gli zeloti non trovarono in lui quello che cercavano. Neanche i Sette Saggi riuscirono più a controllarlo, era più grande, più vero di quanto loro stessi si aspettassero. Neanche lui stesso si riconosceva in ciò ch'era prima, sembrò proprio che il Grande Spirito, l'Anima Universale, lo aveva reso suo strumento. Questo gli esseni lo compresero, fino all'ultimo e anche dopo, quando Giuseppe D'Arimatea fuggì lontano in Britanna, Marta e la sua famiglia fuggirono a Saint-Baume, in Francia, aiutati dai confratelli druidi. Issa, sua madre, sua sorella Maria e Maria la sua compagna andarono per la via di Damasco a Rozabal. Così il segreto dei Sette Saggi fu sigillato per sempre, anche ai fedelissimi seguaci di Issa. Issa fu grande nelle sue opere e nelle sue parole! Quando una meretrice si accostò alla sua tavola con i suoi discepoli, senza essere invitata, con aria incredula, pronta a ridere ad ogni sua parola, lasciva e provocante nelle sue vesti e nelle sue occhiate, dopo averlo ascoltato, che per una persona vi è sempre la strada del ritorno verso la casa del Padre, basta la volontà al pentimento, lei cominciò a piangere e volle baciargli i piedi e asciugarli con i propri capelli. Gli apostoli la volevano allontanare, ma Issa la perdonò e divenne una di loro. Così Issa disse ai suoi: "Fate sì che la vostra preghiera sia incessante, discepoli miei, affinché possiate ricevere. Perché colui che cerca trova, e colui che bussa, a costui verrà aperto. Colui che chiede riceve una risposta da Dio." La potenza della preghiera è così grande che qualsiasi realtà potrà essere mutata in una altra verità, avviene ciò nell'onnipotenza di Dio. Issa, l'Unto, il Maestro esseno di Giustizia, così insegnava: "Non cercate la Legge nelle vostre scritture, perché la legge è viva, mentre la scrittura è morta. La legge è la parola vivente del Dio vivente, ha profeti viventi per uomini viventi. In tutto ciò che è vita, è scritta la Legge. La trovate nell'erba, negli alberi, nel fiume, nelle montagne, negli uccelli del cielo, nei pesci del mare, soprattutto cercatela in voi stessi. Dio non ha scritto la Legge nei libri, ma nel vostro cuore e nel vostro spirito". Poi guardò: il rospo, lo scarabeo e il serpente e disse: "In verità, queste sono le creature vostre compagne nella grande casa dell'Essere Eterno. Esse veramente sono i vostri fratelli e le vostre sorelle e hanno lo stesso soffio di vita del Dio eterno, e respirano lo stesso Spirito". Quando incominciò a trasudare sangue e le gocce s'immersero nell'acqua, Issa vide tutta la sua passione di sofferenza e pregò il Signore Assoluto: "Padre! Tutto ti è possibile, allontana da me questo calice, però non si faccia quello che io voglio, ma quello che vuoi tu". Un fratello esseno gli comparve e lo rincuorò, tutto era pronto, Giuda avrebbe fatto la sua parte. Il sepolcro era stato già completato come da progetto e Giuseppe D'Arimatea, aveva le conoscenze giuste. Bisognava smentire clamorosamente tutto ciò che era fondamentale, come la maledizione dell'appeso. Nicodemo aveva informato Giuseppe D'Arimatea e i confratelli esseni, che il consiglio dei sacerdoti del Tempio, presieduto dal sommo sacerdote Josef ben Caiaphas, decise di eliminarlo. Tutto era stato già preparato da anni. Chi poteva vincere la morte? Chi poteva vincere la maledizione dell'appeso? Se non il Cristo? Era questo il predetto dei Sette Saggi, l'unico rimedio contro il potere delle religioni, che rilegavano Dio alle loro istituzioni. Con il seme delle parole del Cristo, di amore e umiltà, il potere tracotante di ogni fondazione avrebbe avuto la peggio per un mondo nuovo. Una rivoluzione fatta, non con le armi, ma con il perdono. Questa era la missione del Figlio dell'Uomo. A trentacinque anni Issa venne condannato alla crocifissione il ventisette di marzo, come corruttore, sedizioso, nemico della legge, falso Figlio di Dio, falso re d'Israele, nella città santa di Gerusalemme, sotto il sacerdozio di Anna e Caiaphas, a firma del governatore della Galilea Inferiore, seduto sul seggio presidenziale del Pretorio, Ponzio Pilato. Il quale ordina al primo centurione Quilius Cornelius di condurre il criminale sul posto dell'esecuzione. Proibisce a chiunque, povero, o ricco, di manifestare qualsiasi opposizione. Hanno così controfirmato: i farisei Daniel, Joannes e Raphael Robani; il cittadino Capet.

L'acqua s'intorpidiva di sangue, era divenuta rossa, sprizzavano lampi di fuoco, mentre Issa teneva fermo il dito nell'acqua e alle frustate nell'immagine riviveva nel suo corpo la sofferenza. Era già sul Golgota. I servi del Sinedrio avevano chiesto una croce di fattura diversa, perché il condannato e suo padre erano falegnami, così fu messo un poggia piedi e il sedile, che gli consentì sollievo e l'asse verticale molto più lungo, che permise l'inserimento della scritta. A mezzogiorno Issa fu inchiodato nei polsi e nei piedi al suo legno. Giuseppe D'Arimatea non si era allontanato da Gerusalemme, ma nessuno lo aveva visto in giro. Quando gli apostoli lo incontrarono, chiesero come mai, lui così devoto a Issa, così influente nel Sinedrio e tra i Romani, non abbia mosso un dito per difenderlo? La risposta è rimasta sepolta nel Giardino delle Erbe a Mataria in Egitto. Però grazie a lui le donne hanno potuto portare il toska a Issa. Questa volta nel toska preparato non vi era solo vino inacidito e assenzio per rendere incosciente la vittima, ma qualcos'altro che provocò l'immediata morte di Issa, una morte apparente, e questa volta il toska è stato dato solo a Issa e non ai due ladroni, che penarono, con le ossa rotte, a lungo appesi al legno, morendo per insufficienza circolatoria, senza più potersi poggiare sulla sella e sul poggiapiedi. Giuseppe D'Arimatea agì dietro le quinte, con tutta la sua influenza, bastò quel piolo, bastò quel toska drogato, dato dal soldato romano con la spugna attaccata ad una lunga canna di issopo, che Issa, avidamente, con l'arsura delle ferite e delle torture e le secche labbra, bevve, a fare resuscitare un uomo morto. Issa dopo avere bevuto disse: "Tutto è compiuto!", nella sua missione di sacrificare la propria vita per la Verità. Alle tre di pomeriggio il cielo divenne tenebra e uno strano freddo si insinuò tra i vestiti. La gente ebbe paura e ritornò nelle loro case, pentita di avere provato piacere per quella esecuzione di quei tre uomini, quel piacere perverso nel guardare le avversità altrui. Issa, come quando Buddha veniva osteggiato dai suoi, o Krishna durante la guerra tra i Kaurava e i Pandava gridò: "Elo-i, Elo-i!" aggiunse "Lamah shavahhtani!" (Dio, Dio, quanto mi hai glorificato!) Così la testa gli ricadde sul petto. Dal Mar Morto salì una nebbia rossiccia, il crinale delle montagne si scosse violentemente e calò una spaventosa oscurità. Pilato aveva acconsentito a Giuseppe D'Arimatea di prendere il corpo di Issa. Quando i sacerdoti seppero di questo consenso lo pregarono di fare spezzare le gambe ai condannati. I soldati ruppero le gambe ai due ladroni, accelerando la loro fine. Avvicinatisi a Issa, si convinsero della sua morte e uno di loro, con modo sbrigativo, trafisse il fianco destro, da dove ne uscì abbondante acqua e sangue, tanto che Giovanni se ne stupì, lasciarono così la scena agli addolorati consentendo di deporre le vittime. Issa era in trance catalettica, per mezzo dello yoga entrò in samadhi. Giuseppe D'Arimatea si affrettò a portare il corpo consegnato nel nuovo sepolcro, appositamente costruito nel suo giardino. Nicodemo arrivò carico di unguenti, teli di lino, aromi forti, balsami di guarigione e con delle lunghe strisce di bisso. Diedero il primo aiuto, non lavarono il corpo, perché nel rituale ebraico il corpo si lava ai morti prima della sepoltura e Issa non lo era, tolta la corona di spine fu avvolto nella sindone, dal tessuto subito si intravide lo sgorgare del sangue da tutte le ferite. Chiusero il sepolcro con una pesante pietra. Dopo gli esseni entrarono dal passaggio interno e continuarono le cure. Il grande maestro Chetan Natha, venuto apposta dall'Himalaia, lo risvegliò dalla trance. Giuseppe praticò la respirazione a bocca a bocca e piangeva, le sue lacrime cadevano abbondanti sul volto di Issa. Nicodemo cosparse il balsamo in entrambe le ferite dei chiodi nelle mani, lasciando aperta quella del fianco. Poi lasciarono adagiato il corpo sulla pietra e affumicarono il sepolcro con dell'aloe e altre erbe. Quando Issa si riprese, respirando normalmente fu portato in una casa di proprietà dell'Ordine Esseno vicino al sepolcro ed era quasi mezzanotte. L'unguento usato dagli esseni da quel giorno fu chiamato Marham-i-Issa, per ricordare il prodigioso effetto che ha avuto in quella occasione. I suoi ingredienti sono: cera bianca, gomma di gugal, plumbei oxidum, mirra, galbanum, aristolochia longa, sub aceto di rame, gomma di ammonicum, resina di pinus longifolia, olibanum, aloe ed olio di oliva. Quando Maria Maddalena trovò il sepolcro aperto e vuoto, uno degli esseni, con il suo abito bianco, l'avvisò che Issa era partito per la Galilea insieme a Giuseppe D'Arimatea e Nicodemo, e lo potevano raggiungere là. I piani spettacolari di una comparsa pubblica del risorto erano stati cambiati. Gli esseni hanno avuto timore per la vita di Issa, hanno tremato, hanno avuto tanto amore per lui che non hanno voluto più metterlo in pericolo e rischiare così di finire in mano ai sacerdoti. L'Ordine Esseno si riunì in gran consiglio e la decisione fu unanime. Issa era impaziente di incontrare i suoi, ma diede la sua parola di ubbidienza, così fu nascosto a Masnada, nella valle di Raphaim, per diversi lunghi giorni. Issa cadde in depressione causa lo stress post trauma, ricordava quel luogo frequentato da Giovanni il Battista, ormai morto, le corse insieme. La malinconia lo assaliva per avere lasciato soli i suoi discepoli, la sua Maria di Magdala. Mentre si rinfrescava, nello splendore delle piante, guardava lontano l'alta torre di Masnada e la valle di Sittim. Quando fu guarito una sua prima apparizione fu nel villaggio di Emmaus, e con i primi due che incontrò provò l'effetto della sua resurrezione. Uno dei due, Cleopas, gli chiese se avesse sentito parlare della crocifissione di Issa. Lui così gli rispose: "O uomini si corti d'intelletto e dal cuore così lento a credere a tutto quello che i Profeti hanno predetto! Non era necessario forse che il Cristo patisse tutto questo ed entrasse così nella sua gloria?". Quando mangiò con loro spezzò il pane e lo porse ai due, i quali si accorsero delle ferite e si ricrederono, fu riconosciuto e Issa disparve ai loro occhi. Issa apparve ai suoi, li trovò presi di paura credendolo uno spirito, così disse loro: "Perché siete così turbati e perché nei vostri cuori si levano questi pensieri? Guardate le mie mani e i miei piedi: sono proprio io. Palpatemi e osservate: uno spirito, infatti, non ha carne e ossa come vedete che ho io!". Loro si rallegrarono, ma esitavano ancora, così Issa chiese da mangiare, ed essi gli presentarono del pesce arrostito e ne mangiò alla loro presenza. Ma neanche questo bastò ad alcuni di loro, che incominciarono a montare teorie superstiziose, sulla sua apparizione. Per sei anni Issa si muoveva di villaggio in villaggio, sempre ospite dei confratelli esseni e loro amici. In Betania nella casa di Lazzaro incontrò sua madre ed alcuni discepoli. Nicodemo quel giorno portò la notizia dell'arresto di Giuseppe D'Arimatea. Issa pregò per lui. Tutto l'Ordine Esseno stette in ansia. Giacché non vi erano prove fu liberato. Issa continuò il suo viaggio a Bethsaida e fu ospite di Simon Pietro, in una capanna da lui costruita in riva al mar di Galilea, lì incontrò Tommaso e gli altri discepoli, Natanaele e i figli di Zebedeo, che dubitavano ancora del suo corpo vivo. Issa fece toccare loro le sue ferite e costrinse Tommaso a mettere la sua mano nella ferita del costato. Poi mangiarono pane e pesce appena pescato e il giorno dopo partirono. Andò ai piedi del monte Carmelo, poi ritornò in Betania, dove organizzò la partenza per l'Oriente con sua madre e la sua compagna. Proseguì per Kedron, dove rimase per un po', sul Monte degli Ulivi pianse per Gerusalemme. La nebbia incominciò a calare mentre si addensava sempre più, lui s'allontanò seguito dallo sguardo dei discepoli, capirono che non l'avrebbero più rivisto, toccava loro proclamare quella verità. Ricordarono le sue parole: "Io sono il buon Pastore, e conosco le mie pecore e le mie pecore conoscono me, come il Padre conosce me e io conosco il Padre: e per le mie pecore do la mia vita. E ho altre pecore, che non sono di quest'ovile; anche quelle bisogna che io guidi; e daranno ascolto alla mia voce, sicché si avrà un solo gregge e un solo Pastore". Dopo l'incontro tra Issa e Saulo, mandato a chiamare da Anania, a Damasco, continuò il suo cammino verso Oriente. Issa soggiornò in casa di Anania per diciotto mesi, dopo fu avvertito che gli ebrei mandarono una missione incaricata a scovarlo, partì alla volta di Nisibis, dove incontrò una comunità di ebrei esiliati. Fu in questa città, punto d'incontro di molte vie carovaniere, tra tante genti di ogni luogo e nazione, intenti al commercio, che Issa cercò di nascondere la sua identità e prese il nome di Yuzu. Issa, in quei giorni portava una sciarpa di lana sul capo e un manto di lana gli avvolgeva il corpo, aveva in mano un bastone e vagabondava da villaggio in villaggio, mangiando frutti e vegetali. Intanto Saulo, istruito da Barnaba e Giovanni, divenne discepolo ad Antiochia, in Siria dove incontrò Simon Pietro. Erode Agrippa perseguitò la comunità cristiana, e fece uccidere Giacomo fratello maggiore di Issa, noto come il capo. A Nisibis, fu ricevuto dal governatore insieme a Maria, sua madre, con tutti gli onori e tutti si convertirono alle sue parole. Ma molti furono pure i nemici e la città divenne insicura, così riprese la Via della Seta che va da Damasco a Mosul e da qui a Babilonia e poi continuò ancora per Ur e raggiunse Kharax, capitale del regno di Mesene, dove nel suo porto giungevano le navi cariche di merci dell'India. Issa, decise di non prendere la via del mare e s'inoltrò in Persia. In Persia vi era da convertire e debellare le superstizioni della religione dei sacerdoti di Zoroastro. I miracoli e i sermoni di Issa furono tanti, fin quando un gran sacerdote lo fece arrestare, per avere seminato il dubbio nel cuore dei credenti zoroastriani. Issa rispose con queste parole: "C'è un silenzio in cui l'anima può incontrare il suo Dio, e dove è la fonte della saggezza. Tutti coloro che vi entrano sono immersi nella luce e colmati di saggezza, amore e potere. Il silenzio non è circoscritto: non è un luogo chiuso entro a delle mura, o pareti di roccia, né è posseduto dalle spade degli uomini! Gli uomini portano con sé il luogo segreto in cui possono incontrare il loro Dio. Non importa dove la gente dimori, se in cima a una montagna o in una valle profonda, o nella quieta casa; essi possono simultaneamente, in ogni istante slanciarsi per la porta spalancata, e scoprire il silenzio, scoprire la casa di Dio. Essa è nell'anima." Aggiunse poi che: il candore animale dell'uomo senza la religione, governato dalla legge naturale, fu traviato dai sacerdoti, opponendo inutili intermediari: idoli, animali e astri come il Sole e la Luna. Aggiunse ancora: "Lo Spirito Eterno è l'anima di tutto ciò che è animato. Commette un grave peccato dividendolo in spirito del male e spirito del bene; perché non vi è Dio all'infuori del Dio del bene!". Issa in quei luoghi curò molti lebbrosi e li raccolse sotto la sua protezione, per questo lo chiamarono Yuzu Asaph. Asaph significa "lebbroso guarito" e "colui che raccoglie". Issa, con il nome

Yuzu Asaph andò a Sholabeth[1], altri villaggi e città fino al Kashmir, portando a quelle genti la sua verità. Visitò il sepolcro di Sem, figlio di Noè a Mashag, continuò per Nishapur passò per Bokhara e Samarcanda. A sei miglia da Kashgar, morì la sorella di Maria, confusa con la Madre di Issa, o con Maria Maddalena, e lì fu sepolta. Il suo corpo fu sepolto, non solo dalla terra anche dalla leggenda, ma ancora oggi quel posto si chiama Mozar Bibi Miryam, ovvero il tempio della Signora Maria. Issa, la Madre e la sua compagnia ripartirono per un lungo ed estenuante viaggio finché raggiunsero Kabul e poi Taxila[2]. Nel quarantanove Issa incontrò Tommaso, arrivato lì nel quaranta, dove era stato mandato da Issa contro la sua volontà. Tommaso ha diretto la costruzione del palazzo reale di Gondapharos, e devolvé i proventi ai poveri e ai bisognosi, convertì il re e una moltitudine di persone. Quando incontrò il suo Maestro Tommaso lo ringraziò con queste parole: "Ti ringrazio, Signore, per ogni cosa, per essere morto per poco in modo che io potessi vivere in te eternamente; e per avermi venduto, affinché potessi emancipare molti altri attraverso me". Furono insieme nel matrimonio di Abdagase. Il quale trovò Issa nella camera nuziale, che pensava vuota e gli sembrò Tommaso, Issa gli chiarì chi fosse e sedutosi sul letto mentre Abdagase e la giovane moglie erano seduti sulle sedie, parlò a loro, facendo dono della sua verità.

A settanta anni la Madre Maria morì per la fatica, mentre fuggirono da Taxila, verso la collina di Muree, sul Pindi Point, per un attacco dei Kushan, e lì fu sepolta. La tomba esiste ancora ed è chiamata Mai-Mari-deAsthan, ovvero: "il luogo in cui

---

[1] Sri Lanka
[2] India

riposa la Madre Maria". Dopo la morte di Maria, Issa fu perseguitato, perché predicava di abbandonare i kafur. I quali assoldarono a Shiyh per assassinarlo, così circondarono la casa di Issa, l'assassino entrò, ma Issa era scomparso, lui uscì fuori trasfigurato. I kafir lo afferrarono, pensando fosse Issa, e lo uccisero. Quando Yueh-Chi, il re dei Saka, a Wyien nell'Himalaia, incontrò Issa, di nobile aspetto e di carnagione bianca gli chiese chi fosse. Gli rispose: "Conoscimi come Ishvara Putaram, (Figlio di Dio), Kanaya Garbam, (Nato da vergine). Dedito alla verità e alla penitenza." Il re gli chiese meravigliato, quale era la religione di appartenenza. Issa rispose che veniva da un paese lontano, dove non c'è verità, dove il male non conosce limiti. Di avere ricevuto la Cristicità. Di avere detto loro: "Eliminate tutte le impurità dalla mente e dal corpo. Pregate il Dio Eterno che risiede nel cosmo e nel mio cuore." A settanta anni Issa mentre era raccolto in preghiera meditava e piangeva per le vibrazioni di dolore e di morte che giungevano dalla sua Gerusalemme. Migliaia furono i morti per mano dei Romani e undicimila i prigionieri morirono di stenti, i rimasti furono condotti in schiavitù. Gerusalemme fu devastata, rimase un lago rosso di sangue coperto di cadaveri. Questo è stato il frutto della rivoluzione d'indipendenza del Popolo ebraico contro l'Impero. Issa ripensò piangendo le sue stesse parole: "Gerusalemme, Gerusalemme, che uccidi i profeti e lapidi quelli che ti sono inviati, quante volte io ho voluto radunare i tuoi figli, come la gallina raduna i pulcini sotto le ali e non hai voluto! Ecco, la vostra casa vi sarà lasciata deserta: poiché vi dico: non mi vedrete più, finché non diciate: -Benedetto colui che viene nel nome del Signore!".

A Rozabal, Srinagar, in Kashmir, finisce il lungo viaggio di Issa e lì fu sepolto con il nome di Yuzu Asaph, dove ancora oggi sono gelosamente conservate le sante reliquie dai suoi discendenti. Gli ultimi detentori del segreto dei Sette Saggi furono i Templari, i quali cercarono in uno degli eredi di Issa il Re Sacerdote, ma nessuno di loro portava fattezze tali, tranne l'umiltà e l'integrità morale. L'aspetto di Issa era veramente mistico, la sua lunga barba e chioma bianche e la sua veneranda e incredibile età di centoventicinque anni, chiunque l'avvicinasse rimaneva stravolto dalla sua aura di santità, ogni sua parola era verità. Quando i suoi giorni giunsero mandò a chiamare il suo discepolo Bahaad. Dettò le sue ultime volontà e diede indicazioni come portare avanti la sua missione di pace. Indicò come e dove precisamente doveva essere costruito il suo sepolcro. In quel preciso punto distese le gambe verso ovest e mantenne la testa verso est ed esalò il suo ultimo respiro. I mastri intagliatori lavorarono l'intelaiatura della porta e scolpirono l'impronta dei piedi bucati dai chiodi della crocifissione. Nella parete occidentale della tomba, praticarono un buco da dove per diversi secoli i visitatori in pellegrinaggio, odoravano un fragrante profumo di muschio.

Lo scarabeo disse: "Da quando ho visto Issa che interrogava l'acqua, molto è cambiato del sentimento religioso, che nutrivo con ostie consacrate. Mi chiedo, ma come si fa a nascondere alcune cose palesi come l'immagine della Pietà di Michelangelo? Quella Maria così giovane, più giovane del Cristo stesso! Allora riflettevo, ma quella Maria non è altro che Maria Maddalena, la donna di Cristo!". Il rospo: "Eretico! È solo possibile che l'autore abbia voluto esprimere, una Madonna sempre Vergine, una bellezza santa ed eterna.". Aggiunse lo scarabeo: "Di vergini che partoriscono divinità vi è tutto il mondo antico precristiano. Michelangelo ha creato la sua opera e ognuno percepisca ciò che vuole. Io vedo la Maddalena che sostiene la pesante eredità dello Sposo. Trafugata dal mondo occidentale maschile, con un semplice e ignobile atto falso, banalmente costruito come la Donazione di Costantino del 312 d.C., a quel mondo orientale femminile della tribù di Beniamino, discendente appunto la Maddalena. Quella stessa tribù che fu cacciata da Israele, perché ultimi sostenitori della dea Madre Terra, *polvere tu sei e in polvere ritornerai*! Per questo Michelangelo ha dato a lei una espressione che non trascende alla passionalità, ma armonizza nella classica melanconia, in quanto dea. E in questo concetto la Maddalena diventa anche Madre, sempre Vergine e Sposa del Figlio e del Padre! La principessa della tribù di Beniamino, ultima detentrice dei misteri della Dea Madre, sposa dell'ultimo discendente della stirpe di Davide, in un antico rituale tra la Madre Terra e il suo Re."

Il rospo, non stava fermo un attimo, agitato saltava da un mobile ad un altro, quando ad un certo punto gli saltò in testa e gli mise le zampe anteriori sulle tempie. Il serpente cadde in un sonno profondissimo e udì di nuovo il vento che sibilava e vide le canne con i loro pennacchi ondulare. Da quel canneto in riva al Giordano uscì Issa, con la sua veste bianca e lo sguardo rivolto verso un orizzonte dove un uomo sembrava avere fretta di raggiungerlo. Aveva l'affanno non riusciva a parlare, cadde in ginocchio, mentre con una mano gli teneva la veste e i discepoli lo attorniarono, riuscì a prendere fiato per dire: "Maestro, il tuo amato cognato è malato!"

Issa si è voltato e va verso la riva del fiume, si china a raccogliere dei sassolini e ad uno ad uno li lanciò nell'acqua. Si accostarono Didimo e Simone: "Maestro, come? Non corri da lui subito?"; "Aspetteremo ancora! La sua morte e resurrezione è per la gloria di Dio! Non abbiate paura, andrò a svegliarlo!"

Didimo così disse: "Anche noi dobbiamo morire per risorgere! Come Issa e Giovanni Battista nella caverna delle tentazioni per tre giorni e tre notti."

Issa, guardando loro ad uno ad uno, disse: "Sono contento per voi di non essere stato là, perché voi crediate!"

Passarono altri due giorni in una attesa snervante, nell'ozio completo, senza proferire parola con il Maestro, mentre il vento continuava ad increspare le acque del Giordano. Quando ad un tratto Issa ordinò di mettersi in cammino per la Betania, attenti alle spie romane, ormai in allarme per il sobillatore dell'ordine pubblico, Re di Israele, colui che unirà le tribù in un solo regno in nome di Dio. Dopo un giorno raggiunsero la villa di Betania. Marta corse incontro, disperata piangente: "E' successo qualcosa! Lazzaro, il tuo discepolo prediletto è morto! Maria attente in casa!"; "Vai a chiamarla deve assistere!"

Molta gente giunse al sepolcro, mentre Issa si avvicinava, si udiva provenire dalla tomba un urlo, straziante, disperato.

"Togliete la pietra! Lazzaro esci la luce ti attente!". L'uomo uscì a stenti, coperto dalle bende. Issa lo sollevò da terra e lo abbracciò. Lui e Lazzaro passarono la notte assieme. Il mattino seguente anche Lazzaro ebbe la sua veste bianca. Divenuto esseno entrò nel cerchio ristretto del mistero segreto dei Sette Saggi.

L'indomani vi fu un grande pranzo e Maria, con i profumi più pregiati lavò i piedi al suo promesso Sposo Re, poi li asciugò con i lunghi capelli sciolti.

Il tempo giungeva a termine, la profezia di Zaccheria, doveva compiersi, così Lazzaro preparò l'asino bianco, lo consegnò ad un uomo della casa, pronto per l'ingresso a

Gerusalemme. La folla ondeggiava i rami di palma e osannava l'ingresso di Issa sul bianco asino mentre gridava: "Osanna! Benedetto colui che viene nel nome del Signore, il Re d'Israele! Non temere, figlia di Sion! Ecco il tuo Re! Osanna al Re d'Israele! L'Unto dal Signore!"

Le voci erano tante, vi era gioia, sembrava che quel Popolo, soggiogato dal colonizzatore, avrebbe ritrovato il suo liberatore, e chi poteva mai confrontarsi con chi riuscì a sconfiggere la morte? Ma il vento continuò ad infervorare sul canneto, facendo ondeggiare ancor più veemente i pennacchi bianchi, si univano e confondevano con i rami di palma e i ramoscelli d'olivo di Gerusalemme. Le immagini scomparivano, solo tra le canne vi era uno sguardo intenso profondo che osservava: il serpente, che se ne stava muto, solerte, osservato, fin quando provò irrequietezza tremore, paura per quello sguardo, lo sguardo di Issa. Superava qualsiasi barriera, quella del tempo, dell'immaginazione, era vero, profondo e voleva qualcosa da lui. Quello sguardo indagava dentro di lui, scavava, rimuoveva i suoi silenzi, calpestava i suoi rancori, bruciava le sue parole, impietriva i suoi pensieri. Non rimaneva altro che la paura del male, la solitudine del male, il freddo del male, la miseria del male. Allora il serpente si sentì inghiottire da quello sguardo, così profondo e in quel buio pregò, per paura pregò, fin quando non rimase immobile chissà quando, nel baratro dell'abisso. Nessun pensiero, nessun ricordo, solo l'attesa nel fremito, nella piena coscienza che qualcosa stava per accadere. Il buio attorno a lui era come materia eterea che l'avvolgeva appiccicata, penetrata in ogni foro della sua pelle. Udì così un frastuono, un rompo così forte da sentirsi scosso, vibrare, e vide penetrare la luce. Il posto dove si trovava era polveroso, e pervaso da un fetore di marciume forte, si alzò e scese dal letto di pietra, uscì e la luce lo accecò, si mise la mano davanti agli occhi per ripararsi, mentre udì una moltitudine di gente che esclamava meravigliata, quando il fragrante profumo di nardo autentico lo raggiunse si accorse che di fronte a lui vi era lo sguardo di Issa. Era risorto, era vivo, camminava, si muoveva. Non appena altri due passi e il cielo su di lui cambiò, tutto cambiò!

Il passo del traditore

Si lasciò imputridire le parole dentro, forse per mancanza di coraggio, oppure semplicemente perché non si sentiva pronto. Scese le scale con lentezza tenendosi forte al passamano, gli girava leggermente la testa, ancora non credeva che lui potesse pensare quelle cattiverie sul suo vissuto. Giunto giù, nel semibuio dell'atrio, davanti al portone chiuso si voltò di scatto e guardò le scale, senza pensarci ritornò e con fatica risalì, uno per uno, quei gradini in marmo bianco, stava suonando il campanello, quando udì uno sparo secco e rimbombante. A sparare era stata la sua pistola, la conosceva bene. Prese le chiavi con grande agitazione e gli caddero per ben tre volte, quando entrò in ufficio, trovò il suo povero figlio con il busto steso sulla scrivania, con la testa sopra una pozza di sangue. Sconforto e disperazione lo presero tanto da sentirsi capovolgere il sotto e sopra.

Quando riprese conoscenza era riverso a terra nel semibuio della stanza. Il cellulare vibrava sulla scrivania e suonava accanto al figlio rimasto in quella macabra posizione. La disperazione l'assalì, scuotendolo tutto con un brivido violento e freddo. La morte era in quella stanza, ammantata dalla penombra del giorno, che stava per finire in quel 22 novembre del 1999.

Il pianto lo liberò dall'immobilismo e si accostò lentamente al figlio, lesse il nome di Dani nel display ancora acceso del cellulare e decise di rispondere a quello appello che ormai insisteva esasperato: "Pronto… Dani…"; "Papà sei tu? Da due ore che chiamo Rino e non mi risponde. Dov'è? Come mai hai tu il suo cellulare?" La sua voce mutava in un crescendo di emotività. "Dimmi!"; "Sono con lui, in ufficio." Ormai non occorreva spiegare oltre, percepì un mugugno di lei, come una profonda sofferenza. "Sto chiamando la polizia, vieni." Da quell'apparecchio arrivavano solo urla e scompiglio, chiuse quel cellulare e con il vecchio telefono di bachelite nera chiamò il 113.

Rino era un promettente civilista di Roma, aveva lo studio nell'abitazione di famiglia, nel quartiere Quadraro, dove era cresciuto con l'orgoglio di avere avuto per padre uno degli eroi della Resistenza, Alessio Bonfiglio! Anche perché suo padre non andava mai nei convegni ad ostentare il suo passato, solo in incontri con i più stretti a Via Tasso e anche di rado. Tanto che gli venne difficile la ricerca di una sua foto da combattente. Ne trovò una insieme ad altri e lui ne fece un poster, che sistemò dietro la scrivania, a posto dei suoi titoli di studio, che affissò nella parete a sinistra. Questo lo rendeva agli occhi del figlio un vero eroe. Aveva combattuto per le strade del quartiere contro i nazifascisti, autore di numerosi attentati, non si preoccupò minimamente di mettere in repentaglio la propria vita per i suoi ideali. Faceva parte della Brigata Garibaldi e ne era fortemente orgoglioso. Quando il Partito gli ordinò il trasferimento nel fronte toscano per rafforzare la lotta, lui senza esitare obbedì.

Alessio, subito dopo la guerra, ha avuto l'impiego al Ministero di Grazia e Giustizia, quale fosse di preciso la sua occupazione non si è mai capita. Era lì, con una sua stanza ed una larga scrivania, fin quando raggiunse la pensione nel 1976. In realtà aveva studiato come geometra, ma non concluse mai gli studi a causa della guerra, e in seguito perché non lo ritenne più importante.

Rino aveva attitudine allo studio, era impegnato politicamente, sapeva il fatto suo, come muoversi e cosa fare della sua vita. Appena presa l'abilitazione, sposò Daniela, figlia dell'avvocato Bertone. Alessio si trasferì nei Parioli, grazie all'acquisto di un attico, di proprietà dello Stato, ad un prezzo miserevole. In realtà il Partito lo aveva voluto ripagare ancor più per i suoi meriti durante la Resistenza. Così l'abitazione passò al figlio per il suo studio, considerando che la nuora portava come dote un grande appartamento a Trastevere.

Quel giorno Rino chiamò suo padre per incontrarlo. Lui lo sentì strano, percepì un tono diverso, molto serioso e sprezzante, tanto che si preoccupò e non gli sembrò l'ora di arrivare. Quando entrò, notò immediatamente che la sua foto appesa era stata rimossa. Rino sembrava che lo attendesse, immobile, seduto, senza espressione, subito gli disse: "Se non vi sono tue fotografie in giro c'è un motivo ben preciso e non è stato per la tua timidezza."; "Che vuoi dire?"; "Hai paura che qualcuno ti possa riconoscere come delatore nazifascista, traditore dei compagni partigiani e killer del Partito."; "Ma di che cosa mi accusi? Che ne sai di cosa è stata la Resistenza?"; "Dimmi qualcosa, che smentisca queste accuse."; "Non ho niente da dire, io ho fatto il mio dovere di combattente per la liberazione dell'Italia dai nazifascisti."

Rino si alzò e diede le spalle al padre, guardava verso la parete rimasta vuota, senza più la foto. Il padre chiuso nel suo orgoglio, ancora non credeva che il figlio fosse diventato un negazionista della nobile storia. Si alzò e andò via senza proferire parola.

Alessio tornò indietro nel tempo e ricordò la forza, l'audacia dei suoi venti anni, vissuti in una storia molto grande e importante per lui, così giovane. Ma gli eventi chiedevano di essere vissuti in prima persona e senza perdere tempo, pensava, credeva fermamente di essere dalla parte giusta, tutto il resto era solo relativo.

Sembrò un attimo e suonò il campanello. Erano i poliziotti che presero subito dominio in quella casa, nella sua intimità. Gli chiesero cosa avesse toccato e di riferire ogni cosa, senza tralasciare i particolari. Quando arrivò la scientifica, il commissario Rosario Cappello lo chiamò in disparte e gli disse con tono fermo e compassionevole: "Signor Bonfiglio non si tratta di suicidio. È stato assassinato con un colpo di pistola alla nuca.

Alessio sentì tutto il peso dei suoi anni che gli gravarono su tutto il corpo e balbettò solo: "Ma… come?"; "Venga, abbiamo bisogno di lei. L'assassino ha agito in quei pochi minuti che lei è andato via e tornato, quindi è molto importante ogni particolare, se ha notato qualcosa, perché penso che era già qui mentre lei parlava con suo figlio."; "Sono sceso, risalito le quattro rampe di scale, alla mia età un po' tardo, appena davanti la porta, ancora con il dito pronto a suonare il campanello, sentii il colpo di pistola, allora presi le chiavi, aprii e mi ritrovai questa scena…"; "Cosa ha toccato?"; "Solo il cellulare, ché ho risposto a mia nuora, e il telefono per chiamarvi."; "La pistola?"; "Non l'ho toccata. È la mia. Una Luger P08, un cimelio."

Alessio era stato puntato da un soldato tedesco con quella pistola, mentre stava sabotando una linea elettrica, ha avuto l'istinto di afferrargli l'arma e spargli, uccidendolo sul colpo. Questo gesto lo pose in considerazione e da allora incominciarono ad affidargli incarichi speciali.

Il commissario Cappello, per il momento pensò di non disturbare ancora l'anziano padre, così gentilmente gli disse: "Faremo di tutto! Quando le è comodo dobbiamo incontrarci di

nuovo. È importante che mi dica quale è stato l'argomento della discussione. Insomma il perché lei è andato via e poi tornato repentinamente. Ogni minimo particolare è importante.";
"Certo, certo. Io sono a sua completa disposizione, anche d'adesso". Ormai il tempo e il luogo aveva assunto un significato diverso. Vi era un prima, un dopo e il resto era un immenso niente. La morte del figlio gli causava un dolore molto più profondo da quello quando era morta la moglie. Un tumore al cervello in due mesi la stroncò, già un anno che si era ritirato in pensione.

Luisa era una donna sensibilissima, appassionata di arte e scriveva delle poesie molto personali, individuali. Sia il marito che il figlio le provarono a leggere più volte ma, oltre al rimbombare dei versi, non riuscivano a capirne il significato, il senso di quelle parole, non erano ermetiche, bensì sembravano criptate. Un'altra stranezza era che, lei rigettava la storia, ogni volta cambiava argomento, oppure letteralmente fuggiva, inventandosi un impegno urgente.

Dopo quasi un'ora da quella telefonata irruppe Daniela e in quel luogo tragico si aggiunse una tinta di colore. Era una donna molto piacente e fine, vestita, non per l'occasione ma, con un tubino rosso carpaccio e un soprabito beige. Era concitata, incontrò per primo il suocero. Le rughe gli accentuavano la drammaticità della sua maschera di dolore, le disse solo: "Daniela…". Lei si mise le mani sul viso, quasi a volersi proteggere da quella cruda verità, singhiozzò più volte e non mosse un passo di davanti l'ingresso dello studio.

Quella lunga giornata per Alessio non finì affatto, quando il suo animo si acquetò per qualche momento, ha riflettuto su l'atteggiamento della nuora, sia al telefono, che alla vista di Rino, gli sembrò come se lei si aspettasse, in un certo qual modo, presagiva quell'accaduto, così in un momento, mentre attendevano il commissario nel soggiorno, dopo averla fissata per un po', mentre lei sembrava che il dolore la scomponesse e la piegava in se stessa, togliendole quell'eleganza di donna di classe, le chiese: "Daniela, scusami, era successo qualcosa? Rino aveva avuto qualche screzio con qualcuno?" Lei si compose un po', alzò il busto e ingoiò il suo dolore, lo guardò negli occhi dicendogli perché le stava facendo quella domanda. "Perché quando ti ho risposto al cellulare non vi fu bisogno d'aggiungere altro... Poi, quando sei arrivata, quella scena ti ha fatto soffrire per il fatto accaduto in sé, ma senza sorprenderti."; "E' una tua impressione! Che cosa ne sai di cosa succede dentro me?!"

Entrò il commissario, accompagnato da un altro uomo di mezza età, in vestito blu, con occhiali in una montatura leggera e uno sguardo volpino, di media statura, che subito presentò ai due. Era il dottore Nardini, funzionario dell'Agenzia d'informazione e sicurezza interna.

"Vorrei porgere le mie condoglianze e del signor ministro, che mi ha dato incarico con il massimo impegno per fare luce su questo tragico evento". Strinse così le mani dei due.

Alessio, guardando il commissario, gli chiese: "Ma cosa c'entrano i servizi segreti?"

Il commissario e il dottore Nardini si scambiarono uno sguardo d'intesa. Quest'ultimo guardò Daniela e accostandosi a tutt'e due disse, cercando un loro consenso: "Il vostro caro è morto per un colpo di pistola alla nuca, sparato da breve distanza. Il proiettile è uscito dalla bocca. La notizia ufficiale sarà che si è suicidato, con un colpo di pistola, che si è sparato in bocca. Quindi dobbiamo essere concordi su questa versione.

"Perché?" Disse Alessio con rammarico. Mentre Daniela aveva sempre quell'aria di chi ne sapeva di più.

"Vi è una fantomatica organizzazione di fanatici terroristi chiamata *Verità e Giustizia*, i quali organizzano segretamente dei processi ed emettono delle condanne, che poi purtroppo eseguono. Ad esecuzione della condanna inviano una copia del carteggio alle agenzie di informazioni. Fino ad oggi siamo riusciti a bloccare ogni cosa e speriamo anche questa volta". "Sono fascisti?!", disse Alessio, mentre Daniela fissò il pavimento alla sua destra in un segno di dissenso. Il dottore Nardini fissandolo negli occhi gli disse: "No! Sono gli eretici!"

Ad Alessio quella parola sembrò di piombo, pesante, antica, sepolta. Oggi che significato poteva avere?

"Dai primi segnali sembrava una loggia massonica deviata, ma dopo il secondo e terzo delitto non vi furono dubbi, è l'altro volto del comunismo che richiede il suo ruolo nella storia. Saranno pochi fanatici, ma abbastanza attenti a non fare passi falsi."; "Ormai... cosa cercano?"; "Loro la chiamano giustizia e verità, in realtà è solo la vendetta che cercano, contro coloro che hanno tradito il proletariato. Per loro la lotta di liberazione non è ancora finita, come fu per le Brigate Rosse."; "Ormai... alla loro età? Siamo quasi tutti morti..."; "Quei pochi hanno indottrinato sapientemente. Vi è stata una ricerca di documentazione negli archivi di Mosca, ottenuti con pochi soldi. E nella morte delle ideologie è crescente quella comunista in opposizione alla stalinista. Vi fanno parte anarchici e socialisti. Hanno elementi nell'apparato dello Stato, nella Massoneria, nel Partito e nella mala. Non sono degli sprovveduti. Il nemico è reale e più forte di quanto sembra."

Il giorno seguente la notizia sui telegiornali riportata fu quella del suicidio. Crearono il movente producendo una falsa diagnosi: tumore al cervello, come la madre, "così, preso dallo sconforto, si uccise con la vecchia pistola del padre".

Alessio non riusciva più ad avere tregua, né con la testa, né con il corpo, si muoveva, si agitava. Pensò che l'unica cosa da fare era saperne di più. A lui questa storia di questo fantomatico gruppo non gli piaceva, non gli andava giù, troppo costruita, poco credibile, così decise di andare dall'amico del figlio, da qualche mese ministro di quel governo, che era stato il sogno di ogni comunista dal dopo guerra ad oggi. Lo chiamò al cellulare privato: "Pronto, sono Alessio."; "Ho sentito la notizia, è una sciagura. Pensavo a te e a Daniela, ma, come tu sai, è un momento molto delicato e non ho trovato lo spazio."; "Ci possiamo vedere?"; "Certo! Vieni a casa oggi alle quindici". I due non aggiunsero altro e riattaccarono.

Il giovane ministro Oliva ha ricevuto Alessio con molta riverenza e rispetto, lo fece accomodare nel suo studio, che lui stesso bonificava da pulci, o altro. Subito si entrò nella questione. "Da pochi giorni che sono in carica e sta succedendo di tutto. Sai quello che ci è voluto per arrivare a questo punto…"; "Finalmente!"; "Ma a quale prezzo? Quello di negare ciò che siamo!"; "Sai la politica… io non ho mai capito abbastanza, il mio ruolo non era di pensare, ma di agire."; "Chi ti conosce veramente, sa che sei un grande eroe ed un punto di riferimento".

Alessio raccontò ciò che era successo e ciò che gli era stato riferito. Il ministro gli disse che era stato informato già personalmente dal dottor Nardini, che ha voluto allontanare la Digos. Vi erano altri risvolti, che per il momento era necessario tenere all'oscuro, poi aggiunse: "Alessio, non addolorarti per quello che ti ha detto Rino, vedrai che ne verremmo a capo di tutta la matassa e acchiapperemo questi assassini!".

Ritornò nel suo appartamento con le spalle ricurve per il peso di quel mistero sempre più tetro. Cercò inutilmente più volte di contattare la nuora, ma a questo punto si convinse che quella si faceva negare. Troppe volte era "appena uscita". Vagò tra le stanze del suo appartamento ormai vuoto e decise di apprestarsi alla casa mortuaria, dove una agenzia funebre aveva organizzato una camera ardente. All'indomani vi erano i funerali civili. Per testamento Rino aveva espresso di non volere preti. Ormai erano passate le venti ed era solo tra le luci elettriche, che imitavano le fiamme delle candele, gli addobbi funerari senza croci e senza immagini sante. In quella penombra fissava il figlio che non riconosceva più in quel corpo e provava quella solitudine con un peso sopra il cuore. Quando, ad un certo punto entrò un uomo, anziano come lui, portava un impermeabile colore cammello, la barba canuta e incolta, si posizionò davanti la salma, si tolse la coppola nera, che gli copriva la testa, ormai senza capelli, si fece il segno della croce, sgranocchiò alcune parole, ad Alessio incomprensibili, forse una preghiera, poi si sedette a poca distanza da lui, dopo una pausa di silenzio lo guardò e gli chiese: "Lei è suo padre?" Alessio fece di sì con la testa. E quello continuò: "E' duro perdere un figlio, così... Ricordo nella mia famiglia, quando i tedeschi hanno ucciso mio fratello nelle fosse Ardeatine... I miei genitori cambiarono volto, le mie sorelle si tenevano una stretta all'altra e la casa era diventata scura e fredda". Alessio accennava un consenso con la testa. "Ma la cosa più terribile è stata che mio fratello Armando è stato consegnato ai nazifascisti da qualcuno che si fidava. Se lo sto annoiando, la smetto subito."; "Continui, la prego."; "C'ero anch'io, quel dieci marzo del quarantaquattro, mio fratello mi aveva vietato di andare con lui, diceva, perché se le cose fossero andate male la famiglia non avrebbe avuto la perdita di tutti e due. Ma io, testardo come un mulo, di nascosto, l'ho seguito. Loro stavano saccheggiando una villa di un gerarca fascista, in cerca di qualcosa d'importante, non so cosa, per poi incendiare tutto. Io ero fuori il recinto, tra le fratte, lui e altri quattro erano dentro già da mezz'ora, quando vidi uscire uno di loro che si allontanava, appena dopo una dozzina di nazisti, arrivati su un camion, circondarono la villa e li catturarono, vi furono alcuni spari, poi tutte e quattro ammanettati, con strattoni e calci, furono portati via. Al comando non mi hanno creduto, qualcuno disse che chi era con loro era un grande della lotta, qualcun altro mi disse che era stata una coincidenza. Ma io ho visto il passo del traditore, mentre quello si guardava a dritta e a manca, intanto che si allontanava." Così si alzò, si posizionò di fronte alla salma e si rifece il segno della croce. Prima di uscire gli disse: "Armando è stato ucciso con un colpo di pistola alla nuca!"

Alessio rimase inchiodato su quella sedia e il semibuio della stanza lo freddò di colpo nel ricordo di quella lontana sera. Gli ordini furono categorici: condurre lì i compagni e dopo dileguarsi, bisognava "epurare", gli ordini erano ordini e non si discutevano. Poi pensò: un colpo alla nuca… Come il suo Rino… Non ci volle molto a fare due più due.

Il funerale fu poco partecipato. Il ministro aveva avuto un impegno irrevocabile, i consuoceri lamentarono un malessere di uno dei due, degli amici vi era solo qualcuno. Don Maurizio, rispettava le sue volontà, era venuto come amico, non come prete, non disse niente, solo un cenno di saluto con la testa, se ne stette in disparte per un po' e poi andò via. Daniela era perennemente tesa come una corda di violino, il suo aspetto sciupato, il suo viso senza colore e gli occhi fuggitivi. Mentre uscivano dal cimitero Alessio la chiamò più volte e lei si voltò, la prese teneramente per il braccio e le disse: "Cosa c'è che io non so?"; "Il giorno che lo hanno ucciso, ho trovato nella cassetta postale un plico che ti appartiene, l'ho sull'auto, l'ho portato per consegnartelo."; "Va bene. Ma cosa ti tormenta? Dimmi di te."; "Non ho altro da giungere."; "Ti comporti come se io ti avessi fatto qualche torto."; "Tu dici no?"

Il plico era una busta gialla mezzo protocollo, senza né indirizzo, né mittente, aperta, dentro vi erano tre fogli A4 piegati in due, scritti in tutti i lati, intestati con caratteri grandi *Verità e Giustizia* e tra le due parole una bandiera con la falce e martello in bianco nero. In breve il documento accusava di tradimenti e uccisioni in alcuni fatti storici avvenuti nella lotta partigiana di Roma prima dell'arrivo degli Alleati in città, tra i quali qualcuno anche dopo la liberazione, in particolare l'uccisione del Gobbo, eseguita da Alessio con il fatidico colpo alla nuca. La condanna era di morte, ma non per il colpevole, perché doveva subire la fine della sua continuazione genetica, la vera morte atea, quindi l'uccisione della sua progenie nel suo unico figlio Rino. Ma la vera accusa ad Alessio era come membro criminale di quella organizzazione comunista, traditrice del proletariato, che ha svenduto simboli, nome e ideologia a capitalisti e banchieri. Ora quel proletariato richiedeva *Verità e Giustizia* per essere stato reso privo di un organo politico di rappresentanza e difesa. Per via di massima era questo che il documento tracciava come linea di accusa. Alessio leggeva e faceva di no con la testa, per lui era tutto sbagliato, dalle convinzioni alle conclusioni, a tutti quei fatti storici per lui falsi, dall'inizio alla fine, compreso l'addossargli l'omicidio del Gobbo. Decise di telefonare al ministro, il quale appena rispose si scusò ancora per la sua assenza al funerale e poi riprese che l'indagine era andata avanti, si dovevano incontrare al più presto.

L'indomani mattino alle nove in punto si presentò in ufficio dal ministro. La segretaria lo fece accomodare e gli chiese se accettasse qualcosa. "No, grazie". Era preso dallo sconforto, impensierito dal comportamento della nuora, che era stata sempre riguardevole verso di lui, non era stata mai espansiva nel dimostrare affetto, ma rispettosa e attenzionata, questo sì. Vi era qualcosa che nascondeva, non riusciva a capire cosa. Pensò fra sé che forse sarebbe stato meglio se avesse cercato di incontrare lei prima di Alberto. Entrò il dottore Nardini, salutò cordialmente: "Il signor ministro sta arrivando, si scusa per questa attesa".

Alessio si voltò e si sentì di pietra. Quella persona non gli piaceva, lo associava a tutta quella storia: l'esecuzione a morte del figlio, l'organizzazione dei fanatici, i servizi segreti…

"Signor Bonfiglio devo dirle alcune cose importanti, la prima che suo figlio Rino non era un negazionista, ma stava agendo per conto del Partito e dello Stato, si era infiltrato in quella organizzazione. Quindi quando aveva chiamato lei era per avvisarlo del pericolo e metterlo a conoscenza dei fatti. Di sicuro vi è stato un contrattempo e quelli erano già dentro casa, allora ha recitato tutta quella scena".

Alessio si irrigidì ed alzò il busto, con un volto accigliato, si stava scagliando con rabbia verso quell'omino in vestito. Ma raffreddò la sua ira, era meglio saperne di più. Solo questo gli era rimasto del suo futuro, di suo figlio, e si lasciò sfuggire: "Sicuramente chi lo ha ucciso è stata una persona che lui riteneva amica, in caso contrario non le avrebbe dato le spalle. Era figlio mio e lo so bene."; "Forse, ma molto probabile vi era l'interlocutore davanti e l'esecutore dietro. Quando poi hanno udito gli scatti dei mandati alla porta, si nascosero pronti a tramortire, o uccidere, anche lei. Non fu necessario per la sua perdita di conoscenza. Così con calma andarono via, senza insospettire nessuno".

L'amarezza di Alessio era diventata veleno, ma non disse niente a quell'uomo, avrebbe gradito il commissario Cappello, per lo meno aveva una espressione più umana. I tipi come questo li conosceva bene. Così rimase in silenzio ed enigmatico come una Sfinge. Nardini capì e non aggiunse altro. Dopo qualche minuto d'imbarazzo entrò il ministro. Alessio non si mosse dalla sedia e non rispose nemmeno al suo saluto, così quello si avviò verso la scrivania e mentre camminava si voltò appena per guardarlo in viso. Ricordò di colpo la visita di quell'anziano quando gli disse di averlo riconosciuto dalla camminata, ecco sì! È sicuramente questo *il passo del traditore*!

"Come stai?" Chinò leggermente la testa in avanti come risposta, poi aggiunse: "Non è bastata la mia di anima, anche quella di mio figlio?!"; "Perché dici questo?"; "Non dovevate coinvolgerlo in questa brutta storia e mettere in repentaglio la sua vita. Non vi sono tracce, testimonianze, insomma qualcosa che può portare agli esecutori ed ai mandanti?"; "Ci stiamo lavorando". Allora Alessio uscì dalla tasca della giacca quella busta con i fogli e l'appoggiò sulla scrivania. Il ministro la prese e fece finta di leggere, da ciò capì che lui conosceva molto bene il contenuto, così si alzò lentamente e si riprese quei fogli. "Sì, sono l'altra faccia delle Brigate rosse".

Guardando quella figura giovane ed autorevole, capì che le sue erano solo convinzioni, che ormai faceva parte di un mondo finito, passato, come tutte quelle parole scritte in quei fogli. Un passato che è capace di uccidere ancora. Disse senza fede nelle parole: "Non trovo assolutamente attinenza con il presente in questa organizzazione, non la trovo credibile. Roma non ha più nessuna ideologia, ha solo affari. La gente non si uccide più per le idee, ma solo per soldi".

Alberto Oliva, riconobbe l'anziano dalle poche parole e dall'azione, dalla fredda concretezza senza accessori, così congedò Nardini, che era rimasto ad osservarli. Quando fu solo con l'anziano gli disse: "Il Partito ha raggiunto il massimo raggiungibile e non è successo un bel niente, siamo in una fase molto delicata, oltre a potere su potere, finalmente avremmo anche una banca tutta nostra. Ma la mia impressione è che la montagna ha partorito il topolino. Ormai sento parlare solo di soldi." Il vecchio lo interruppe: "Cosa significa per te *la morte atea*?"; "La morte genetica di una persona, la fine. Quando un uomo muore senza lasciare progenie, traccia di sé ai posteri. È per questo che hanno ucciso Rino, per colpire te."; "Devo andare. Grazie per il tuo tempo. Se vi sono risvolti avvisami". Uscì distrutto, capì che il figlio non è stato un martire della Storia, ma di un lurido presente fatto di frodi, speculazioni, soldi sporchi in nome del Partito, capì che il suo passato non poggiava più su nessuna giustificazione, capì che le sue tragedie sono servite a un niente di fatto. Andò di filato a casa della nuora, bussò e la donna di servizio aprì appena la porta, con quel viso dai lineamenti gentili e la sua pelle latte e caffè: "Signora non c'è!" Lui allungò la gamba e bloccò la chiusura della porta, così spinse ed entrò. Vide al centro del soggiorno Daniela che si tormentava le mani. "Perché ti neghi? Perché non mi vuoi incontrare?"; "Perché ho paura!" Quasi piangente. "Capisco, non avere paura di me, io ti proteggerei con tutto me stesso". Allora lei si avvicinò a lui e guardandolo negli occhi gli disse, in un filo di voce: "Aspetto un bambino."; "Chi lo sa?"; "Solo noi due."; "Bene! Non ti confidare con nessuno, con nessuno!"; "Nemmeno con mia madre?" Lui ci rifletté per un po' e dissentì con la testa. Poi aggiunse: "Quel plico l'avevi fatto leggere prima di consegnarmelo?"; "Sì, a mio padre."; "A Rino gli pesava qualche pensiero? Ti ha accennato qualcosa?"; "Curava degli impegni molto importanti per un istituto di credito, pensava che in due anni sarebbe riuscito a concludere la faccenda. Ma era preoccupato per il tipo di persone con cui trattava, ogni tanto mi diceva *è gente pericolosa*!"; "Era in mezzo a due fuochi, ma a quanto sembra ad ucciderlo è stato il fuoco amico".

Troppo anziano per tutti quei spostamenti in un giorno solo, ma doveva agire, così prese un taxi e si fece accompagnare nello studio di Rino. Salì quelle rampe di scale con quel peso nel cuore, entrò, trovò lo scompiglio di quell'evento, ma nessuna traccia utile. Ripiani della libreria completamente vuoti. Erano scomparsi faldoni di documenti. Vide quella foto appoggiata al muro, faceva parte di quella recita che, a quanto sembra, non convinse i suoi assassini, forse perché fra loro vi era qualcuno che sapeva ancora di più. Prese quel poster in mano, forse in cerca di un ricordo, di un pensiero. Rino quando la trovò tramite l'amico prete, ne fu così contento che non finiva mai di guardarla, siffatto la mise in quella cornice importante e l'appese. Mentre teneva la cornice tra le mani si accorse di un foglietto adesivo attaccato sul dietro, lo staccò e vi era scritto con una matita: *Cecato ore 10,00* (rigo sotto) *Nardini ore 11,30*. Alessio si era seduto proprio dove era stato ucciso il suo Rino, sentiva una leggera scossa dentro, avvertiva che qualcosa stava succedendo, sentiva voci passate, ombre si materializzavano in un ricordo vivido di sguardi e parole, di silenzi che sostituivano ordini categorici, un pensiero dominò ogni cosa: il nuovo mondo, tanto anelato, finito in una stretta di mano tra il Partito e il fascista. Ha riflettuto, con quel grande peso nel cuore, che anche lui aveva consegnato alcuni compagni ai fascisti, nello steso modo è accaduto al povero figlio. Ad un tratto avvertì come una presenza dietro, si mise in tensione ed udì una voce: "Ezechiele diciotto venti! stai tranquillo, compagno! Le tue colpe cadono su di te. Quel documento era un falso prodotto allo scopo. La tua vera condanna è la conoscenza dei fatti".

Lui stava fermo, non si muoveva, quella voce la ricordava, ma non riusciva a capire chi fosse, era di un uomo giovane. "Chi sei?"; "Sono uno che crede alla pari dignità delle persone. Ma conta poco, perché i confini morali sono inesistenti per chi ha una fede e tu lo sai bene. Per fede si uccide un innocente, si compie un tradimento, nonostante tutto, credendosi nel giusto."

Allora si spostò davanti la scrivania e con grande sorpresa vide che era don Maurizio, il prete comunista, amico fraterno di Rino. "Ah, sei tu?!"; "Ti ho aspettato, sapevo che saresti venuto. È stata una semplice transazione di carte, tutto si è svolto come doveva andare. Er Cecato, il fascista, aveva avuto commissionato quel furto, quindi le carte al Partito, il resto a lui! Unico effetto collaterale è stato che quello è diventato di fatto l'uomo più potente di Roma."

Alessio collegò con immediatezza i nomi, concluse che Rino era in trattativa per i documenti rubati alla Banca di Roma all'agenzia 91, mesi addietro e qualcosa andò storto. Aveva capito che il gioco del figlio era stato altamente pericoloso, però non riusciva a capire il ruolo assunto, come componente di *Verità e Giustizia*, uomo del Partito, o agente dei Servizi segreti? Ma in tutti i ruoli l'elemento cardine era Alberto. È chiaro che sia stato tradito e che il fuoco è stato amico, quindi l'assassino è stato un Nardini qualunque. "Perché? E chi è stato il mandante?"; "Rino aveva manifestato qualche dissenso, il suo ruolo era di inserirsi come membro della potentissima organizzazione *Verità e Giustizia*, creata allo scopo di portare avanti le trattative, ed io ero l'esponente cardine, il contatto con l'organizzazione. Quindi quella inutile scena della foto tolta dal muro e quella discussione con te, per convincermi, mentre ascoltavo dentro la falsa parete, tra la libreria e la finestra, con la tua pistola, che lui stesso mi aveva consegnato, quando fummo soli uscii. Mi aveva svelato le sue intenzioni di fare scoppiare uno scandalo oltre misura, si sarebbe scoperchiato il vaso di Pandora. Lui mi diceva di non accettare il fallimento ideologico del Partito. Tu lo sai cosa succede ai traditori… Ha sbagliato a fidarsi di me, prima ancora di essere suo amico, sono un compagno. E il Partito, come ben tu sai, non si fida mai completamente di nessuno. Uscii e gli sparai, ho preso i documenti e sentii gli scatti alla porta, mi nascosi, pronto ad uccidere anche te, ma non è stato necessario."; "Perché me lo stai dicendo? Qual è il tuo piano?"; "Devi sapere, per un atto di giustizia."; "Che prete sei?"; "E tu? Che compagno sei? Quante volte hai detto di essere ciò che non eri? Ecco, il Partito ti ha pagato con la verità, tu sai quanto costa la verità! Tu sai che non è per tutti la verità! E tu meriti la verità! Tu lo sai bene che non vi era altra soluzione per Rino. Ora puoi morire di rancore e ricolmo d'odio, tanto non occorre che ti uccida per la seconda volta."

Il prete si diresse verso l'uscita, si voltò appena e poi proseguì con quel passo, che ormai riconosceva. Alessio, pensava quante erano vuote e vane quelle parole: *Verità, Giustizia*! Avrebbe voluto fare qualcosa, ma ormai la volontà e le forze erano finite, nemmeno riuscì più ad alzarsi. Quando udì la porta che si chiuse, restò in compagnia del suo dolore che si affievoliva, non percepì il trascorrere del tempo e il buio lo avvolse per non vedere mai più la luce di una nuova alba italiana.

Un giro di valzer

"Il valzer è una danza a *coppia chiusa*, uomo e donna, uno di fronte all'altra, occhi negli occhi. Il piede destro di lei è tra i piedi di lui; il braccio destro dell'uomo appoggia sulla schiena di lei, che tiene la mano sinistra abbandonata sulla spalla destra del partner...". Edoardo ripeteva queste parole, quasi come se cantasse, chiuso nella sua stanza, con il giradischi a tutto volume, mentre ballava sulle note di *Sul bel Danubio blu* di Johann Strauss Jr. Forse il capriccio della madre di mettere un nome diverso dall'ambito familiare ha segnato il destino del figlio, per quella magia che hanno le parole.

Mentre Edoardo danzava, sognando di trovarsi con la sua dama in un lussuoso salone viennese, quasi sfidando la forza di gravità e, nell'ebbrezza della musica, di scintillare tra le luci dei lampadari di cristallo, di roteare come stelle tra le stelle, sua madre, ormai colma di esasperazione, lo spiava dalla serratura della chiave, convinta che quella passione fosse un atteggiamento sessualmente equivoco. Così, allarmata, avvertì il marito, che chiuse momentaneamente la macelleria e con quattro salti fu su, pure lui a spiare. Guardò e bestemmiò a modo suo, però sottovoce, poi alzò la schiena e disse: "N'addivintò finocchiu!". Diede la colpa alla moglie, perché lo volle fare studiare, invece di farlo lavorare insieme a lui a scannare bestie.

Questo era il periodo del panino con il tonno. La vita di Eduardo si può dividere in diversi tipi di panini: da quello con la carne montana e il formaggino, all'epoca della raccolta di figurine dei calciatori, della scuola elementare, passò all'altro con la mortadella super suina con pistacchio e svizzero affettato, ai tempi della scoperta dei giornaletti porno e della propria sessualità, della scuola media, ora, quinto liceo scientifico, l'era del panino con il tonno, la passione del valzer e l'amore per Rosamaria. Ogni mattina, come un chirurgo che si accingeva ad un intervento, Edoardo preparava il suo epocale panino: andava al panificio San Calogero, comprava una mafalda, la tagliava e toglieva la mollica, che mangiava, apriva la scatoletta verde del tonno, colava nel lavello l'olio e distribuiva il tonno nell'incavo del panino, tagliava un limone, vi ci spremeva non più di dieci gocce, incartava con un foglio di carta oleata e il tutto era pronto per la ricreazione, se riusciva a resistere... Ormai Edoardo non aveva più scuse per il suo perenne ritardo di cinque, dieci minuti della prima ora. Partiva, magari di buon mattino, dalla Via Manzoni, dove abitava, ma invece di dirigersi al Liceo Scientifico, in fondo al Viale della Vittoria, andava prima al Liceo Classico Empedocle, guardava con occhi estasiati quella bellezza, ogni mattina nuova e sorprendente, di Rosamaria fino al suono della campana e poi via, di corsa tutto il viale, arrivava con il fiatone, "Professore mi scusi, sono dovuto andare a fare una raccomandata per mio padre..."; "Vai a sedere, sei pietoso, questa storia ormai dura da tempo, un po' di fantasia in più quando inventi le scuse, bacchettone!".

Il suo compagno di banco era Palmiro, barbuto, di Cattolica Eraclea, con L'Unità sempre nella tasca dell'eskimo, soprannominato il filosofo. Lui aveva una spiegazione naturalista e materialista su tutto. Ad esempio l'amore di Edoardo per Rosamaria, non era la metà dell'essere platonico che cercava di completarsi, ma "una selezione di compensazione del corpo poco aggraziato di lui verso la bellezza estetica di lei". Edoardo replicava, riconosceva di avere qualche chiletto in più, ma non era un mostro. L'amore per Rosamaria era un misto di tenerezza e grazia, come le note di un valzer, una voglia di toccarla tutta con le mani unte, dopo avere divorato il panino con il tonno. Il compagno Palmiro aveva promesso ad Edoardo di insegnargli a ballare il valzer, visto che lui nel suo paese per ogni fidanzamento o matrimonio, lo ballava sempre tra polke, mazurche e tarantelle. Ad Edoardo faceva senso ballare con lui, ma Palmiro diceva che non c'era niente di strano, considerato che per lui era una abitudine ballare tra amici. Anzi, nei piccoli centri di provincia, erano poche le ragazze che, non essendo fidanzate, ballavano con altri ragazzi. Così, un pomeriggio che Palmiro rimase ad Agrigento, per una riunione alla federazione del Partito, fu ospitato a pranzare a casa di Edoardo, poi si sono chiusi nella stanza. La madre si incuriosì, perché udì il clic del giro di chiave nella serratura. Pensò: "Che bisogno c'è di chiudersi dentro, se devono studiare?". Quando incominciò la diabolica musica a tutto volume, iniziò a preoccuparsi, così si mise a spiare e le crollò il mondo addosso come li ha visti abbracciati l'uno all'altro che ballavano. Si è data due manate in faccia, invocò la Madonna e scese di corsa da suo marito, poi ci ripensò e risalì le scale, riflettendo su qualche drastica decisione di Giovanni, sempre con quei coltelli in mano. Ma doveva fare smettere quello sconcio a casa sua, così si mise a bussare con impeto alla porta. Edoardo aprì preoccupato: "Ch'è successo?". La madre con una faccia da morta e ad alta voce, con tono esasperato: "Ve lo faccio il cafè?". Palmiro, preoccupato: "Signora si sente male?"; "Io? Bene! E tu?" Sempre agitata più che mai, mentre rimuginava che proprio lui, con quella barba da bandito, gli aveva rovinato il figlio.

Edoardo si disperava, perché Rosamaria non lo vedeva! come era possibile? Lei girava lo sguardo da una parte all'altra e lo scartava. Lui si accorgeva di non essere proprio visto. La soluzione arrivò in una manifestazione studentesca, quando l'altro compagno di classe, Michele, sempre attorniato dalle ragazze, fu puntato da Rosamaria, che non gli tolse lo sguardo nemmeno un istante di dosso. Certo, Michele era il bello della classe, con il suo corpo ben modellato, i suoi muscoli scolpiti e il profilo come una statua greca, sempre ben vestito di una eleganza innata anche nei movimenti. Così Edoardo, Palmiro e Michele architettarono una strategia.

Dopo pochi giorni Palmiro portò i due a fare volantinaggio proprio davanti l'Empedocle. L'approccio fu immediato. Gli amici si complimentarono per la scelta di Edoardo, perché Rosamaria era così bella da perdere veramente la testa: slanciata, bionda con una coda di cavallo che pendeva giù ad arco, gli occhi di un verde smeraldo, muoveva la testa con eleganza e tra le labbra aveva un sorriso luminoso. Lei era insieme con altre due ragazze, una bassina con una capigliatura nera e una voce impertinente, e l'altra piena di brufoli alta ed esile. Palmiro, facendo propaganda politica, si fece avanti, ed Edoardo distribuì i volantini, mentre Michele faceva il cavallo di Troia. Edoardo aveva il cuore che gli stava uscendo di fuori, ma era come impietrito, aveva difficoltà a muoversi, la lingua sembrava di sughero. Lei prese quel volantino e il suo sguardo aveva una sola direzione, bastava guardare la sua coda di cavallo e congiungere i punti: Michele! Edoardo inutilmente cercò d'incrociare almeno una volta lo sguardo con lei, ma fu inutile. Però gli aveva stretto la mano, una mano inanimata... I tre andarono davanti la scuola per diversi giorni, tanto che furono tutte e tre ritardatari alla prima ora e senza scuse, ormai consumate dall'amico. "Edoardo sei infettivo! Stai rovinando una classe, bacchettone!", disse il professore.

Edoardo incominciò a provare gelosia, forse invidia, di Michele, che l'aveva conquistata, ma non sapeva cosa covava nell'animo dell'amico, era diventato un vero inferno. Michele era figlio di un maresciallo dei carabinieri e aveva avuto una educazione fatta di doveri, disciplina, ma nel suo animo viveva una forma di ribellione al possente padre con tanto di baffi, divisa, pistola e vocione autorevole. Michele prima incominciò ad ammirare sua sorella maggiore, poi ogni cosa che lei aveva, o faceva, insomma si sentiva anche lui femmina dentro, ma reprimeva queste sensazioni per il timore del padre. Si sentiva turbare per ogni giovane carabiniere che arrivava in caserma, ma nascondeva e soffriva nel suo inferno. Per lui il concetto di libertà era travestirsi da donna e farsi vedere da tutti senza timore, facendosi accettare per quello che era, altro che Rosamaria...

Palmiro incominciò a filare con l'amica impertinente, Teresa, figlia del noto avvocato Saraceno, ex esponente di spicco del partito fascista. Dopo alcune divergenze politiche trovarono l'arduo compromesso in una panchina della Villa Bonfiglio.

Il nostro protagonista trovava un po' di pace tra le note del valzer *Dicembre* di Victor von Halem, ormai neanche con i suoi riusciva a comunicare, gli facevano strani discorsi, mettendo il dito nella piaga, ad esempio tra un maccherone e l'altro, la mamma gli chiedeva con voce suadente: "Edoardo ce l'hai la fidanzata?". Lui s'incavolava tanto d'alzarsi e correre a chiudersi nella sua stanza. I genitori si guardavano negli occhi senza speranza. La madre si metteva a pregare e il padre a bestemmiare.

In classe consolava la sua malinconia tra un morso e l'altro al panino con il tonno, smarriva lo sguardo e pensava alla verde e vuota panchina della Villa Bonfiglio, verde e vuota come quella scatoletta del tonno che lasciava ogni mattina sul tavolo destinata ai rifiuti.

S'avvicinavano le vacanze di natale e fioccavano le interrogazioni. Ogni insegnante si lamentava del programma rimasto indietro per le varie assenze dovute a scioperi ed assemblee. Ma i ragazzi hanno problemi ben più grandi dei compiti scolastici, problemi esistenziali, grandi quanto tutto l'universo e importanti quanto la vita stessa. Ad esempio, Michele con la sua lotta di libertà, Edoardo con il suo amore per Rosamaria, Palmiro con il suo sogno di una divisa di poliziotto, in pieno contrasto con il destino tracciato dal padre. E chissà quanti altri compagni avevano il cuore stretto in una morsa o il cervello che girava all'impazzata tanto da sentirsi il rumore all'esterno.

"*Quest'atomo opaco del Male*, Cardella spiega questo verso!", sparò il professore al compagno, che guardava la pioggia battente sul vetro della finestra. Lui incominciò a ripetere: "Pascoli, Pascoli... Aveva finito di studiare fisica, l'atomo appunto, e si accorse che era poco chiaro, appunto opaco, e già d'allora aveva intuito appunto, che portava alla bomba atomica per questo appunto disse del Male, appunto...". Il tutto finì in una risata generale.

Finalmente le vacanze! Mentre stava acquistando l'ultimo trentatré giri di valzer alla Standa, Edoardo vide sulla scala mobile Rosamaria, come una creatura celeste, che saliva ai piani superiori, gli sembrò che lo avesse salutato, così pagò e corse, ma fu inutile, non riuscì a ritrovarla, s'aggirò come un maniaco tra i reggiseni e le mutandine femminili, salì nel reparto alimentari, fu tutto inutile, di lei nemmeno una traccia. Le tanto sperate vacanze passavano malinconiche e vuote. L'ultimo dell'anno i genitori decisero di festeggiarlo all'Hotel Akrabello, dove il maestro Li Causi avrebbe allietato la serata con la sua orchestrina. Edoardo voleva rimanere a casa, non gli andava di iniziare un nuovo anno tra anziani, meglio la solitudine e crogiolarsi nel piacere ad auto commiserarsi. Ma il padre sgranò gli occhi, alzò la voce e gli comandò irrevocabilmente di essere presente. Così si trovò seduto al tavolo a guardare tutti gli altri che recitavano la parte di principi e principesse nella fiaba di fine anno. Vedeva macellai, meccanici, ortofrutticoli, impiegati con abiti lussuosi, sentirli in un dialetto italianizzato e cerimoniosi: "Carmelo lincheme tecchia di vino!"; "Carmela stasera non sparare minchiate!"

Quando nella parte opposta della sala vide una coda bionda luccicante che si muoveva a destra e a sinistra, il cuore gli incominciò a palpitare, si alzò, era lei, Rosamaria! La madre aveva guardato per tutta la sera quel figlio afflitto e il cuore le si stringeva in una morsa. Il padre si era completamento sbracato. Fu una sorpresa per i genitori vedere in lui quello spunto di vita. Edoardo attraversò la sala e si presentò davanti, come se volesse fermare una immagine latente: "Ciao, anche tu qui?" Lei rispose un sì dubbioso e lo guardò dalla testa ai piedi nel suo vestito azzurro cielo, sembrava come se lo avesse visto per la prima volta, lui si sentì perso, quando per magia l'orchestra incominciò a suonare *Sul bel Danubio blu*. Edoardo prese coraggio e la invitò a ballare, lei rispose che non lo sapeva ballare, ma lui le prese la mano calda e soffice e la tirò a sé, e incoraggiata dai suoi s'alzò, "Ti porto io!" Così in un crescendo di note e in un roteare Edoardo la fece volare nel valzer. Lei incominciò a sorridere divertita e per la prima volta lo guardò negli occhi, da allora sono ancora insieme. "Cinque! Quattro! Tre! Due! Uno! Felice 1977! Auguri!" Gridò al microfono il maestro! In un bacia bacia generale, la madre si accorse del figlio abbracciato a quella ragazza e strattonò il marito, furono così felici che piansero di gioia per il pericolo scansato.

Palmiro segretamente aveva fatto domanda di arruolamento alla polizia e dopo la maturità partì, con la sorpresa di tutti, tagliò capelli, barba e salutò Cattolica Eraclea.

Michele fuggì di casa, arrivato in una città del Nord telefonò al padre e confessò la sua dubbia sessualità. Il padre fu colpito da un malore, quasi un infarto. Ma lì era infelice lo stesso, anche se la sua esternazione avesse avuto significato in modo particolare nella sua città. Così dopo pochi mesi tornò ad Agrigento, truccato e travestito, scandalizzando tutti.

Edoardo rinforzò la sua passione per i valzer collezionandone sempre più, ma perse quella del panino con il tonno, era già passato all'era delle insalate, consigliate con determinazione da Rosamaria.

Pane

Il lungo treno attraversava la notte e le foreste del Canada, dentro si udivano grida argentee e risate dorate, in quel 27 di dicembre del 1954. Saro Jacono se ne stava avvolto nel nero paltò e contemplava quel vociare provenire dagli scomparti adiacenti al suo, se ne stava così, passivamente. Portava bene i suoi quarantasette anni, anche se già era stempiato, longilineo, con occhi felini, mente prominente, un naso perfetto e due pupille castano scuri che si muovevano vivaci. Le lunghe dita e il tono profondo della voce completavano il suo aspetto signorile. Da buon siciliano non aveva mai staccato il cordone ombelicale dalla sua Terra, solo che soffriva il suo male di Sicilia in silenzio, come un amore segreto.

Ritornava a Detroit da Toronto, dove era andato a passare il natale insieme a dei paesani, quasi spinto dalla moglie. Lei non è voluta andare e rimase sola in casa.

Saro dopo trenta anni si era rincontrato con il suo lontano parente e amico d'infanzia. Gli unici con i quali manteneva una assidua corrispondenza erano questo amico e, con qualche lettera di tanto in tanto, la madre. Ogni dialogo, o cosa scritta, gli sembrava così ovvia e quindi inutile, perciò quando si trovava di fronte ad un foglio bianco ci si smarriva dentro, come in un grande deserto, quando poi trovava il sentiero del ritorno era già passata una abbondante mezzora; e buttava giù una frase ovvia e convenzionale, si fermava, la rileggeva e gli sembrava la più banale e inutile che abbia mai scritto, strappava il foglio in tanti pezzettini da sembrare coriandoli, li ammucchiava e riprendeva a leggere il libro di turno. A lui piaceva leggere di tutto, era assetato di sapere. Dall'infanzia mille perché chiedevano risposte. Erano dei perché pesanti, che lo tenevano con i piedi per terra, erano perché che gli avevano fatto fare delle scelte di vita e che a volte gli avevano tenuto il cuore stretto e chiuso.

Stava lì, pensava a suo cugino, era quasi il suo opposto. Quello si era sposato, aveva messo su una grande famiglia, già aveva avuto nipotini dalla figlia più grande. Il cugino non si era posto grandi perché, viveva la sua esistenza così, come si presentava, assaporando istante per istante e per i grandi eventi interveniva il suo fatalismo, puntuale e risolutore.

A Saro piaceva questo cugino, si divertiva ad ascoltarlo, seguirlo per tutte quelle vicende di vita quotidiana. Anche perché, il cugino conosceva il suo punto debole: la Sicilia, il paese! Perciò, ogni tanto narrava le novità che arrivavano da laggiù. Lui le leggeva, le rileggeva e non dava mai risposta. Ma suo cugino sapeva che quello era lo zuccherino che non lo faceva staccare da lui e con discrezione sparava qualche notizia con quel suo siciliano italianizzato, forse un nuovo volgare epistolare.

Questo cugino in realtà era un parente alla lontana, però lo sentiva come un fratello. Così, dopo tanto tempo, aveva proprio voglia d'incontrarlo.

Quel natale del cinquantaquattro lo ha portato indietro nel tempo, i profumi, i sapori, le frasi, gli ricordavano l'infanzia, la sua terra e ogni minuto vissuto lì, in quel posto lontano. Sembrava che un aratro solcasse il cuore arso e duro come la terra della Sicilia a luglio.

Saro era in quello scomparto tutto solo, come sul treno della vita, che dal passato lo riportava al presente fatto di silenzio e ticchettii d'orologi, da quello secco appeso al salone di barbiere, a quello rotondo, rimbombante del suo studio di casa, oppure quello metallico della sala da pranzo. Le conversazioni con la moglie erano striminzite e semplificate, ma a lei bastava averlo accanto, sapeva che il suo silenzio non era cattivo. La mancanza di figli in una casa provoca un silenzio abissale, ma lui voleva così e lei non si opponeva, era talmente felice d'averlo accanto che ringraziava il suo Dio giorno per giorno.

Dalle altre cabine arrivavano risate e baldoria, frasi che inneggiavano l'arrivo di un nuovo anno carico di nuove speranze. Dalle voci erano sicuramente dei giovani e avevano tutto il diritto di sperare nel futuro. Mentre lui meditava: "Cosa mai potrei sperare per il mio futuro?" Lo sapeva bene, ma non lo confessava nemmeno a sé stesso. Aveva un profondo desiderio di ritornare nel suo paese. Chissà quante volte aveva già sognato di essere là, tra quelle viuzze, respirare l'aria fresca del primo mattino, mentre va in campagna a raccogliere i fichidindia. Nel profondo del suo intimo silenzio desiderava di rivedere il volto di sua madre, sentire la sua voce, odorare l'aria della sua casa quando si svegliava la mattina di natale. Si sentiva un esiliato a vita, ma con rassegnazione, solo una fitta ogni tanto nel cuore, per un po' e poi basta. Scavando ancora più in profondità, sperava di ritrovarsi nella Matrice del suo paese per essere a cospetto del simulacro del Santissimo Crocifisso, a tu per tu. Questa speranza era la più intensa, gli faceva aumentare le palpitazioni e le guance gli si coloravano di un rossore intenso. Il nero della notte fuori dal finestrino lo avvolgeva come il buio della chiesa. Mentre era così immerso in quella contemplazione, in quel buio comparve riflessa una immagine di prete, come una apparizione da quel lontano ricordo. Sobbalzò dal suo posto per la sorpresa, emettendo un urlo soffocato. Si sconvolse aveva tutto sotto sopra e ci volle un bel po' per riprendersi,

Nello scomparto era entrato un prete. Il quale si era spostato da quello dove proveniva il vociare di quei giovani chiassosi. E siccome facevano anche qualche sconcio di troppo, si trovò fuori posto e andò via. Il prete capì lo spavento preso da quel passeggero, avvolto chissà in quali pensieri, tutto solo in quella cabina, e si scusò vivamente, così presentandosi: "Don

Ignazio Donati". Il suo aspetto era tipico da prete, il modello base, accessoriato da occhiali dorati e tondi. Era di carnagione bianca, con due guance vermiglie, le orecchie caratteristicamente sporgenti, una più rossa dell'altra, gli occhi di un celeste chiaro, non superava il metro e settanta d'altezza ed era abbastanza su di peso. Certo, guardato con attenzione non faceva tanta impressione, ma in quell'istante e con l'abito talare l'effetto è stato sconvolgente.

"Rosario Jacono!"; "Siamo paesani, anche lei è Italiano!"; "Sono siciliano". Saro specificava sempre la sua sicilianità, in special modo con gli altri italiani, mostrando un certo orgoglio. Aveva seguìto con passione i moti indipendentisti degli ultimi anni in Sicilia.

Don Ignazio, piemontese, provò imbarazzo per l'atteggiamento del suo interlocutore e dopo due interminabili minuti riprese: "Il mondo è piccolo, eh? Due italiani s'incontrano per caso in un treno diretto a Detroit; il mondo è veramente piccolo!"

Saro, non abituato a rispondere, questa volta si è visto provocato e non ha potuto fare a meno di dare una smentita, sembrò che quel prete gli sia andato a toccare tutti i punti nevralgici, e quasi fra i denti aggiunse: "Il mondo è piccolo per chi ha soldi, ma per i poveri il mondo è così grande tanto da morire in terra straniera, con il solo sogno di ritornare nella propria patria."

Don Ignazio, abituato a scavare negli animi della gente, questa volta ha giocato a carte scoperte e subito scaricò un suo sospetto, come un pensiero a voce: "Ma lei è un separatista?"

Saro da poco aveva provato lo sconforto della strage di Portella delle Ginestre, come un sogno infranto, come anche la dissolvenza del suo mito Salvatore Giuliano, fatti che aveva seguito da lontano dalla stampa americana come un film, come un romanzo d'appendice, tanto da immaginarsi anche la fine, ormai inevitabile fine, in quella terra fatale di Sicilia; Fato? Od oscura regia? Non gli diede risposta, ogni risposta era dubbia e banale. Passarono più di cinque lunghissimi minuti. Don Ignazio sembrava attendere ancora la risposta, mentre Saro era tornato a guardare il nero del finestrino.

Il prete rimase a scrutarlo da dietro gli occhiali, come un cane che non molla l'osso, così contrattaccò: "Sicuramente ha sentito parlare di Giuliano, vuole separare la Sicilia dall'Italia e farla diventare americana, eh! Lo crede possibile?"; "Giuliano vuole il benessere americano in Sicilia! La libertà americana in Sicilia! E non lo sfruttamento *piemontese* in Sicilia!"

Don Ignazio era contento di quella risposta, gli sembrava di essere riuscito a scardinare il guscio di quella persona di aspetto distinto, misterioso e altero, così incalzò di nuovo: "Insomma, lei è con Giuliano?". Saro, ormai ha scongelato il suo interiore e con molta amarezza gli affermò: "Se avessi più dignità e rispetto per me stesso sarei in montagna con lui"; "Ha assassinato altri siciliani come lui, inermi contadini con la sola colpa di essere comunisti!"; "Lo sapevo già, che lei voleva arrivare a questa conclusione. Ma io non credo alle verità servite ben confezionate nella carta ovattata, come se fossero uova di pasqua, perché è sicuro che nascondono sempre una bella sorpresa! Ma lei è un prete, *poco curante di una dinastia nazionale o d'indipendenza politica, accetta tutti i governi che gli concedono il libero esercizio del suo culto e non facciano violenza ai suoi costumi ... come patria la sua legge!*"; "Renan"; "Bravo!"; "Noi preti vogliamo la libertà dell'uomo, portando a conoscenza la Verità in Cristo per la Vita Eterna!"; "Quanti popoli, quante nazioni sono state distrutte in nome della sua Verità, in nome della croce? A voi preti non interessa poco la conversione spirituale dell'uomo, ma soprattutto la conversione dei costumi, delle usanze, al vostro modo di pensare. E chi non è con voi è un selvaggio, un immondo assatanato da eliminare!

 Se non lo conoscete questo è Gandhi: il
padre dell'indipendenza indiana!"; "Noto che a lei piacciono
molto gli enunciati. La verità è molto più complessa. La Chiesa
è fatta di uomini e gli uomini a volte sbagliano. Quello che conta
è il messaggio cristiano di Amore e di fratellanza. E su questo
non ci piove! I missionari sono andati a patire la fame il freddo
e l'orrore della morte in posti lontanissimi e sperduti, spinti
dall'amore per il prossimo, spinti dalla loro fede in Cristo!"

Ormai il dialogo aveva preso fuoco e si notava il viso di
don Ignazio diventato una unica macchia rossa, quel guscio che
era riuscito a scardinare è stato come una bomba esplosa in
mano, che lo colpiva in pieno, tanto da fargli perdere per un po'
il suo autocontrollo. Lui pensava che questo siciliano non era il
solito parrocchiano, che veniva magnetizzato dalla sua voce
nelle sue prediche, così largiva le offerte in base all'effetto delle
sue parole. Notava che quelle sue labbra sottili spezzavano
parole dure, taglienti e nuove. Ricordava quei suoi dubbi,
quando aveva preso la grande decisione, solo, nel casolare di
campagna, dove era nato, insieme a gli altri cinque fratelli e due
sorelle.

Aveva poco più di quindici anni e quel mondo dove
viveva incominciava a venirgli stretto. L'unico libro che vi era
in quella casa l'aveva già letto, la Bibbia, tutto! E incominciava
a rileggerlo in alcune parti. Questa sua applicazione era motivo
di vanto per lui e per la sua famiglia con il prete che veniva a
celebrare le messe nel borgo. Don Paolo gli diceva: "Ti vuoi fare
prete? Per entrare in seminario ti aiuto io", mentre prendeva una
pizzicata di tabacco di naso. Un grosso naso tutto pieno di
vinaccioli. Ignazio non rispondeva, guardava solo quel naso e
nella sua mente s'affollavano le migliaia e migliaia di parole e

di frasi che aveva letto nella Bibbia e non aveva capito, e continuava a leggere sottovoce meccanicamente, con dovizia e insistenza. A casa gli altri fratelli già lo prendevano in giro.

Una domenica sera, era solo nella stalla e trovò nascosta, sotto una balla di fieno, una rivista con una prima pagina dedicata ad una donna tutta formosa, una di quelle *Signorine Grandi Firme*, si è sentito turbato, preso da una eccitazione nuova, vibrante, e con la mano accarezzò tutto quel corpo in quella figura. Aveva scoperto il sesso, in tutto il piacere, che l'istinto, come una reminiscenza, conosce e insegna il sapersi provocare. Dopo gli era rimasto solo un grande senso di colpa. Si sentiva in colpa, terribilmente in colpa, ed aveva passato qualche notte in bianco pensando il nasone di don Paolo faccia a faccia la prossima domenica in confessionale.

La domenica arrivò in un batter d'occhio. A testa bassa, con tutto il peso della sua colpa, prese il sentiero per il borgo. Aspettò il suo turno per confessarsi, quando entrò in confessionale s'inginocchiò come in un patibolo. Sembrava che i parrocchiani che prima lo avevano ammirato ora lo scrutavano dentro e leggendo il suo peccato lo guardavano con sdegno. Quando Ignazio incominciò la confessione, di tanto in tanto sbirciava alzando leggermente lo sguardo e notava con sorpresa che don Paolo non sembrava turbato e i suoi occhi semichiusi, il suo nasone giù, significava poca cosa; se fosse stato in posizione lineare allora il peccato sarebbe stato più pesante, invece se gli occhi fossero stati sgranati e il nasone in su, si sarebbe trattato di peccato mortale. Tutti i parrocchiani ormai erano pratici a capire il codice del punteggio nasale e quindi la gravità dei peccati di chi si confessava, appunto spiando gli atteggiamenti di don Paolo. Ignazio si ricordava di ben due volte il naso all'insù del prete. Precisamente quando la Rosa confessò la sua gravidanza prematrimoniale e poi quando il Vanni confessò l'uccisione del proprio fratello andicappato. Don Paolo, invece, con tono pacato, gli disse che era ora di decidersi, perché il Signore lo stava mettendo alla prova. "Metti al rogo quella rivista, perché è stato il diavolo a fartela trovare".

Ignazio, ritornato a casa, pensava alle parole del don e la prima cosa che fece prese la rivista, uscì fuori e, non facendosi vedere da nessuno, gli diede fuoco. Quella prima pagina si accartocciò tra le fiamme, poi un leggero fatale vento la strappò dalla rivista e dondolandola sospesa in aria, la trascinò dentro la stalla tramite un portellone aperto sopra la porta, la seguì e vide dentro le fiamme dell'inferno della paglia. Ricordava lo sgomento, le urla mentre chiamava aiuto! Ha avuto la prontezza a condurre fuori le due mucche. Intanto non accorreva ancora nessuno. Le fiamme ormai erano alte e i legnami del tetto ad uno ad uno cadevano giù. Il fuoco minacciava la casa accanto. Ignazio incominciò a implorare il Signore che non bruciasse, cadde in ginocchio, con tutta la colpa che sentiva dentro, pregò piangendo, quando due gocce d'acqua gli bagnarono il viso, guardò verso l'alto il cielo e da lì arrivò a catafascio l'acqua che spense il fuoco sentendo mille brividi sulla sua pelle, concependo quell'intervento benedetto di Dio, che aveva sconfitto Satana! In quell'istante decise irrevocabilmente. Poi, al seminario scoprì che il masturbarsi, forse, era l'atto meno peccaminoso di un seminarista. Ma il suo punto fermo nella fede era stata quella pioggia provvidenziale, come ne-*I Promessi Sposi* del Manzoni.

Saro interpretava negativamente quel silenzio di don Ignazio. Dove quello si era rifugiato riemergendo il ricordo di quell'episodio che aveva determinato la sua vita. Nelle sue orecchie echeggiavano le ultime parole del prete: "Fede in Cristo, fede in Cristo! Fede in Cristo!!" Pensava quanti morti, quanto sangue per questa fede in Cristo. Nella mente di Saro passavano rapidamente le immagini di tante pagine lette, durante gli anni, sull'Inquisizione, sulle Crociate, pagine di negata libertà, di strapotere dell'Impero Romano, ultimo erede la Santa Chiesa. Poi dava un rapido sguardo a don Ignazio, ancora con le macchie rosse sul viso, mentre aveva lo sguardo rivolto ai primi chiarori di una notte, che andava via più veloce del solito verso un nuovo giorno. Saro sperava che il giorno in arrivo fosse veramente uno nuovo, diverso da tanti altri, che aveva visto arrivare puntualmente sena colore, senza *Fede in Cristo!*

Quanta fede in Cristo aveva là, al suo paese, in tenera età; quante preghiere rivolte con amore a quel Cristo Nero, che lo guardava dall'alto della croce, tra le lampadine accese. Quanta fede in Cristo e pura come quella di un fanciullo!

La sua mente rigurgitava pensieri attaccati l'uno all'altro come una collana di perle. Pensava il giorno della Prima Comunione, che giorno importante! E come si era preparato con diligenza studiando *le cose di Dio*, ripetendole all'arciprete a memoria, spesso comprese poco e male, dette come formule magiche, ma tanto in chiesa sembravano tutte formule magiche poco comprese con quel latino. E nella funzione dell'eucarestia il sacerdote abbassava pure la voce. Tutti chinavano la testa per timore, per rispetto, per rito.

Gli tornava alla mente lo sguardo di Ninetta, mentre dall'altra fila lo guardava con quei suoi occhi neri e quelle ciglia disegnate, quel viso chiaro e dolce, la sua voce soave e quei suoi dodici anni.

Una sera era andato alla festa prematrimoniale di un cugino, dove lei era pure invitata. È stata una delle serate più belle della sua vita! Era il grande magazzino dove don Blasi ammassava il frumento, così quando era vuoto lo affittava per festeggiamenti, come fidanzamenti, matrimoni e altro. I giovani s'incontravano lì, si adocchiavano e poi si delegavano le famiglie per espletare il fidanzamento con le ambasciate e le trattative di conseguenza.

Ricordava lo zio Carmine con la chitarra, Filippo con il mandolino, Nenè con il clarinetto e Pasquale Cavaddu con il tamburello che cantava. Il quartetto eseguiva ballabili uno dopo l'altro. Ebbene, quella sera, con audacia, Ninetta era riuscita ad avvicinarlo e a offrirgli delle fave e dei ceci abbrustoliti dei suoi, dicendogli: "Sasà, li ho presi per te, li vuoi?" A Saro il cuore gli palpitò così tanto da sembrare impazzito! Che serata straordinaria, felice, lei lo guardava, gli sorrideva. Prima di addormentarsi, ogni sera, mangiava o un cece, o una fava, pensando dolcemente a lei, lasciando che si sciogliessero in bocca.

Ricordava l'ultima fava che teneva stretta in pugno, quando partì dal paese, nel buio di un'alba che non avrebbe visto mai più il sole illuminare i tetti del suo paese, come non avrebbe mai più visto il viso di lei. Mentre il cuore gli si stringeva tanto da fargli male, così stringeva nel suo pugno quell'ultimo seme di fava. Ricordava il sordo rumore dei loro passi per la stretta via dove abitava lei. La Luna era completa, impassibile a tanta tristezza e invece l'abbaiare dei cani rispondeva a quell'addio, così come un passo oltre il tempo.

Quando poi la nave incominciò ad allontanarsi dal porto di Palermo e la terra incominciava a scomparire all'orizzonte gli sembrò come se parte della sua pelle fosse rimasta appiccicata in quella Terra di Trinacria. Ora lontana, ora non più. Saro non riuscì a trattenersi ancora, cosi, mentre le lacrime solcavano il suo viso, prese quell'unico seme e lo imboccò. Facendolo sciogliere lentamente, come aveva fatto tutte le sere da quell'incontro. Gli ritornò alla mente lei e i suoi capelli sciolti, dai lunghi ricci nerissimi, il suo sguardo sorridente e penetrante, il dolce e soave suono della sua voce nel canto dentro la chiesa. Intanto che quella grande città di ferro galleggiava in un mare infinito e lo portava lontano. Come è grande il mondo per i poveri! Che grazia aveva Ninetta e come ballava bene quella sera, quanta armonia nei suoi movimenti. Ma la musica incominciava ad abbassarsi, tutto lentamente si sbiadiva e dal finestrino in quella dissolvenza rispuntava il suo viso invecchiato, come il fantasma di sé stesso.

Il tempo non aveva cancellato quella fanciulla, anzi l'aveva mitizzata, però man mano aveva tolto ciò che poteva avere di umano. La sua immagine era trasparente, piena di luce, quella del sole di Sicilia. Ormai era un'unica entità con la sua Terra. Un unico ricordo, una unica voglia, un unico amore, un unico sogno. Da quando consumò quell'ultimo seme di fava, che lo collegava a quella lontana realtà.

La luce, i colori di quella Terra lontana, erano un ricordo che ritornava solo in sogno. Un sogno, non dove Saro dormiva, ma dove rimaneva sveglio con una fitta nel petto e l'amaro in bocca. È questo essere un siciliano all'estero? È questo che sente un emigrante siciliano? Per Saro lo era! Come scrollarsi di dosso quella polvere della terra di Sicilia, entrata nei pori della pelle, il primo attimo appena nato, come un battesimo di fuoco? Tanto da fare riconoscere la sicilianità in ognuno dei suoi figli, in ogni dove e da chiunque lo incontri.

La presenza di quel prete, in quel piccolo spazio della cabina e in quel preciso contesto, dopo il ritorno da Toronto, dove aveva fatto il carico pieno di nostalgia a casa del cugino, ha risvegliato il ricordo più forte della sua vita, quando litigò con Dio, con il suo Cristo Nero.

Don Ignazio, quasi con stizza e risoluzione, fissò Saro dicendogli che a questo punto non si può rimanere più in silenzio, la conversazione doveva continuare!

Saro chinò la testa come acconsentire, lo guardò intensamente negli occhi e gli disse: "Ormai è inevitabile non arrivare ad una conclusione, ad un confronto ancora più approfondito, non dirci più niente è come fermare questo treno in corsa e così non arrivare a nessuna destinazione!"

Don Ignazio, con franchezza: "Credo che lei è un ateo, un *mancia preti*, un comunista, un massone; uno di questi o tutti questi messi assieme! Ma come può rifiutare la possibilità di una vita oltre la vita? Come può rifiutare la possibilità del Paradiso?".

Saro, quasi con un sorriso di compiacimento, non smettendo di fissarlo, chinò la testa verso destra e rispose: "Non sono nessuno di questi! Penso che il Paradiso non sia altro ciò che ognuno di noi ha nel proprio inconscio come ricordo della nostra vita dentro il grembo materno. La luce che filtra soave, i tenui colori, i suoni mai acuti, né freddo, né caldo, alimentarsi senza mai esasperarsi, vivere dentro l'essere che si ama di più, riconoscere la sua voce, la propria madre, il proprio Creatore! È proprio lì che abbiamo creato Dio a nostra immagine e somiglianza! Poi, appena nati si ha contatto con il freddo, il caldo, la luce accecante, i colori aspri, i rumori assordanti, il taglio del cordone ombelicale, il dolore, il distacco dalla madre, il bisogno d'amore, la fame! Un vero Inferno. Il Paradiso e l'Inferno: la vita!"; "Ma in quale libro maledetto l'ha letta questa diavoleria?"; "Lei sbaglia ancora una volta. È frutto del mio pensiero, di un mio semplice ragionamento".

Don Ignazio, prese il messale e con tutte e due le mani lo porse in avanti come un'offerta: "Noi siamo carne, ma il nostro pensiero? -Con voce cambiata quasi stridula-. La materia inerte e la vita che nasce da essa? Questa vita stessa?"; "Lei che ha la fede dovrebbe darmi delle risposte, non io, visto che ai suoi perché ha messo una toppa. Il pensiero è ciò che ci distingue dalle altre bestie! Ogni bestia segue l'ordine naturale del mondo, solo l'uomo è trasgressore, perché pensa. Secondo me, il pensiero è la pazzia animale dell'uomo. L'uomo è diverso da gli altri animali, perché è un malato mentale, un pazzo pericoloso! - Prendendo con tutte e due le mani il messale sospeso in aria da quelle del prete - E tutto questo è semplice pazzia. Parola per parola una pazzia. Pazzia!”

Don Ignazio ritirò bruscamente il libro, in senso di protezione da quell’individuo così misterioso: “Tu, sei il diavolo in persona!” Negli occhi aveva paura, si era ritirato all’angolo, quasi sconfitto dall’orrore.

Saro con un sorriso bonario e rassicurante: “No, stia tranquillo, non sono il diavolo! O almeno credo, eh, eh, - ridacchiò -. Penso che il diavolo, in quanto tale, nega l’esistenza di Dio, in quanto essendo prima angelo, anzi il più lucente e il più vicino a Dio, perciò materia divina, non essendo pagani possiamo affermare nell’unicità dell’Essere Dio, Dio stesso. Questo angelo, Dio stesso, provò superbia, male, imperfezione. Questo inciampo teologico porta all’equazione Dio a zero. In quanto questa imperfezione nega la stessa perfezione. La perfezione non permette imperfezione. Senza perfezione non c’è Dio, non può essere perfezione e imperfezione: $1 - 1 = 0$! Caro prete, zero!”

Don Ignazio da quello *zero* prendeva coraggio, perché capiva che era un uomo in crisi, aveva davanti un uomo che deduceva. La Chiesa cattolica è figlia della deduzione e non del pensiero anarchico anticlericale di Cristo, così con tono pacato rispose: “Andiamo con ordine e scopriremo che in molti punti siamo d’accordo. Primo, - afferrando l’indice della mano destra con la sinistra - anche la Chiesa dà il proprio messaggio naturalistico, dal mille e duecento con san Francesco d’Assisi! Tutto il creato, ogni creatura è nostra sorella. Noi tutti dovremmo seguire l’esempio degli uccelli e dei fiori e non la pazzia umana di correre verso falsi valori come l’arricchimento, l’avidità, la supremazia e l’odio. - Afferra il medio allo stesso modo. - Secondo, il male è la stessa prova della perfezione e dell’esistenza di Dio stesso. Un mondo senza male non darebbe all’uomo la possibilità di scelta, non darebbe il libero arbitrio di scegliere Dio: la via del Bene. Senza il male l'uomo non sarebbe altro che un automa, senza vita propria. Invece può scegliere tra il bene e il male, tra l'essere e il non essere, tra la luce e il buio. Questo rende l'uomo simile a Dio, a Sua Immagine e Somiglianza, perciò perfetto! Il male è stato un atto d'Amore di Dio!"

Saro, per niente scalfito da quelle deduzioni: "E' un modo di vedere le cose, un punto di vista, come le ho già detto, ogni uomo crea il suo Dio a propria immagine e somiglianza. Lei crederà sicuramente ai miracoli? Io asserisco che, se solo un miracolo, solo uno, fosse mai avvenuto per opera di Dio, quello stesso miracolo negherebbe l'esistenza di Dio stesso, perché va a infrangere *quell'atto d'Amore*, la regola fondamentale dell'esistenza: il libero arbitrio, operando un qualsiasi miracolo, quell'essere umano non ha più altra scelta che credere in Dio obbligatoriamente, in quanto rivelatosi. Quindi perché alcuni sì e altri no, questa possibilità di norma? Allora essendo tutti uguali di fronte a Lui, per ognuno di noi dovrebbe esserci un intervento divino, una possibilità di redenzione, togliendo così la libertà e restando solo il burattino uomo! Oppure l'atto ingiusto di premiare alcuni e condannare altri preventivamente. Dio giustissimo non può essere ingiusto."; "Ma l'uomo ha visto con i propri occhi e non ha creduto, ha toccato con le proprie mani e non ha creduto, ha ascoltato con le proprie orecchie, non ha creduto! L'intervento di Dio verso le proprie creature è Amore. Dio è Amore!"; "Bene e allora le dico chi sono io! - Ben determinato. - Un Bambino che ha litigato con il suo Cristo Nero. Un simulacro di ottima fattura in legno di leccio, forse arte bizantina, o saracena, di origine incerta, con un'espressione di perdono e di abbraccio per tutti, nell'attimo mentre spira. Con l'ordine notarile preciso di festeggiarlo il tre di maggio di ogni anno. Per noi paesani quella immagine ha un significato che va oltre il valore della rappresentazione cristiana, vi è qualcosa di arcano e arcaico che incute rispetto e devozione. La fede nel Cristo Nero, come in ogni santo nero in altre località siciliane, è prima della venuta di Cristo e continua ancora oltre qualsiasi credo. Orbene io bambino, con tutta la fede che avevo nel cuore, tanto che mi batteva forte ogni volta che mi avvicinavo al simulacro del Cristo Nero, un giorno ho chiesto un pezzo di pane, con tanta di quella fame che mi veniva da piangere, perché avevo sentito l'odore del pane appena sfornato da una cesta in testa ad una donna, da poco uscita dalla bottega del fornaio. Ma non avevo speranza di mangiarne anche un solo pezzetto, nemmeno una mollica, quel giorno. La mia famiglia era in campagna ed a casa vi erano solo dei fichi secchi. Dovevo aspettare il calare del sole per un po' di minestra, ma di pane assolutamente non se ne parlava. Desideravo il pane! Io ero un bambino che desiderava un pezzo di pane, un semplice pezzo di pane. Non c'è la ho fatta più a continuare a giocare e allora andai in chiesa, entrai, grande, maestosa, con gli stucchi, i grandi quadri, le statue, le madonne dentro le urne di vetro. La chiesa era un po' buia e deserta, si udiva rintonare qualche leggero rumore, forse erano i piccioni sopra il tetto, o qualche eco lontano. Con tutta la fede nel cuore e tutta la fame nel corpo, mi avvicinai al Cristo Nero, salendo tutti i gradini, con il cuore che mi palpitava a più non posso, alzai la testa e lo guardai in viso, lo pregai intensamente di farmi trovare un pezzo di pane, anche raffermo, sopra al tavolo di casa mia. Lo abbracciai per le gambe e con devozione lo baciai ai piedi, sentivo la certezza che sarei stato esaudito, perciò lo ringraziai. Scesi e di corsa mi avviai a casa aprii la porta e un triangolo di luce si allungò illuminando il tavolo sgombro. Purtroppo sopra non trovai niente e niente apparì in seguito. Allora mi misi a piangere, a singhiozzare, perché io credevo veramente e non avevo mai peccato, ero puro, eppure il Cristo Nero non mi ha ascoltato! Allora ripensai la statua, particolare dopo particolare, ma nella mente la vidi fredda, una statua di legno e basta! Mi trovai per la prima volta solo, senza Cristo e senza fede, con tanta rabbia nel cuore. E anche se quel giorno colmai lo stomaco di fichi secchi, svuotai la mia fede per sempre!". Saro si sentì meglio fisicamente, aveva confessato a quel prete il suo segreto più intimo, aveva sfogato finalmente la rabbia che da bambino gli aveva cambiato la vita, gli aveva condizionato tante scelte, ora si sentiva meglio, quasi rinascere. Perché non ne aveva mai parlato prima con nessuno? Perché? Perché ora si?

"Cosa ne sarebbe stato di te se avresti trovato quel pezzo di pane sopra quel tavolo? Avresti perso la libertà di scegliere Dio!"; "Ma io avevo scelto Dio e con tutta la purezza di fede che vi può essere in un bambino! Per me Dio era Verità assoluta!"; "Io sono prete per una stupida coincidenza. Vi è chi chiama le coincidenze piccoli miracoli. Devi aprire il tuo cuore, devi fare uscire tutta la rabbia e tutto l'amore, tutto il calore che tieni chiuso dentro e vedrai che la fede ritornerà!"

La luce nello scomparto aveva invaso ogni dove, ormai era giorno e anche i volti le cose avevano cambiato realtà.

Don Ignazio aveva un volto provato, più asciutto, come se quelle ore fossero state lunghi giorni, mesi e forse anni, e Saro una entità mandata da Dio per provarlo. Oppure una proiezione virtuale della sua mente, nella dialettica teologica tra ragione e anima. Ma niente di tutto questo. Saro era lì davanti che lo fissava in attesa di una vera risposta, un indizio per fare pace con il suo cristo Nero e così potere tornare nel suo mondo, nella sua terra, nella sua Patria. La sua missione era di salvare anime, lì davanti ve ne era una che voleva essere salvata. Lui era un pescatore d'anime, lì ve ne era una in balia di un mare tempestoso che voleva essere pescata. Lui era un pastore e lì una pecorella smarrita, la pecorella era proprio lì davanti. Ma quella risposta non arrivò.

Saro aveva davanti un prete che non era riuscito ad uscire fuori dal suo ruolo, pronto a ritornare tra i suoi parrocchiani che pendevano dalle sue labbra per una di quelle prediche piene di trovate, speculazioni e spicciola retorica, pronto a propinare una di quelle prediche strappa lacrime in maniera spudorata per il prossimo funerale, vibrando la testa, e un po' di raucedine alla voce, pronto a dimenticarlo prima possibile, tanto quello che conta in fondo in fondo è la contabilità.

Saro lo prese per le braccia e lo scosse vivacemente: "Allora? Voglio una tua risposta! Una vera risposta!"; "Apri il tuo cuore a Cristo! - Con voce tremante e il volto paonazzo -. Apri il tuo cuore!"; "Voglio una risposta vera! Vera! Vera!"; "La fede può darti una risposta."; "La fede a che cosa? Alcuni anni fa, la stufa aveva una perdita di fumo, così sono rimasto stordito, mia moglie entrata nello studio, con la solita tazza di the a l'ora prestabilita, mi trovò con la faccia rivolta su uno dei tanti libri, avevo perso conoscenza, subito mi svegliò e lentamente mi ripresi. Mi ritrovai con gli occhi pieni di lacrime, ricordai di avere fatto un sogno così reale da avere veri dubbi che fosse stato un sogno o qualcos'altro. Sognai che la luce invase tutto, così mi trovai tra le dune e il sole infuocato di un deserto, camminai a lungo quando mi vidi davanti il Cristo Nero assetato e provato dalla fame. Io ero ritornato bambino e gli dissi: *Se Tu sei il Figlio di Dio comanda a questa pietra di diventare pane*. Il Cristo Nero mi rispose: *È scritto non di solo pane vive l'uomo*. Allora cominciai a piangere, lo stesso pianto quando non trovai il pezzo di pane sul tavolo. Il Cristo Nero mi chiamò a sé a braccia aperte, ma mentre stavo correndo verso quell'abbraccio mia moglie mi destò da quel sogno mortale e mi svegliai."; "Scommetto che lei ha letto *I Fratelli Karamazov* e l'ha colpito in particolare *Il Grande Inquisitore di Ivan*?"; "Stavo leggendo proprio quello!" disse con ironia. "Come vede la risposta è in quel sogno!"; "In quel sogno io ero il Tentatore e Cristo non mi scacciò, ma mi tese le braccia! Siamo al punto di partenza, prete! Un solo miracolo, un solo cedimento alle tentazioni e il Dio non vi è più! Rimane solo la tua Chiesa, potente, miracolosa, detentrice del mistero. Questa Chiesa non è una risposta! Io dalla tua persona, dalla tua presunzione talare, pretendo una risposta vera!"

Il prete raccolse le sue cose e uscì fuori.

Saro rimase quello di sempre e nel suo testamento scrisse che non voleva nessun funerale in chiesa e non doveva suonare nessuna campana, né in America, né in Sicilia, ma solo una grande banda musicale con tanto di majorette che suona allegramente per le vie della città di Chicago.

E così fu fatto!

Mammiferi

Gli occhi bassi, a terra come calcinaccio caduto dall'intonaco di una parete in una casa abbandonata. Teresa non riusciva a trovare una sola parola di difesa. Gabriele era lì, davanti a lei, fermo e risoluto.

Non se lo aspettava, quando aprì la porta del bagno, se lo trovò davanti e le sembrò di morire. Così improvvisò uno spavento. Lui era uscito appena dalla doccia e contento di vederla si allungò per baciarla, ma le sue narici sono state pervase da un inconfondibile odore di sesso. Lei si era diretta al bagno appunto per liberarsene immediatamente, nonostante tutto l'eccitava ancora.

"Cosa è questa puzza che hai addosso?"; "Quale odore?"; "Dove sei stata? Cosa hai fatto?"

Dall'accappatoio si ergeva duro il suo pene, contro il suo volere. Quando lei se ne accorse, lo guardò intorpidita. Glielo prese e con delicatezza lo strinse, poi s'inginocchiò e incominciò a leccarlo, per poi imboccarlo, fin quando lui straripò in un orgasmo completo.

"Fatti una doccia, sei sporca!"

Si vestì in tutta fretta e uscì fuori da quella casa, dove tutto era mutato, pur se ogni cosa era rimasta al suo posto, già così da anni. Come ogni giorno guardò la sua immagine riflessa nella vetrina dell'agenzia funebre dall'altra parte della strada. Guardava la sua trasparenza tra le urne cinerarie esposte in un lato e la grande croce di mogano nell'altro. Il tempo… basta non stare lì a misurarlo per fuggirti via senza accorgertene. E in fine trovarti a tu per tu con la morte, ormai acconsentita, non più gridata con il terrore disperato speranzoso di cacciarla via. Oggi si sa di averla addosso e si accetta per quello che è. Come l'afa appiccicaticcia di quel giorno di luglio. Come quell'odore acre di sesso, che lei si portava da chissà quale incontro, o momento rubato alla vita, o alla morte, non importa, tanto fa lo stesso.

Proprio davanti le strisce pedonali una donna afro di colore, corpulenta, troppo vestita, diceva qualcosa con tono sostenuto ad un giovane occhialuto e smilzo. Gabriele si turbò perché ricordava di avere assistito a quella scena qualche giorno prima. Ricordava chiaramente che quel giovane infastidito la mandava a quel paese, con un ambio gesto della mano in aria, mentre lei lo chiamava invitandolo chissà a che cosa, o dove. Mentre si avvicinava la donna si rivolse a lui guardandolo in faccia, ma non capiva ciò che gli diceva, così allungò il passo allontanandosi, frattanto quel giovane le sorrise, la salutò ed attraversò la strada. La donna rimase lì, continuò a parlare forte. Lui pensò che qualcosa nel Mondo era mutata sensibilmente, si convinse per un attimo di vivere un'altra traiettoria temporale, come se gli fosse sbalzato dentro. Ma era solo una sua fantasia, che poggiava su qualcosa di effimero, forse un déjà-vu.

Si sarà già lavata, pensò. Così si girò di scatto per tornare da lei. La sua è stata una fuga, un modo per non affrontare la realtà. Era una sua caratteristica quella di sfuggire ai problemi, interporre qualcosa su ciò che risultava avverso: una scusa, il silenzio, la fuga, un malessere. Ogni volta questo suo atteggiamento infastidiva maledettamente lei, che lo accusava apertamente. Ora qualcosa era cambiato, andava diretto da Teresa, quasi correva per la via del ritorno.

Quella donna afro era ancora lì, sembrava che lo aspettasse, appena giunto a un passo gli disse cantilenando, mostrando la mano: "Dare qualcosa…" E ruppe in un pianto commovente, con gli occhi lacrimosi e sinceri. "Mio cognato, preso tutti soldi e scappato. Devo raggiungere marito, Milano, non so come fare."

Gabriele fece qualcosa che non aveva mai fatto nella sua vita, prese una banconota da venti euro e gliela porse. Di riflesso pensò: cosa ho da farmi perdonare? Certo, l'essersi eccitato al solo pensiero che la sua donna era stata con un altro. Ed è inconfutabile che lei lo abbia intuito. Svestiti, l'uomo è sempre più nudo della donna. Come un cane rabbioso prendeva a morsi sé stesso, quel sé stesso vile e spudorato.

La notte era stata lunga e fastidiosa per la calura. E Gabriele si alzò che erano appena le cinque, si andò a sedere sulla terrazza e tracannò più di un bicchiere d'acqua, godendosi la frescura di quel mattino. Non pensava a niente di niente. Dopo un po' udì che anche Teresa si era alzata. Quando arrivò gli posò la mano sulla spalla carezzandolo: "Faccio il caffè."

Si accorse quanto fosse sensuale, spettinata con quella sola maglietta addosso, da sotto, il suo bel seno si ergeva bene. Gli anni l'avevano resa ancora più attraente.

"Quel babbione di sindaco, oggi mi manda in missione a Palermo per provare a sollecitare i finanziamenti di alcuni progetti approvati. Ma con questa calura saranno tutti a Mondello. A noi pensano quelli lì!"; "Pure noi ci dovremmo andare a mare. Cosa preparo oggi per pranzo?"; "Per me niente, mangio a Palermo con Gasparino che mi accompagna."

Gabriele è impiegato al Comune di Favara, nella segreteria del sindaco, quarantanovenne, longilineo, leggermente stempiato. Mentre Teresa è insegnante di sostegno alle elementari, porta bene i suoi quarantasei anni. Dal loro matrimonio è nata Regina, sposata, abita con la sua famiglia a Torino.

Come volevasi dimostrare, alla Regione l'onorevole Marpioni non c'era. L'impiegato si trovava fuori dall'ufficio apposito, pur se la giacca era lì, sulla spalliera della sedia. Aspettò più di un'ora. Domandò ad un usciere di passaggio e quello, con un sorriso tra le labbra ed una espressione negli occhi, che diceva tutto, rispose: "La giacca è lì?! sarà in giro, aspetti, vedrà che arriverà...". Allargò ancor più il sorriso e le braccia, come se stesse prendendo il volo, ed andò via. Quel giorno Gasparino ricevette un messaggio su WhatsApp dalla sorella, che aveva portato la madre in ospedale e gli consigliava di tornare. Così niente pranzo a sbafo e di corsa al paese.

Gabriele non andò nemmeno in municipio, volle subito andarsi a fare una doccia a casa, perché si sentiva il vestito appiccicato addosso e provava fastidio pure a muoversi.

Teresa quella mattina era andata ad Agrigento senza un valido motivo, ed il destino volle che incontrò per caso un suo collega, molto più giovane di lei, alto e ben fatto, dagli occhi ridenti e una espressione da mascalzone. Insomma a lei piaceva tanto, così tanto che in ogni suo atteggiamento gli lanciava messaggi di quanto le piacesse. E quel giorno hanno avuto un rapporto sull'auto di lui in una trazzera. Quella era la quarta volta che Teresa tradiva il marito. Anche da fidanzati si era concessa ad un suo cugino arrivato dalla Francia per le ferie, ospite in casa sua. Erano andati tutti e tre in una festa di paese, ad un certo punto, mentre guardavano lo spettacolo in piazza, un tipo la importunava di dietro, lei si infastidì e lo riferì a Gabriele, che se ne stava lì, fermo, senza reagire, con una faccia da pesce morto, mentre quello continuava. Di scatto suo cugino prese a sberle quel tipo fino a farlo pentire della sua stronzaggine. Lei provava sgomento per quella violenza, ma anche una strana sensazione di gratificazione ed eccitazione. Quella notte lo andò a trovare in camera, per ringraziarlo…

Quando arrivò a casa trovò Teresa in cucina indaffarata ai fornelli. "E' quasi pronto!".

Lui rimase colpito dal tono sereno di lei, come se niente fosse successo, quasi fosse stata una sua fantasia, in fondo tutto il suo pensiero poggiava su qualcosa di effimero come il sentire un odore. Con passo deciso andò al ripostiglio, ma il cestino della biancheria era vuoto e la lavatrice ormai girava, ora in un senso, ora in un altro. Voleva costatare quell'odore su gli indumenti di lei.

Andò sconfitto in bagno, si lavò le mani e il viso, prima di asciugarsi, si guardò negli occhi allo specchio odiandosi. In cucina si lasciò cadere su una sedia, prese il telecomando e accese la televisione.

"Dove sei stato? Sei andato senza dir niente. È morta la mamma di Gasparino, il funerale lo fanno domani. È quasi pronto."

Lui non aveva nessuna forza di reagire, dire qualcosa, fermo a guardare persone che si urlavano contro in un programma televisivo.

Lei gli mise davanti un piatto di linguine con i ricci di mare. Il profumo dei ricci, dell'aglio e del prezzemolo diventarono una sinfonia. E allora la fame non gli permise più di pensare, così arrotolò con la forchetta e mangiando si rinfrancò tutto. Bevve un bicchiere di vino bianco fresco, mentre lei si era alzata per togliere i piatti. Aveva preparato per secondo dei calamari ripieni. Ma già si sentiva sazio, li avrebbe mangiati per cena. Così sorseggiò ancora un po' di vino e mettendosi a suo agio chiese a sua moglie come aveva passato la mattinata.

"Sono stata ad Agrigento, ho cercato qualcosa da indossare la sera. Non ho trovato niente di interessante e così ho fatto la spesa e sono tornata a casa."

Lei si era seduta e lo guardava in viso con una espressione di sfida e compiacimento. Lui fissava il coltello con il quale giocherellava con la mano. Ad un certo punto prese forza e le chiese: "E quella puzza che ti portavi addosso?"; "Quale puzza? Ancora con questa puzza?! Sarà stato qualche abito che ho indossato per prova dai cinesi… che so io?" Poi si alzò e andò a preparare il caffè. "Lo vuoi un po' di gelato?"; "No!"

Dopo diversi giorni Gabriele, come di solito, passò davanti quell'agenzia funebre e come era solito si guardò riflesso in quella vetrina espositiva, ad un certo punto poco davanti vide quella donna afro che discuteva animosamente con quel giovane occhialuto e smilzo. Lui pensò di avere già vissuto quella scena ed era incuriosito, mentre accadeva ricordava perfettamente ogni particolare. Il giovane con un ambio gesto della mano in aria le disse di andare a farsi fottere e attraversò la strada. La donna lo invitava con insistenza ad andare con lei. Gabriele pensò di trovarsi nella giusta traccia temporale e si rasserenò. Nonostante gli frullavano nella mente dei ricordi vissuti con quella, che sperava di cancellare per sempre, ma riaffioravano di tanto in tanto in un soffrire sordo e freddo.

In ufficio verso l'una gli arrivò una strana telefonata dalla linea interna, una voce contraffatta di donna lo informava che la moglie lo tradiva, quasi ogni sabato mattina si recava all'Hotel Mirabella di Porto Empedocle, dove s'incontrava con l'amante. La chiamata continuò: "ma se tu sei consenziente, scusami per l'interferenza", e riagganciò. Lo scombussolò e lo turbò talmente che si sentì come immobilizzato, un peso morto sulla sedia, rimase a fissare il telefono per parecchi minuti. Odiò il ventilatore, odiò il suo va e viene, il suo rumore e il suo vento caldo. Quindi sua moglie lo tradiva e questo confermò il suo sospetto, ma la cosa terribile era che la gente lo sapesse e pensasse che lui fosse pure consenziente. Era terrorizzato ad uscire dall'ufficio. Di chi era quella voce? Realizzò con immediatezza, ma senza certezza assoluta, che era quella di Rosa dell'anagrafe, ha avuto da sempre una forma di rancore verso Teresa, abitavano nello stesso cortile e sono cresciute assieme. Teresa un giorno gli confidò che Rosa aveva avuto una cotta per lui, ma Gabriele non ne aveva percepito il minimo segnale. Comunque non si è tanto preoccupata ad essere riconosciuta.

Quando si fece ora di andare, lui uscì e procedeva con lo sguardo dritto, sembrava che tutti lo fissassero e qualcuno avesse fatto pure qualche risatina.

Mentre tornava a casa con l'auto, mille pensieri gli frullavano in testa. Il giovane smilzo attraversò le strisce pedonali all'improvviso, non fece in tempo a frenare così lo investì, scese con le mani in testa e la donna afro cominciò ad urlagli contro, lui non capiva. Un gruppo di persone si fece intorno, tra i quali un medico. Questo, dopo essersi accertato che era ancora in vita, prese il cellulare e chiamò un'ambulanza. Meno di un quarto d'ora arrivò e lo caricarono in barella portandolo via. Il suono della sirena lo inquietò ancor più. Avrebbe voluto seguirlo in ospedale, ma la polizia lo trattenne per le adempienze del caso. La donna afro accusò Gabriele che mentre il giovane stava attraversando le strisce pedonali invece di rallentare, accelerò, investendolo in pieno di proposito.

Quel giovane volò via e battendo la testa subì un trauma cranico. Rimase in coma diversi giorni, lottando tra la vita e la morte, poi decedette.

Gabriele ha riflettuto, su quei momenti, ricordava benissimo che quando vide il giovane era ormai troppo tardi. Ma qualcosa dal suo profondo lo avvertiva che non era tutto a suo posto, qualcosa non gli permetteva di accettare, che a causare quell'incidente sia stato il suo essere vile, per scappare dalla realtà, interponendo tra lui e sua moglie un evento qualsiasi. Sapeva bene che ormai era crollato tutto il mondo che si era costruito intorno a sé, fatto di apparenze, come quando andava a commentare la lettura del Vangelo in chiesa insieme alla moglie, in fondo lo soddisfaceva, aveva una bella casa, una buona posizione economica ed era rispettato.

Teresa venne a sapere dell'accaduto e chiamò subito un avvocato. Dopo lo stato di fermo e la patente ritirata, lui tornò a casa, vi fu l'incursione di parenti e amici. Rimasti soli lei fu diretta: "Perché lo hai fatto? Tu lo hai investito di proposito!". Dopo una lunga pausa lui rispose con voce bassa e calma: "Una telefonata anonima mi ha informato che tu mi metti le corna!"

Lei rimase di ghiaccio, poi incominciò a piangere e con voce rotta gli disse che non era vero niente, che erano tutte menzogne per invidia.

"Lasciami solo."

Ricordava la sua immagine in trasparenza in quella vetrina e si chiedeva: cosa c'è di veramente autentico in noi? In fondo fuggire davanti ad un problema, ad una verità sconveniente, è come quando gli animali fuggono da un pericolo… Avvertì profondamente uno squilibrio tra lui e la realtà che lo avvolgeva. È la pazzia ciò che differisce noi uomini dagli altri mammiferi?

Consensi

Quella mattina di pioggia freddissima aveva cambiato l'umore al giudice Scilla. La pioggia picchiava insistente sulla macchina. Aveva trovato parcheggio lontano e non gli andava di uscire fuori, doveva infilarsi l'impermeabile, decise di metterselo addosso e almeno ripararsi la testa e quello che poteva, quando si sentì bussare al finestrino. Era l'avvocato Seppia, grosso e grande, con quel vestito gessato e i capelli oliati, tirati all'indietro, aveva con sé l'ombrello, uno di quelli grandi che sembrano ombrelloni per la spiaggia. Non gli andava di accettare un suo favore, il giudice provava ripugnanza per quell'uomo con il quale spesso aveva disputato processi e volta per volta si era attaccato al suo dovere, affinché non si lasciasse sopraffare da questo suo sentimento, per poi fare pagare il conto ai suoi assistiti. Per fortuna sembrava che il Seppia i clienti se li cercava con il lanternino… Quindi tardava a scendere e nemmeno lo guardava, facendo finta di non essersi accorto di lui.

Toc! Toc! "Grazie avvocato."; "Ho capito subito che lei ha dimenticato l'ombrello."

Così si avviarono con passo lesto verso il tribunale, non scambiando un minimo assenso, o cenno di consenso.

L'accusato, per niente nascondeva la sua baldanza: "Signor giudice, quel diavolo se ne stava davanti a me e quando gli mollai il primo schiaffo mi porse l'altra guancia, mi sembrò una provocazione."

L'avvocato difensore, stese il braccio e disse con foga: "E' stata una istigazione all'aggressione." Ripetute martellate: "Avvocato, lasci parlare il suo cliente! Lei continui."; "Ad un certo punto, ché mi ero stancato, per i tanti ceffoni che gli avevo mollato, lo stavo lasciando lì come un cencio. - Disse l'accusato, con modo sicuro. – Quando lui, con un filo di voce, mi fa: *io ti perdono!* - alzò la voce - Mi sfidava! Capisce?"; "Continui! Allora, cosa ha fatto?" Disse il giudice. "Gli presi il portafogli, e gli diedi un calcio d'addio. Ma quello, non contento, mi disse: *prendi pure l'orologio, vale molto.* Gli strappai l'orologio dal polso e gli dissi: Mi stai prendendo in giro? Io ti ammazzo! Quello in un filo di voce mi diceva: *Vai in pace, io ti perdono!* Allora ho capito che era uno di quelli… sa… quelli che provano piacere a prendere le botte."

L'avvocato Seppia, mentre accennava ad un mesto sorriso, parlava con tutta quella massa corporale che teneva. Affermò che il suo cliente era stato istigato a delinquere, invitato dalla presunta vittima a farsi pestare, quindi beneficiario di un servizio. Il reato di furto non sussisteva, perché era stata la presunta vittima ad offrire la presunta refurtiva, come compenso del servizio ricevuto. Quindi chiedeva l'assoluzione con formula piena.

Una giovanissima avvocatessa, graziosa e minuta, con due occhi grandi e chiari, in funzione di pubblica accusa, concluse con tono intignato: "Signor giudice mi appresto alle conclusioni. L'assistito *benefattore*, del caro avvocato Seppia, ha rotto due costole al povero signor Pria Francesco, causandogli una emorragia interna, non soccorrendolo, e solo il caso, o il Dio, a cui la vittima crede fermamente, lo ha salvato, con l'intervento fortuito di un passante. Ma lei avvocato lo ha mai letto il Vangelo?"; "Io sì, ma il mio cliente no! Quindi chiedo clemenza e l'attenuante."

Come finì il processo? Condannato a sei anni e sette mesi. L'accusato era una vecchia conoscenza, era entrato e uscito dal carcere come in un hotel.

Era tornato il sereno e, tra un edificio e un altro, vi era un intermezzo di cielo striato di rosso, azzurro e nero. Il giudice si avviò al parcheggio con la testa stracolma di formule e parole, che sembravano tante sbarre e bulloni d'acciaio, camminava a passo lesto, come se volesse scappare da quel luogo, aveva gli occhi pieni di carpette allacciate ricolme di fogli. Non ne poteva più di tutti quei personaggi celebrativi, con quegli occhi disonesti, in cerca di un minimo consenso, e di tutta quella umanità, sottomessa nella vita da ambo le parti, accusati e accusatori, che venivano offerte quotidianamente come vittime sacrificali alla Giustizia. Ormai stava arrivando al traguardo, alla pensione, stanco e a quattro zampe.

In aula il giudice Scilla se ne stava con l'espressione della Sfinge, non lasciava trapelare nessun segno, solo di tanto in tanto con vigore rimetteva al controllo le parti. Spesso si lasciava trasportare dai suoi pensieri, si lasciava scivolare addosso tutto il viscidume di certe vicende, dove vi era poco da capire.

Durante gli anni aveva elaborato sempre più una sua teoria sulla meccanica cosmica. Ogni volta, che in aula aveva questi spazi di pensiero, la raffinava. Come un pastorello, seduto sotto un albero, mentre il gregge bruca tranquillamente, prende il suo legno e lo intaglia con il suo affilato coltello, realizzando una scultura, che prende sempre di più forma. La sua prima intuizione fu ricordando e riflettendo sull'esperienza sentimentale avuta con la buonanima della moglie, prematuramente scomparsa.

Il giovane Scilla, al liceo, già da tempo aveva posto le sue attenzioni su di lei. Sprizzava vita da ogni sua forma, dalla luce dei suoi occhi, dal sorriso sempre pronto. Portava i capelli con una treccia all'olandese, sottile, legata a circolo dietro, erano biondi come il grano. Si muoveva continuamente, talaltro era una brava giocatrice di palla a volo. Quel giorno lui era esuberante per un otto in un compito scritto di latino, così durante la ricreazione, trovò il coraggio di interloquire con lei, quel coraggio necessario a chiamarla per nome: "Euridice!" e con delicatezza a prenderle il braccio. Lei si voltò e finalmente si fermò, lo guardò dentro gli occhi e sembrò ammorbidire ogni cosa, dilatando la sua esistenza ovunque. Per il giovane Scilla quel suo sguardo compiaciuto è stato il suo primo consenso. E fu così. Quando la prima volta fecero l'amore, il futuro giudice vide come ogni movimento di Euridice divenne morbido, armonioso, la sua essenza si dilatò in ogni cosa e anche dentro lui. Così, mentre meccanicamente martellava, come un calzolaio, a due avvocati troppo aggressivi, pensò: Il primo consenso percepito sarà il modo di fare all'amore di sempre per qualunque coppia. L'alchimia del primo momento, del primo sì, viene celebrato ogni volta con l'unione dei corpi.

Vi fu un primo consenso del Nulla che permise il big bang, o ciò che fu. Cosa mai avrebbe potuto mutare il Nulla, in quella sua rigidità, ammorbidendosi armoniosamente, in una continua dilatazione, dando consenso all'È di essere? Questo non si sa, non è dovuto, e non è forse giusto saperlo. Trattare sul consenso tra il Mondo e l'Anima è come camminare in equilibrio su una corda nel vuoto dell'eresia.

Arrivato davanti al cancello della sua villa in contrada Cavusu, a due passi della casa natale di Pirandello, aprì elettronicamente. Quando scendeva dall'auto guardava il panorama dalla veranda. Si vedeva da un lato la Valle dei Templi e dall'altro il mare di Sicilia, con il suo colore mutevole e vivo durante le varie stagioni. La nipotina Sofia gli corse incontro. Somigliantissima sempre più alla nonna, ma qualcosa la rendeva unica e speciale, era riflessiva, attratta dalle essenze delle cose, di ciò che possono sembrare le cose e gli esseri. La sua intelligenza era sorprendente.

"Nonno ben tornato! Sei stanco?" Presa in braccio a volo, se la strinse. Lei era la sua gioia, il suo più grande affetto, la posò a terra: "Vieni."; "Ti porto la borsa."; "Non ce la fai, è pesante."; "Fammi provare - l'afferra ma non c'è l'ha fatta – Nonno cosa hai messo barre e bulloni di ferro? Era meglio se li lasciavi nel tuo ufficio!" Questa era Sofia.

Guardava la nipotina come l'alba radiosa prima dell'esame di maturità e percepiva, ormai chiaramente, un pensiero nel profondo fattosi parola: "Io, Nulla, primordiale consenso, ti riavrò senza nessun cenno da parte tua e sarò la tua Morte!". Come tonava seria quella parola, definitiva, assoluta, aveva poco di umano, ma due facce: la prima rifletteva su sé stesso e non faceva minimamente paura, la seconda su gli altri e produceva sconforto, solitudine, amaro in bocca e avvilimento. Perché in fondo la paura era la solitudine che lasciavano gli altri, quando andavano per sempre, come il vuoto lasciato da Euridice.

"A cosa pensi?"; "Che sei bella come un'alba stracolma di futuro!" E la strinse a sé con tenerezza. Sofia ricambiò felice. "Cosa fate? Restate fuori?!" Disse la figlia Veronica, tanto somigliante a lui, con gli stessi occhi orientali, la stessa fronte alta, ma bella, con una massa di capelli castano chiari, che lei, orgogliosa della sua femminilità, lasciava lunghi e sciolti.

Entrò nel suo studio e trovò la posta sulla sua scrivania. Il giudice Scilla in fondo era una persona d'ordine, quindi ogni cosa stava al suo posto. Il genero non entrava mai, per lui era un'area che non voleva infrangere, neanche quando il suocero vi era dentro. La figlia e, ancor più, la nipotina quando facevano le pulizie di casa, o portavano la posta sopra la scrivania, erano attenti a rispettare quell'ordine. Lui, prima di cenare, apriva quelle buste grande e piccole, meticoloso andava a sistemare nelle loro carpette le lettere di carattere burocratico, la pubblicità la sbirciava velocemente e la gettava nel cestino, la corrispondenza ordinaria la lasciava per ultima.

Da una busta di queste, di colore giallo, con l'indirizzo scritto in pessima calligrafia a stampatello, non appena l'aprì, scivolò della polvere nera, che sporcò il planner settimanale. La odorò ed era polvere da sparo. Lui non aveva mai ricevuto minacce, aveva fatto la sua professione con serietà e, pur se il suo sentimento religioso non era catalogabile e non si definiva nemmeno ateo, aveva creduto nel bene, quello tinto a pastello, che vi è in ogni persona. Quindi, senza illusioni e senza arroganza, celebrava la giustizia, che il popolo, con gli strumenti politici, si era data. Prese una pinzetta e tirò una cartolina notturna con il Tempio della Concordia illuminato, non vi era alcuna scritta. Non vi era altro. Si sentì profondamente scosso, era una minaccia, ma a chi? E da chi?

"La cena è pronta!" Si era affacciata Veronica e richiuse la porta. Scilla strappò con delicatezza il foglio dell'agenda e fece scivolare la polvere in quella busta, rimise dentro pure la cartolina, prese un sacchetto trasparente A4 per carpetta e infilò quella busta dentro, lo piegò e lo chiuse con il nastro adesivo.

Vi è la giustizia dei popoli, che la politica differisce da una nazione ad un'altra, e la Giustizia! Alcuni credono che vi sia un senso di giustizia comune a tutti gli uomini del pianeta, di tutti tempi, anche di quelli che verranno, del loro sentimento ne fanno una religione a loro uso e consumo. Questi individui sono i più pericolosi per la società, perché si possono appellare a questo sentimento e non riconoscere la giustizia pattuita politicamente, quindi possono commettere crimini e sentirsi nel giusto. È nell'ordine delle cose che le leggi, come ogni cosa umana, sono perfettibili e quindi trasgredirle può servire a perfezionarle, ma in tutto vi è il limite e la moderazione, la sostenibilità del sistema.

Come era sua abitudine, in famiglia non lasciava trapelare niente sul lavoro, né aneddoti, né preoccupazioni. Neanche quando il genero accennava ad argomenti attinenti tratti dalla cronica. La cena fu mantenuta viva dal racconto di Sofia di una gattina randagia trovata dentro la villa e che poi era stata raggiunta dalla madre, che così ha seguito miagolando felice.

La notte Scilla si addormentò con il ricordo dell'odore di quella polvere, che sognò spandersi nell'aria, come la sera calata sul Tempio della Concordia, dorato, sacro e illuminato. Poi un inaspettato ed improvviso grande boato creò un vuoto d'aria e quando il vento portò via la nuvola di fumo nero quelle pietre antiche erano ormai scomposte dalla loro architettura ordinata, rimanendo macerie e caos.

La mattina si avviò, con quella busta nella borsa, trovò un parcheggio ancor più lontano delle altre volte, mentre camminava per il tribunale, si accorse che l'avvocato Seppia faceva finta di niente, ma in realtà lo stava aspettando, non poteva evitarlo, così strinse le spalle ed andò avanti.

"Dottore buongiorno! Ha preso il caffè?"; "Si, grazie avvocato."; "Ha avuto notizia?"; "Di che cosa, avvocato?"; "Ieri sera hanno fatto esplodere una bomboletta di gas, quelle da campeggio, proprio tra le colonne del Tempio della Concordia, lasciando un lenzuolo dove vi è scritto che vogliono far sapere ai fratelli afgani di non essere soli."; "Insomma la matrice è terroristica islamica…"; "Eh?!"; "Lei cosa ne pensa?"; "Io? Non sono bravo a fare ipotesi. Comunque tutto questo rumore per qualche casa costruita lontanissima… Si, va bene, è certo, zona A del parco archeologico, ma quanto è grande questo parco!? Tutta la Sicilia è parco archeologico. E allora Roma? La dovrebbero abbattere tutta? Quell'attaccabrighe che fa tanto schiamazzo, non lo sa? Il Partito lo usa e, ogni volta per un pelo, non gli dà mai nessuna poltrona, perché non si fida e quindi a suo tempo lo mollerà. Usa e getta!"; "Allora lei non crede alla pista islamica?"; "Che ne so? Forse un pazzo, solitario. Ma lei sa che, anche un pazzo solitario, se non ha il consenso… dove va? – muovendo nervosamente la mano destra a coppo rivolta verso l'alto - Ah! Signor Giudice, ci vediamo in aula, mi sto ricordando che devo fare una commissione per mia moglie."

Il giudice Scilla era rimasto sempre sorpreso dalle rivelazioni dell'avvocato Seppia, con quel suo modo particolare di dire le cose. I suoi discorsi ricordavano l'Antartide e le sue parole erano degli iceberg, nascondevano il novanta percento del loro significato.

Gli inquirenti trovarono un giovane imbianchino di Favara che giocava a fare il terrorista jihadista, dopo che aveva seminato ordigni della stessa fattura un po' ovunque, pure nei pressi del tribunale. Il giudice lo conosceva perché una volta lo aveva condannato per furto. Ma la calligrafia della busta e quella dell'imbianchino non erano affatto uguali. Allora chi aveva mandato quella cartolina prima dell'attentato? E cosa poteva significare?

Quel giorno il giudice Scilla aveva avuto un'altra conversazione con l'avvocato, molto interessante, anche perché sapeva già da tempo che il Seppia era un massone *serio*, considerando i latitanti di Cosa Nostra da lui assistiti, aveva una possibilità di recepire dati più di ogni altro, quindi quegli iceberg andavano osservati, ma non per che cosa, solo per il semplice gusto dell'indagine personale.

"Caro avvocato lei mi è sempre più simpatico! Così affabile nei miei confronti. Lei è veramente una persona gentile."; "Il mio è affetto! E mi sento onorato quando sono in sua confidenza."; "Sa, la notte dell'attentato al Tempio, ho fatto un bruttissimo sogno. Ho sognato il tempio completamente distrutto dal tritolo, rimaste solo macerie e frantumi!"; "E allora le faccio una confidenza professionale, un mio assistito latitante tramite una telefonata l'altro giorno mi fa: *Avvocato se lo Stato non si mette le corna apposto incominciamo a farlo ragionare noi, e lo Stato in Sicilia ce lo facciamo noi. Lo vede stu Tempio della Concordia, lo facciamo saltare in aria e così finisce la concordia!* Io so che quella gente non si sguazza!"; "Certo! Ma a quanto sembra, il Tempio è rimasto all'in piedi."; "Io, appena sentito questo, mi sono accalorato, e mi sono permesso di dirgli a quello: *ma come? distruggete un bene così prezioso ai siciliani? Vi odieranno tutti?* Lui mi rispose: *Ma quello è un coso dei Greci che ce lo hanno piazzato qua!* Io rimarcai: E no! È storia siciliana, non lasciatevi ingannare da chi la chiama in un altro modo, come se noi siciliani fossimo stati solo degli spettatori e la Sicilia solo un gran teatro!"; "Ma con chi ce l'aveva, il criminale?"; "Si avvicinano le sentenze finali del Max Processo… il Muro è caduto… e da Roma non risponde più nessuno."; "Avvocato non mi deluda con questa dietrologia. Quello che conta che il Tempio della Concordia è ancora lì, giusto?"; "Si, non ci facciamo pensiero."

Il giudice Scilla notò che il mandorlo accanto alla finestra era fiorito, Proserpina era già arrivata e Veronica gli aveva annunziato che era di nuovo incinta. Ormai il suo tramonto era iniziato, rifletteva, se tirando le somme, la sua vita sia stata giusta, o meno. Quanto avrebbe voluto essere stato un giudice più coraggioso, più determinato contro il male che ammorbava questa mitica isola! Invece lui è stato un magistrato tenue, filosofo nel suo intimo, del bene colorato a pastello. Un perché lo ha assillato tutto il tempo, quella cartolina inviata personalmente a lui. Era stata la persona sbagliata per interpretare quella minaccia e a chi era stata indirizzata. Forse doveva intraprendere una indagine al di là delle sue possibilità. Forse perché nel suo intimo sapeva che quella cartolina era una richiesta d'aiuto, sapendo che in un gioco delle parti, alla ricerca di una nuova concordia, il sangue versato, innocente, doveva essere ancora tanto. Lui avrebbe preso il suo martello e lo avrebbe battuto e ribattuto richiamando le parti all'ordine ed al rispetto. Pensò alla sua gioventù, ed a quella di ogni giovane, e pianse, non per l'impotenza dell'ormai, ma per avere strumentalizzato la morte della sua Euridice come rifugio, fuga dalla lotta. Prese quella busta con il contenuto e la bruciò nella stufa a legna, s'alzò una fiammata e poi tutto si consumò.

La ragazza dai capelli rossi e gli occhi azzurro mare
Filomena oggi doveva festeggiare i suoi sedici anni a casa della zia paterna con le amiche e i cugini. Nella sua abitazione non era possibile, perché la madre soffriva una depressione, che ormai durava dal suo terzo mese di nascita. Una mattina il marito la sentì urlare come una forsennata, corse con mezza barba fatta, e lei davanti la culla non la smetteva di dire che le era stata cambiata la bambina, asseriva che quella non era la sua Filomena. Da quel giorno la zia Agata se la è cresciuta, con tutte le cure e le attenzioni, assieme ai suoi tre figli maschi.

Ogni volta che Filomena si abbigliava era quasi come un atto sacro, una vestizione sacerdotale, non era dovuto a ciò che indossava, ma come se li poneva sulla sua persona prima di farne abito per il suo corpo. Dopo avere scelto il capo d'abbigliamento, o l'abbinamento, lo posava sul letto e lo fissava lungamente, poi se lo appoggiava sul corpo, senza indossarlo, e si guardava allo specchio, chinava la testa prima in un lato e poi nell'altro, lentamente, con delicatezza così lo indossava e si guardava a testa bassa, quasi di sbieco, fin quando sollevava la testa, sembrava averlo accettato e fatto suo.

A dieci anni il suo corpo incominciò a dilatarsi in orizzontale, con due fianchi veramente importanti, quando un giorno, in una visita della scuola al museo, vide delle statuette di pietra con la sua forma, i suoi stessi fianchi, non si disperò più, si accettò, capì, intuì, percepì che il suo corpo le stava comunicando il grande miracolo di essere femmina. Questa accettazione le ha portato serenità. Pian pianino incominciò ad allungarsi e divenne una magnifica ragazza, ben formata. Un giorno, sola nella sua stanza, si guardò nuda allo specchio i suoi lunghi capelli rossi e ricci, che cadevano sul suo dritto seno turgido, e le forme sinuose dei suoi fianchi. Le nacque un sentimento nuovo, una convinzione. Da quel momento vestire quel corpo divenne per lei un impegno, un dovere verso la sua vera madre, la terra e verso suo vero padre, il cielo.

Insolitamente sua madre si avvicinò a lei, negli occhi lacrimosi le scintillava una luce, con un filo di voce le disse: "Come sei bella! Nessuna è più bella di te. - Non la toccò, nemmeno sfiorarla, si girò lentamente e aggiunse – Auguri per i tuoi sedici anni!" Prese un bracciale con tre fili d'oro e glielo mise al polso, sfiorandole la mano. Filomena aveva desiderato tanto l'abbraccio della mamma, stringersela a lei per un po', ma sapeva che non poteva, l'amava troppo per farla sentire male. La madre, dopo, con voce commossa e gli occhi dentro i suoi, continuò quasi piangendo: "Perdonami… se non vengo alla tua festa."

Lei capì bene che quel perdono era riferito a tutti i sedici anni trascorsi, con questa malattia dentro la sua testa. Ma l'amava e sentiva un cupo sentimento di colpa, come un sasso sul fondale di un fiume che scorre sopra senza smuoverlo. In fondo era lei la causa di tutto. Commossa si tese per un abbraccio, ma lei si rannicchiò su sé stessa, quasi spaventata, così ha desistito e le disse: "Grazie mamma, ti voglio bene!"

La madre si commosse tanto da scenderle due lacrime caldissime sulle guance. Filomena le baciò le mani. Mentre andava via, quella corse a lavarsele più volte con la saponetta. Lei uscì di casa, rattristita, perché sapeva cosa era andata a fare sua madre. Nonostante novembre era una magnifica giornata di sole. Doveva andare ad aitare la zia a preparare la festa per il suo compleanno.

Agata, passate le dodici incominciò ad impensierirsi, ancor più dopo un'ora, tanto che prese lo scialle lo indossò e si diresse verso la cognata, bussò più volte, fin quando si affacciò: "Luigia, tua figlia è in casa?"; "E' dalle dieci che è andata via… Non è venuta da te?"; "Apri!"

Le donne incominciarono a turbarsi, perché Filomena era una ragazza molto diligente, non si fermava per strada, informava la zia sempre e di ogni cosa. Agata andò via, subito a chiedere notizie in giro.

Luigia provava una pena dentro il cuore, una tristezza che si trasformò in uno stato ansioso agitato, che cercò di nascondere alla cognata. Le venne alla mente un pensiero orribile, che però le dava concretezza a tutta la sua fissazione mentale. Pensò, rabbrividendo, che erano venuti a riprendersela, come quando la scambiarono, così ora le porteranno indietro la sua vera figliola. Con il passare delle ore si convinse pienamente di ciò, tanto che alle otto di sera, alle domande del maresciallo, spiattellò tutta questa sua convinzione.

Uno dei tre cugini partì subito ad avvertire lo zio in campagna. Il quale arrivato in paese corse a più non posso da Bastiano, il macellaio che aveva la bottega in Via San Calogero: "Dov'è tuo figlio?"

Bastiano rimase con il quarto di vitello caricato a guardare l'espressione spiritata di Nicolò: "Che c'è? Ch'è successo?"; "Mia figlia Filomena non si trova più!"

Bastiano appese al gancio quella carne e con una espressione distesa lo rassicurò che suo figlio per tutto il giorno era stato con lui a lavorare: "Aspetta che te lo chiamo - gridò – Peppe! Peppe!"

Quello arrivò dal retro bottega, aveva il grembiule sporco di sangue, e come vide Nicolò si rannuvolò all'istante, diede uno sguardo al padre e poi a Nicolò e con un filo di voce chiese: "Che succede?"; "Filomena non si trova più. Tu oggi l'hai vista? incontrata?"; "No, ma quella se mi vede da lontano diventa rossa e cambia strada. Lei lo sa che le voglio bene." Bastiano, con un sorriso stampato sul volto, aggiunse: "Lo sanno tutti! Tutto il paese lo sa."; "Ma come? Avete chiesto dalla sarta, o da qualche sua amica? - Incalzava Peppe già allarmato da quella notizia. "Sono tutti che la cercano."

In caserma quando la moglie disse tutte quelle fissazioni della figlia cambiata, il maresciallo mostrava chiaramente insofferenza e Nicolò, rosso in viso, la richiamò: "Tua figlia è scomparsa e tu ancora insisti con queste fesserie!"; "Quindi, uscita da casa in Via Soldato Costanza al civico 5, doveva recarsi al Cortile Piscopo, dalla zia Agata, al civico 23, non più di duecento metri?! Meno, forse centocinquanta. E nessuno l'ha vista! Né le vicine, né i passanti. Scomparsa nel nulla. A casa ha lasciato qualche biglietto? Aveva qualche simpatia con qualcuno? Insomma era fidanzata? Le girava attorno qualche pretendente?"

La madre piangeva, non riusciva a trattenersi, perché si sentiva in colpa, si rese conto di non sapere niente della figlia, non l'aveva seguita nelle sue esperienze, capiva in quei momenti di essere malata, di avere trascurata quella bambina, di non avere fatto da madre, pur se il destino gliela aveva affidata in un modo o nell'altro. Era arrabbiata, perché non sapeva dove era la sua vera figliola, almeno così era convinta da quel mattino che svegliandosi trovò l'altra più radiosa, più bella. Ora le aveva perse tutte e due. Voleva un'altra occasione, per stringersi Filomena a sé, amarla come meritava, chiederle ancora perdono.

I giorni passarono e della ragazza dai capelli rossi e gli occhi azzurro mare non vi era più traccia, nemmeno nelle città vicine. La sua foto segnaletica era esposta nelle stazioni ferroviarie, nei porti, negli uffici pubblici. Ma nessuno aveva notizie. Incominciarono a circolare delle storie, molto probabilmente false, scaturite forse dalla straordinaria bellezza di lei. Una di queste che la ragazza era fuggita con un uomo più grande di lei, sposato, e insieme sono andati al Nord, a Torino, ed è lì che abitano. Un'altra storia che è stata sedotta da un delinquente di Girgenti, che le prometteva amore, e se la portò a Milano a farle fare il mestiere. Alcuni, più vicini alla famiglia, accusavano la madre, perché a causa di questa sua pazzia, l'odio che provava per la figlia, l'ha fatta fuggire lontana, ora è a Roma ed ha fatto dei brutti incontri, forse è stata assassinata e buttata nel Tevere. Più passavano gli anni più erano le leggende che si narravano su di lei.

Gaetano di Naro, un venditore ambulante di frutta, era passato con il suo carretto, proprio quella mattina della scomparsa, per quelle strade e fermandosi davanti un grande portone, per bandire a gran voce la propria mercanzia, trovò per terra il bracciale a tre fili d'oro, il regalo della madre a Filomena. La mattina seguente questo andò a cambiare quel bracciale, ricavandoci qualche soldo necessario al bisogno della famiglia. La polizia indagando sul caso giunse al fruttivendolo ambulante. Il fatto che Gaetano aveva fama di donnaiolo, e che si venne a sapere tramite il cambia oro del bracciale, perché era un loro informatore locale. Così lo portarono in questura e dopo diverse ore di interrogatorio, bastonate, pugni, pedate, olio di ricino ed acqua salata, si convinsero che, oltre quella casualità del ritrovamento, non c'entrava affatto e così fu rilasciato.

Della splendida ragazza dai capelli rossi e gli occhi azzurro mare, non se ne seppe più niente, tutto rimase nel mistero e nella gran pena dei parenti e dei conoscenti.

Ai bordi del letto, trafitta da un raggio di sole, piena di silenzio e un corpo con tante orme di vita vissuta, aspettava che l'assistente l'aiutasse a mettersi sulla sedia a rotelle per la colazione. La rozza e voluminosa Raimonda entrò urlante, con il suo forte accento bolognese: "Buongiorno principessa! Andiamo dai! Che ti stanno aspettando le altre dame di compagnia, marchesi, duchi e principi! Vieni, fai la brava!"

Lei aveva timore che le facesse male sollevandola da sotto le braccia e da quei modi rudi, ma non parlava, non si lamentava, non fiatava affatto. Sapeva che in fondo quelle persone un po' d'amore lo mettevano sempre, al di là del mensile. La colazione era un modo di vivere in maniera sociale con gli altri. Raimonda la posizionava al tavolo insieme a Teresa, una maestra elementare, rimasta zitella, senza nessuno che la veniva a cercare, al contadino Agostino, dai modi gentili con la sagace dell'intellettuale analfabeta, e vi era anche l'attacca brighe, Elisabetta, chiamata da tutti la regina, per le aree che si dava da nobile. Dopo colazione andavano tutti nella grande sala. Mentre Agostino spingeva la sedia a rotelle di lei, una bambina curiosa era scappata dalla sala delle visite, era dolcissima con occhi neri, capelli nerissimi e ricci e un sorriso luminoso, correva, felice della sua fuga ed andò a finire proprio sulle sue gambe. Lei disse subito: "Tesoro, dove corri? Come sei bella! Come ti chiami?" La bambina si distanziò e la guardò per bene, poi rispose: "Linda, e tu chi sei?"

Spuntò una giovane donna, con una espressione ansiosa: "Sei sempre la solita!" L'afferrò per il braccio, mentre lei iniziò un pianto lamentoso: "Non voglio stare lì dentro!" Lei s'intromise: "Se vuole la può lasciare con noi qui nel giardino, Agostino è ancora abile a raggiungerla. Linda vieni con noi?" La bambina disse si con tutta sé stessa e la madre ha desistito, anche perché era presa da tanta commozione per l'anziano padre preso da una profonda tristezza. La piccola appena arrivati nel giardino le disse: "Mi racconti una storia?" Così le prese la morbida manina e iniziò a raccontare: "In un paese dell'isola più bella del mondo vi era una splendida fanciulla con un corpo ben fatto ed un viso armonioso dai capelli rossi, ricci e lunghi, e gli occhi azzurro mare, che stava andando dalla zia per i festeggiamenti del suo sedicesimo compleanno. Da dove lei abitava alla casa della zia vi era poca distanza, in questo piccolo tragitto aveva paura a passare da sola davanti la casa delle ombre. Una paura che si portava da bambina, da quando raccontò alla zia di avere visto delle persone dentro, come ombre, e la zia rispose che era disabitata da tanto e tanto tempo, quindi lei stessa si convinse che sarà stato un gioco di luci e ombre, ma la paura rimase. Quel giorno, prima di arrivare davanti quella casa, si spostò dall'altro lato della strada e vide che il portone, che aveva visto sempre chiuso, questa volta, con grande sorpresa, era aperto ed una nonnina, dall'aria bonaria, con gli occhiali tondi e dorati, i capelli canuti e raccolti sotto un foulard colore verde con dei fiorellini rossi, un grembiule rosso con i fiorellini gialli, era lì davanti, che ramazzava con una scopa di palma di San Pietro. Quella appena la vide, smise e appoggiandosi al bastone la chiamò: *Filomena, vieni! Quando ti guardo da vicino.*

Lei, che era stata educata bene ed era gentile di animo, con il cuore che le palpitava, si avvicinò e la salutò. La vecchietta con la sua vocina dolce le disse: *Quanto sei bella! Oggi è il tuo compleanno, auguri! Ho un regalo per te, lo vado a prendere.* Così entrò e da lì la chiamò: *Filomena, non avere paura, entra un attimo!*

Lei tentennò e poi fece un rapido ragionamento: cosa poteva succederle? in caso di pericolo la porta era aperta, così affacciandosi vide il focolaio acceso, sentì un buon odore di vaniglia, l'ambiente era lustro e luminoso, i mobili erano pieni di suppellettili, con statuine di porcellana e sul tavolo un vaso con dei fiori splendidi di tanti colori. Disse subito: *Come è bello qui!*

La vecchietta, manierosa, la fece accomodare e prese un vassoio con dei biscotti romboidali ripieni di un impasto di fichi e mandorle, gliele offrì poi le riempì una tazza con del latte e cacao, da dove emanava quell'odore di vaniglia. Sedutasi davanti, le disse: *Ti voglio raccontare una storia, non è lunga e poi te ne andrai.* Filomena annuì con la testa e la vecchietta continuò: *Nel centro di un palazzo signorile vi era un giardino, con delle splendide piante di frutta e di fiori, era abitato da sette fate venute dall'Egitto. Un giorno udirono il vagito di una bambina appena nata, così incuriosite la stessa notte, mentre tutti dormivano, vollero andare a visitarla. Una di loro se ne innamorò e chiese di essere la madrina. Le sette sorelle fecero il rito danzando alla Luna e prendendola in braccio la innalzarono per tre volte verso il cielo. I giorni successivi la madrina udiva che il pianto della bambina era più cupo, qualcosa non andava. La notte andò a visitarla e scoprì che le restava poco da vivere, si stava spegnendo lentamente, così prese la decisione di intervenire e prendendola in braccio respirò dentro la sua boccuccia donandole il suo fiato, ha dovuto darle molto del suo alito vitale. Tornò dalle sue sorelle estenuata e con grande tristezza di ogni pianta nel giardino, la fata, dopo un giorno e una notte, perse l'eterna giovinezza.* Filomena incalzò: *E la bambina?* La nonnina sorrise guardandola dolcemente: *È cresciuta sana e meravigliosa!*

Allora la vecchietta prese uno specchio d'argento da sopra il comò e glielo porse. Filomena si guardò e intuì che quella bambina era lei, così la guardò con tenerezza e le chiese dov'era lei. La vecchietta si tolse il foulard dalla testa e si mostrò con le sue vere sembianze di donna anziana, alta, dritta con i capelli cenere e gli occhi azzurri, non aveva perso affatto la sua fascinosa bellezza, disse con dolcezza: *Vieni ti faccio vedere il mio giardino.*

Filomena vide che, il giardino dentro quel piccolo cortile quadrato, più entrava e più era grande. Vi erano fiori di tutti colori, panchine, archi e colonne di pietra bianca, alberi maestosi, tunnel di cime ricolme di frutti e fiori. Tutti i percorsi portavano al centro, dove vi era un grande pozzo in pietra. Davanti ad un piccolo lago, con dentro delle anatre che gironzolavano, vi era una panchina e lì stava seduto un anziano signore, con una barba bianca e ben curata, aveva accanto una grande cesta di vinile, piena di merceria di ogni genere. La fata vide che Filomena guardava con curiosità e allora le disse: *Io e le mie sei sorelle siamo le guardiane e le serve di questo signore, questo è uno dei suoi tanti aspetti. Ogni tanto prende la sua cesta di vinile e va nel mondo degli uomini a barattare qualche attimo della loro esistenza per qualche vanità. Lì in quella cesta ha tutto ciò che può desiderare l'essere umano. Ma spesso quelli si accontentano di perdere il loro tempo per cose molto futili, come un cosmetico, un apparecchio di marca, un capo di abbigliamento, un non niente! Oggi l'umanità cede il suo tempo, ore, giorni, anni, l'intera esistenza per niente, per un'illusione, cadendo in trappole mortali, per un nonnulla, smarriti in giochi, vizi e droghe d'ogni genere, tanto che lui ha perso pure il piacere di andare ad ingannarli, ormai s'ingannano da soli e per niente.*

Quel signore, appena le vide, fece cenno con la mano destra invitandola ad avvicinarsi. Loro si guardarono e Filomena fece cenno di sì con la testa. Era curiosa, beveva con gli occhi ogni cosa, provava l'adrenalina per quell'esperienza così strana e straordinaria. Appena furono vicine, la fata gli disse: *Signore, questa è Filomena!* L'anziano signore le prese con delicatezza la mano e guardandola negli occhi le disse: *Come sei bella! Nessuna è più bella di te.* La ragazza notò che le aveva detto le stesse precise parole della madre pocanzi, così si turbò un po': *Vorrei andare, mi aspettano!* La madrina le accarezzò i capelli e la guardò con amore: *Devi fare quello che senti dentro te, però devi sapere che, uscendo da qui, perderai ogni ricordo di questo luogo, anche di me. Se ti ho chiamato è perché ti ha voluto lui. Vuole darti settanta dei suoi minuti in cambio dei tuoi settanta anni. Poteva venire a prenderseli, come fa a volte con gli altri, perché lui è il Tempo. Io e le mie sorelle, per pura pietà, regaliamo agli umani dei ricordi per il loro tempo perduto. Le ombre del piano di sopra, riempiono di paure e buio, le ampolle che poi ci forniscono, noi le mesciamo insieme ai ricordi. Addormentarsi da giovane e svegliarsi vecchio, senza ricordi è un vero dramma. Ecco che, qualche ricordo, qualche paura, aiuta a vivere il loro tempo. Il ricordo di avere vissuto insieme ad una persona, di averla amata, di avere avuto dei figli, di una gita a mare, di avere lavorato fino alla pensione in una fabbrica, di cadere in un burrone, del primo appuntamento amoroso, di una brutta malattia, pur se così vivo nella mente, spesso non è vita vissuta, ma solo una illusione, un atto di pietà di noi fate agli umani.- ; -Lui che se ne fa di quel tempo rubato?- ; -Tiene buono il drago più potente del Mondo, nutrendolo con tutti i momenti presi agli umani, lo trattiene dentro la clessidra e scorre da sotto a sopra e da sopra a sotto, mantenendo così l'armonia.*

Il Tempo si alzò, le accennò un sorriso e con una voce che dava sicurezza, certezza, continuò: *Non sentirti obbligata, prigioniera, il tuo deve essere un atto voluto. Io ti offro un viaggio che renderà la tua esistenza un sogno magico, in cambio di una miseranda esistenza, scialba, probabile moglie di un pretestuoso macellaio, probabile madre, suocera e nonna. Sarai sorella, moglie, madre e nonna di tutti dopo il viaggio, te lo prometto!*

Gli occhi azzurro mare si riempirono di lacrime, ma con un sorriso mesto e un filo di voce rispose con un dolce sì.

Si tolse il mantello e divenne un giovane uomo, dall'aspetto fiero, il suo vestito nero, attillato con arabeschi in oro, gli dava le fattezze di un re. *Bene! Andiamo allora!*

La fata la strinse a sé e tra le piante e i fiori spuntarono le altre sei sorelle, erano delle giovani donne di una bellezza stravolgente, una più bella dell'altra, con dei magnifici pepli dai colori dorati ed i lunghi capelli intrecciati a dei fiori. Si misero tutte attorno a lei e la vestirono come loro, abbracciandola fiere della loro figlioccia.

Il Tempo le porse la mano e la condusse sopra il pozzo: *Ora dobbiamo raggiungere il drago, non avere paura e fidati di me.*

Si lanciarono in quel buio profondo, giù per lunghi momenti, quando incominciarono a vedere delle luci che fluttuavano come serpenti luminosi dai tanti colori. Mentre sembravano scendere ad un tratto la direzione si capovolse e davanti si trovarono una bestia gigantesca che, come li vidi, sprigionò dalla bocca una fiammata enorme ed emise un ruggito spaventoso. Erano dentro un'ampolla di vetro dell'immensa clessidra. Il signor Tempo le ha ripetuto: *Non avere paura!* E le strinse la mano, poi si rivolse al drago con tono imperativo: *Andiamo!*

La bestia chinò la testa e i due salirono, tra le sue squame. Tutte e tre ognuno era parte dell'altro in un unico essere complementare. In un guizzo presero il volo e subito furono nei cunicoli temporali dello spazio, tra galassie immense e nelle profondità del micro, tra mondi di luce e di sogni, dove ogni particella offriva nuove dimensioni da percorrere e spazi immensi, siderali. Filomena percepiva il tremore delle galassie innamorate e l'entusiasmo di uno spin in espansione. Tutto le sembrò una grande festa di fuochi di artificio, di fiori, di cieli immensi e di giostre. Ad un certo punto sembrò ebra di tutto e si abbandonò a quel viaggio, così fu dentro di lei, in ogni sua cellula, una nuova vibrazione, in armonia con il tutto e con il tempo. La sua umana natura non avrà parole idonee a potere descrivere quel viaggio, ma rimarrà chiuso dentro di lei ed ogni volta che lo ricorderà le fiorirà un dolce sorriso tra le labbra, si stringerà le spalle con le braccia a sé, sentirà una vibrazione in ogni poro della sua pelle. Fin quando infine guarderà verso su e strapiomberà nel suo tempo. Ecco cosa ricorda della fine di quel meraviglioso viaggio, quando il Tempo le disse di tenersi forte a lui, mentre il drago imboccò un buco nero e incominciò un volo a spirale, sembrava di andare giù, sempre più, ad una velocità vertiginosa. Si mise a scivolare dentro il vetro della clessidra fin quando raggiunse la sabbia color oro che scendeva come una cascata. Il Tempo le disse: *Saltiamo!* Ed in un volo di qualche metro atterrarono in una grande distesa di sabbia, con un sole arrabbiato. Si misero in cammino e dopo una duna videro un'oasi. Arrivati, Filomena si è seduta in una panchina di pietra, all'ombra di alcune palme. L'anziano signore le prese le mani tra le sue e le disse che il loro viaggio era finito e lui doveva andare, così salì sul drago, che guizzò via, verso su, poi ridiscesero, lui con una mano le lanciò un bacio, mentre si infilarono in un volo a spirale dentro il pozzo poco distante e scomparvero. Filomena ancora presa da tutte quelle emozioni stava seduta cercando di concretizzare qualche pensiero. Quando poi riempì un secchio d'acqua in quel pozzo per rinfrescarsi un po' ed involontariamente vi si specchiò, dopo un momento di smarrimento, capì che quella anziana signora era lei. Pianse e rise, rise e pianse. Una carovana di passaggio la portò alla vita degli uomini. Ha saputo che in quella sua assenza nel mondo avevano tentato d'ammazzarsi tutti e più volte, pensando di essere ognuno di loro il padrone di tutto, persino del tempo. Ma nessuno può fermare il tempo, perché quando uno pensa di averlo imbrogliato si accorgerà al più presto d'avere ingannato solo sé stesso. Lei ha conosciuto il Tempo in persona, sa com'è, le ha dato la sua giovinezza. Poi rifletteva che anche a lei era stata fatto dono la giovinezza eterna di una fata, quindi i conti tornavano a suo favore e pensò con amore alla sua madrina."

Agostino, con tono risoluto: "Ora basta, sai cosa ti succede ogni volta che racconti questa storia?!"

Mentre la bambina, che era rimasta presa da quelle immagini, come se anche lei avesse visto ogni cosa con i propri occhi, la incitava: "Ancora! Ancora!"; "Niente! e tutto finito lì! Lei è ritornata a visitare il suo paese, lo trovò distrutto dalle bombe e ricostruito, visitò le tombe dei genitori e della zia. Vide il macellaio, ormai anziano, che si muoveva a piccoli passi, strisciando i piedi a terra. E nonostante tutto, nonostante i settant'anni passati, lui la riconobbe e la chiamò per nome: *Filomena! Non ti ho mai dimenticata! Ti ho sempre amata! Dove eri andata a finire? Ti abbiamo cercata, ma eri scomparsa nel nulla!* Lei in un filo di voce ed un sorriso lo chiamò per nome: *Peppe!* Lui capì che il suo amore, allora, era ricambiato, ma il destino ha voluto diversamente. *Hai una famiglia? Dei figli?* Peppe rispose di sì con la testa e lasciò il bastone appoggiato alla gamba per fare sei con le dita delle mani, poi rimarcò: *Tre figli e sei nipoti! Poverina, lei è morta da sette anni. La conoscevi di sicuro, eravate amiche tu ed Eleonora.* Come no, la sua compagna a scuola di taglio! Quella mattina si doveva incontrare proprio con lei, era la sua amica confidenziale."

Linda, con i suoi occhietti da furbetta, intelligentissimi, ad un tratto, affermò: "Sei tu Filomena!" Aveva notato che le sgorgavano le lacrime dai sui occhi azzurro mare, mentre cercava di asciugarsele. "Ma no, è solo un racconto, una favola, stupidina!"

La madre arrivò e le prese la mano: "Su andiamo! Grazie, siete stati gentili!" Così salutò ed andarono via. Quando la bambina ritornò a visitare il nonno, trovò solo il signore Agostino che le disse, in un filo di voce: "Il signor Tempo se la è riportata via!".

Candeggina

Tutto cominciò a casa della vecchia zia materna Emanuela, allettata, bisognosa di assistenza. Rina l'accudiva un paio d'ore al giorno, per amore e per qualche riconoscimento economico. Lei si chiamava come la nonna paterna: Valeria, ma i suoi familiari, come tradizione, l'avevano allungato in Valerina e diminuito in Rina. Da quasi un anno si era sposata con Guglielmo, un contadino di indole buona, che si accontentava delle sue masserizie e della bontà del buon Dio. Rina era di bell'aspetto con un corpo esile e ben formato, uno sguardo profondo e gli occhi tendenti al sorriso. Portava la massa di capelli, lucidi e neri, sciolti, quando poteva, perché per la suocera era una forma di civetteria. Le piaceva essere donna, aveva coscienza delle sue qualità, sentiva il pulsare della vita attorno a sé. Quando divenne signorina, le vicine anziane si complimentavano toccandola per come era ben fatta. Dicevano: "guarda che cavalla sta crescendo, questa farà impazzire gli uomini!", e le toccavano il seno, le davano manate nel posteriore, e se la ridevano tra di loro. Lei arrossiva, ma quei complimenti se li prendeva tutti.

Zia Emanuela si lamentava continuamente, ormai non riusciva più a parlare e forse nemmeno capiva, occorreva essere assistita anche la notte. Guglielmo contestò, non era contento che la moglie non si coricasse con lui. E allora, vista la situazione, montarono un letto dentro casa della zia e anche lui, per qualche giorno, fin quando non si trovava una soluzione più adeguata, si trasferì lì dentro. La prima notte Guglielmo si andò a coricare presto, stanco come era e considerata l'ora del suo consueto risveglio, si addormentò profondamente. Rina invece accudiva la zia, che non stava proprio bene. Il suo lamento era continuo, ormai era uno rantolo. Se ne stava seduta accanto al letto e ogni tanto anche lei chiudeva gli occhi e faceva capolino. Fu un istante che, mentre alzò la testa in un sussulto, vide come un'ombra, ha avuto l'impressione che una persona attraversò l'altra stanza al buio. Forse se l'era sognata quell'immagine, non c'era nessuno. Ma quella parvenza le mise in corpo come un brivido, si scosse tutta. Guardò la zia che aveva gli occhi aperti sofferenti e lacrimosi, il rantolo era sempre più profondo, si convinse che quella notte sarebbe stata l'ultima e non voleva lasciarla da sola, l'accarezzò e si rilassò di nuovo sulla sedia. Dopo qualche minuto riprese ad avere gli occhi pesanti che si chiudevano da soli, si scuoteva e li riapriva. Di nuovo quella figura! stava ritornando, arrivata a centro di quella porta la guardò e le sorrise. Quel sorriso era malefico, sudicio, come lo era tutta quanta. L'orrore più grande è stato che quella era lei, l'ombra di lei, la sua parte peggiore, il male dentro lei, tutti i pensieri sporchi che lei poteva mai avere, anche quelli che non sapeva di poter aver pensato. Indossava una vesta insozzata di lordume, i suoi capelli erano sporchi, spettinati e arruffati. La guardò dentro come un marchio di fuoco e in fretta andò via. Si alzò dalla sedia di scatto e urlò disperata. Guglielmo si svegliò, senti urlare la moglie e pensò che la vecchia Emanuela era già trapassata. Così senza tanta fretta si mise i pantaloni e andò. Trovò Rina immersa nel terrore che urlava. Lui la scosse per le braccia: "Rina! Rina!"

Lei prese un po' coscienza, spaventata: "Lì!" segnando, a braccio disteso, quell'ingresso "ho visto una donna!".

Guglielmo allora andò in quella stanza, accese la luce e guardò a dritta e a manca: "Non c'è niente! Forse l'avrai sognata. Dai bevi un po' d'acqua."

Rina si girò per prendere la bottiglia sul comodino e si accorse che la zia ormai aveva finito di lottare e si era lasciata prendere dalla morte. Si mise a singhiozzare, scossa come era.

Guglielmo le strinse il braccio, la voleva abbracciare per consolarla, ma non lo fece, le disse: "Vado a chiamare i tuoi."; "No! Io da sola qui non ci resto!"; "E allora vieni anche tu, tanto non più di dieci minuti e siamo di ritorno."; "Non voglio che la zia rimanga da sola. Lei mi ha raccomandato più volte di non essere lasciata sola quando moriva, ed io gliel'avevo promesso." Guglielmo, abbassò la testa, non sapeva cosa fare, si girò e si andò a sedere poco distante. "Prima che s'irrigidisce la dobbiamo vestire e sistemare nella stanza, da sola non ce la faccio e nemmeno ho esperienza."; "E allora? Vado a chiamare tua madre?! Non mi dire che hai paura della zia…"; "No della zia poverina no, ma quella là che ho visto."; "Rina ti sarei appisolata e hai sognato, dai." Si convinse un po' e rassegnata calò la testa due volte stringendosi le mani a farsi male. "Vado!".

Come sentì chiudere la porta il cuore si mise a batterle forte, era tentata di guardare verso quella stanza, ma concentrò lo sguardo sulla zia, le congiunse le mani, prese la cruna dal comodino, si fece il segno della croce e gliela mise tra le dita. Poi si mise a pregare, spaventata com'era, farfugliava il Padrenostro e l'Avemaria, di continuo. Saranno stati dieci minuti, venti, ma alla povera Rina sembrarono tantissimi. Sentiva rumori provenire da quella stanza, le sembravano passi, si mise le mani su gli occhi e tremava, quando finalmente sentì il girare della serratura. Guglielmo tempo che svegliò la suocera Costanza e corse all'istante indietro: "Ho corso più che ho potuto!" Abbracciò la moglie, che si strinse al marito. "E' successo qualcosa?" Rina fece di no con la testa. "Te lo dicevo che l'avevi sognato!".

Dopo il funerale, la madre ed alcuni parenti della zia cercarono i beni. La zia Emanuela era stata previdente, insomma la morte per lei non era un evento a sorpresa, quindi aveva organizzato tutto, persino un testamento dal notaio. Trovarono appunto una copia e una chiave che apriva la cassapanca con le cose di valore. I soldi a libretto cointestate con la sorella Costanza, non erano molti, restavano a lei per i servizi continui che le aveva fatto, prima di aggravarsi aveva già pagato il servizio funebre, comprese le messe e la cassa, il loculo al cimitero, pure la lapide, pronta a mettere solo la data del decesso. Spartì i gioielli alle nipoti da parte del marito, già pronte con delle scatolette con i nomi sopra, mentre i buoni fruttiferi, una somma non indifferente, li lasciò per intero al figlio Giuseppe che si trovava in Venezuela da venticinque anni, il terreno avuto in dote di Acqua Amara a Costanza, mentre al fratello Rinaldo la grande stalla in paese, aveva il suo valore per la posizione urbana centrale, la casa con tutto ciò che conteneva alla nipote del cuore, Rina. Non si poteva lamentare nessuno tutti erano stati accontentati secondo il suo metro di misura del rispetto che aveva ricevuto. Rinaldo aveva sommato i beni lasciati alla sorella ed alla figlia e così, come era suo carattere, sparò una o due cattiverie. Subito rispose Lucrezia, la cognata della zia Emanuela, che anni addietro aveva avuto fatto l'atto a suo favore della metà della casa la quale era coerede la buonanima del marito, con tanto di carta di Giuseppe dell'ambascia italiana in Venezuela: "Ma tu dove eri quando tua sorella aveva bisogno? Nemmeno a natale e a pasqua sei venuto a farle una visita, a vedere magari come stava. Anzi secondo me non meritavi nemmeno quello che ti ha lasciato! Ma quella santa di mia cognata ha voluto accontentare a tutti e con giudizio!" Scaturirono consensi da tutti i presenti, dicendo ognuno la sua.

Passarono giorni e Rina non le passava l'idea di andare in quella casa. Non lasciava trapelare nessuna contentezza, eppure la confortevole casa della zia era proprio quello che le bisognava, considerando che stava in affitto. "Con una rinfrescata ai muri e una pulita puoi andarci ad abitare. La zia da poco l'aveva ristrutturata." Le diceva la madre contenta, perché la figlia con quella casa si era veramente sistemata economicamente, non le mancava più niente, alla sua età. Vedeva la figlia impensierita, ogni volta che si toccava questo argomento, allora rimarcò ancor di più: "Quanti guai e quanti sacrifici abbiamo fatto io e tuo padre e poi, grazie all'affitto con il censo e il riscatto di questa casa, finalmente abbiamo avuto un tetto tutto nostro. A te è capitata questa bella fortuna, ringrazia il Signore. Capisco che eri affezionata a zia Emanuela, ma sei giovane, ora basta con questo lutto, sorridi! Lei era anziana e tu sei giovane, anche la zia avrebbe voluto vederti sorridere!" Rina sembrava presa da altri pensieri tanto che rispose alla madre con un altro argomento: "Ti ricordi quella veste bianca, quella che indossavo al battesimo di Luigino? si è macchiata, forse con degli schizzi di sugo di pomodoro. Pensi che con la candeggina si toglieranno?"; "Ti sta così bene, questa vesta… Certo, prova, oppure la porti in lavanderia."; "Allora provo con la candeggina!"; "Ce l'hai a casa?"; "No, la compro."; "Se vuoi te la do io, ne ho comprato un litro dalla zia Agnese."; "No, la compro, mi può sempre servire."

Lo stesso giorno prese una bottiglia vuota di un litro da casa ed andò nella bottega di zia Agnese a comprare la candeggina ed anche due etti di mortadella e uno di caciocavallo ragusano. Già erano passati due mesi dalla morte della zia Emanuela e non reggeva più l'astenersi dell'avere rapporti con il marito a causa del lutto. Che poi, come le diceva anche sua madre, la morte quando è serena ed assistita, nel giusto degli anni è morte santa. Rina il lutto lo aveva superato lo stesso giorno del funerale, in fondo era stata lei ad accudirla fino all'ultimo, il suo problema, invece era che non riusciva a liberarsi da quella figura sognata, o intravista, poco importava, era vivida, presente e la faceva sentire sporca dentro. Quindi ogni volta che il povero marito le si avvicinava, lo respingeva e le scuse le aveva finite tutte, non reggevano più. Guglielmo che desiderava la sua bella moglie e pensava a lei ogni momento della giornata, stava entrando in un senso di frustrazione. Lui era un brav'uomo ed anche molto comprensivo, ma il desiderio lo spingeva sempre verso lei e più la toccava più ardiva. Una di quelle sere Rina ha dovuto cedere. Guglielmo così si liberò dall'eros represso dentro tutto questo tempo, ma percepì che la moglie non era più come prima, come quando se la sentiva godere sotto e, pur con discrezione, partecipava all'atto. Insomma c'era qualcosa che non andava, così in campagna tra il vento e il silenzio decise di affrontare la questione. Rina si tormentava per questo suo stato, ma non riusciva a liberarsi di quella lurida figura, alla madre non aveva detto ancora niente, ma si doveva fare coraggio e vincere qualsiasi timidezza per chiederle aiuto, sostegno.

Mentre Rina lavava i piatti dopo la cena, Guglielmo si ci accostò di dietro e la cinse con le braccia. Lei sollevò la testa con i capelli raccolti e legati da un elastico e lui le baciò il collo. Lei s'irrigidì, ma Guglielmo carico, anche per il bicchiere di vino in più, si fece più invadente. Rina ha avuto uno scatto di nervi e scaraventò il piatto a terra, che si frantumò in mille pezzi. Così allentò la mossa e lei gridò: "No!"; "Ma che ti prende? Ce l'hai con me?" Rina si andò a sedere all'angolo e piegata su sé stessa piangeva.

Guglielmo divenne rosso come il fuoco e a passi svelti stava andando via, prima di uscire si è voltato e gridò risoluto: "Questa storia deve finire!"

Andò immediatamente dai suoceri e spiegò la situazione, che lui ormai non poteva nemmeno più avvicinarla e quindi che venga la suocera a vedere di parlarle e così si chiarisca cosa c'era che non andava una volta per tutti.

Rina udì chiudere la porta in maniera brutale e rimasta sola piangeva ancora più forte e con la voce rotta si ripeteva: perché? Con tutta sé stessa voleva ricostruire quel ricordo nei minimi particolari per affrontare quella figura e liberarsene. Se la sentiva dentro, malevole e sporca, insopportabile, non la voleva, l'avrebbe strappata con le sue mani. Ma di cosa l'accusava quella sé stessa così perversa? Cosa aveva da ridere, così beffarda e malevole, su di lei? Per la sua voglia di sesso? a lei piaceva molto farlo e più lo faceva più le piaceva. In viaggio di nozze, l'avrebbe fatto pure con chi incontrava, se avesse vinto il pudore che la costringeva alla fedeltà del matrimonio. Fu repentina ad alzarsi e andare verso la pila in muratura dove lavava la biancheria, prese la bottiglia con la candeggina e con disperazione se la tracannò tutta. Incominciò a sentire un dolore allo stomaco, come se quella figura le tirava le budella da dentro.

Guglielmo e la suocera erano arrivati e andarono in cucina, ma non la trovarono, così cercarono nella stanza da letto senza successo, si misero a girare per la casa e la trovarono a terra nello sgabuzzino, che si tormentava emettendo un lieve lamento. La madre vide la bottiglia verde, l'odorò e capì con disperazione che Rina aveva bevuto la candeggina: "Guglielmo vai a chiamare il medico! Questa disgraziata si è avvelenata, corri!" Costanza, con il tremore addosso, le diceva: "Rina! Rina! Disgraziata cosa hai fatto? Perché?" Più veloce della sua mente si diresse in cucina prese l'olio d'oliva e lo fece bere alla figlia otturandole il naso e sollevandole la testa, le fece bere ancora olio, poi la sollevò ancora, quasi all'in piedi e Rina vomitò più volte. Costanza ringraziò il Signore e la Madonna. Arrivato il medico le fece più di una iniezione. Il dottore come ha saputo che Costanza l'aveva fatto vomitare disse: "Male, molto male! La dobbiamo portare urgentemente in ospedale!"

Il dottore Licata, aveva portato la sua Fiat 1300, nuova, fiammante, blu, comprata da qualche mese e non ci pensò nemmeno un minuto a caricare quella giovane donna, con i suoi familiari e partire per l'ospedale di Agrigento. Il medico Licata era di cuore buono, proveniva da una famiglia agiata di Canicattì, amava il suo lavoro e il rapporto con le persone. Per fortuna non vi furono intoppi, arrivato al pronto soccorso in Via Atenea, spiegò la gravità del caso. La stessa sera il dottore Borsellino la operò. Passarono tre settimane prima di essere dimessa.

Lei non ricordava quasi niente, o non voleva dire niente, quando fu sola con il marito gli sussurrò: "Perdonami".

In ospedale la madre non la lasciò né la notte, né il giorno, ha avuto il cambio ogni tanto e per qualche mezza giornata dalla suocera. Ma importante per lei è stato l'incontro con suora Angelica, la severa orsolina dell'ospedale, che con molta dolcezza era riuscita a stabilire un rapporto di fiducia e confidenza, tanto da farsi rivelare ogni cosa. Rina rimase colpita da ciò che le disse la suora, la chiamava: "Ragazza mia", le fece capire che non c'era niente di male, se lei gioiva dell'amore con suo marito. Il loro rapporto era consacrato, quindi in grazia di Dio. Allora Rina ribatteva, con gli occhi pieni di paura, su come quella figura la faceva sentire male. "Ma quello è uno stratagemma del diavolo per toglierti la gioia del sacramento, non dargli importanza, è tutto un inganno, un'Avemaria e quello scappa! Ragazza mia, non c'è niente che può colpirti, in nessun modo, se tu non lo acconsenti."

Quei dialoghi quotidiani con suora Angelica furono un tocca sana, quella figura ormai era il ricordo di un brutto sogno, non era più vivida diretta, non era dentro sé. Lo stesso ricordo le faceva paura, ma non si sentiva più offesa.

Dopo qualche mese rimase gravida e decise di traslocare dalla zia, Rina tornò un passo alla volta ad essere la ragazza di prima con tanta forza e gioia di vivere. Fece una battaglia per il nome del futuro nascituro, concedeva, se fosse nato maschio, di chiamarlo come il suocero, ma se fosse nata una femminuccia l'avrebbe chiamata Angelica. La suocera protestò, s'irrigidì, era una mancanza di rispetto, fece dei veri lavaggi di cervello al figlio. Ma Guglielmo, dopo aver riportato le lamentele della madre, una, due volte, lasciò tutto fuori la porta di casa e accontentò la bella moglie, che aveva creduto di perdere e che ora era come prima. Nacque una femmina! E lei a solo chiamare la sua bambina si sentiva meglio. Il profumo e le grida di quell'esserino rinnovò di vita quella casa. A volte, dopo qualche anno, pensava a tutta questa storia e ammetteva, in tutta segretezza e con un filo di amarezza, che, in fondo in fondo, la candeggina era stata un'ottima medicina.

Basta solo svegliarsi

"Basta solo svegliarsi, per scoprire che tutto ciò attorno a te non è vero, non è così. E allora perché non mi sveglio ancora? Chi è mai questa che, con così tanta confidenza, mi si rivolge? E tu? Almeno tu, dimmi dov'è la mia strada di casa. Voglio tornare tra le mie cose, tra la mia gente! Perdio, questa non è casa mia! Vi siete messi tutti d'accordo contro di me."

Ogni mattina era la stessa storia. La povera moglie si disperava a vedere il suo uomo, dopo quarant'anni di matrimonio, di vita vissuta insieme, giorno dopo giorno, che non la riconosceva più, la guardava con due occhi straniti e guardinghi, pronto a fuggire da lei. Quando lei lo chiamava per nome: "Gerlando!", lui si voltava di scatto, incuriosito. "Mi riconosci?"; "Si! Certo!"; "Chi sono?"; "La signora…"; "Non mi conosci più? Tua moglie sono, Luigia!".

Lui la guardava, ancora più preso dall'ignoto, quasi sgomento. Pensava: perché mai questa lo voleva ingannare in quella maniera? Lui non conosceva affatto quella anziana signora, che gli voleva confondere le idee. Aveva chiaro nella mente l'immagine della sua Luigia, bella, fresca con una pelle bianca e rosea, due occhi dolci, neri, a mandorla e una massa di capelli corvini. *Cosa vuole questa, con la pelle scura, macchiata, questi capelli marroni, secchi e bruciaticci? Chi l'ha mai vista? E poi quest'altro buffone… "papà!". Il sole lo riconosco bene, con la sua calura, con il suo cielo, pure quella chiesa, con il suo campanile e la sua alta e magnifica cupola è quella di sempre, ma tutto il resto non è come dovrebbe essere,* pensava Gerlando tra sé, mentre osservava i due, che si facevano strani segnali con gli occhi e lo spiavano.

Lei, la signora, iniziò le sue faccende di casa, con uno strano aggeggio rumoroso, che raschiava il pavimento. Pasquale era intendo a pigiare sul suo cellulare, seduto in salotto. Gerlando faceva finta di guardare la televisione, questa stregoneria, questo cinema in casa. Ad un tratto, con disinvoltura, si alzò e andò via di casa, arrivato fuori allungò il passo e voltò l'angolo della strada. Sentì urlare una donna dal balcone: "Luigia! Luigia! Tuo marito se ne sta andando. Zio Gerlando dove va?"; "Statti zitta! Ruffiana fatti gli affari tuoi!"

Luigia si affacciò e non vide più il marito. Mentre Pasquale uscì fuori: si mise a correre per la strada: "Zia Nora mi dica per dove ha preso."; "Corri! è andato verso destra!" Si mise a correre per la strada, raggiunto l'angolo lo vide che camminava insicuro, era disorientato: "Papà, dove vuoi andare? Ti perdi di sicuro!"; "Lasciami, voglio tornare a casa mia."; "Va bene! Ti ci accompagno e poi me ne vado via."

Lui camminò ancora lungo quella via, ma incominciò a disperarsi. Dove andava?

"Questo non è il mio paese. È un altro posto. Dove mi avete portato?"

Il figlio così lo portò sulla sua auto e dopo avergli fatto girare il paese, sostò per un po' in piazza, poi parcheggiò davanti casa di sua nonna, ormai abbandonata, con i muri screpolati e la porta completamente disastrata con i cardini ceduti. Il padre aveva negli occhi smarrimento e sgomento, provava qualcosa per quel posto, ma era un sentimento lontano e sconosciuto, così, dopo avere mosso le pupille velocemente da una parte all'altra, guardò il figlio e gli disse: "Come ti chiami?"; "Pasquale, papà."; "Dimmi cosa è tutto questo inganno?"; "Papà, sei malato, la tua memoria, i tuoi ricordi più recenti si squagliano come neve al sole. Così non riconosci più la tua vita."; "Io sto bene, ricordo ogni cosa. Tutto sarà finito, basta solo che mi svegli. Fammi l'ultima cortesia, portami dal barbiere, dal mio amico Paolino."

Pasquale sapeva chi era il suo amico Paolino, perché suo padre gli aveva raccontato tante volte di questa amicizia. Avevano aperto un fan club di Claudio Villa, ma era una cosa fittizia, dentro la barberia stessa. Un giorno scrissero al *reuccio della canzone italiana* chiedendogli un aiuto economico per un suo ammiratore gravemente malato, che si erano inventati per ricavarci qualche soldo, visto che il loro idolo opere di carità ne faceva così tante. Il cantante rispose che non inviava soldi a nessuno, ma era disposto a venire in paese per uno spettacolo di beneficenza. Così non se ne fece niente, perché si sarebbe scoperto l'inganno. Il suo amico Paolino poi emigrò in America e la stampa internazionale, dopo un po' di anni, scriveva di lui come il più grande narcotrafficante di tutti i tempi. Questo ometto piccolino, dai modi cordiali, incline al sorriso, partito dal piccolo paese, trasformò il suo nome in una leggenda vivente, se pur negativa. Gerlando non avrebbe mai accettato questo evolversi della storia, non l'avrebbe mai capita, quel suo grande amico gentile, da gli occhi buoni, non poteva essere mai lo stesso di ciò che narravano sul suo conto. Arrivati davanti la barberia di Paolino, padre e figlio scesero dalla macchina. Gerlando si disperò ancor di più vedendo le ortiche alte e rigogliose davanti quel portoncino. Pasquale non sapeva cosa fare, se abbracciarlo, o lasciarlo trafitto da quella realtà, che per lui non aveva niente di vero. Passò una giovane donna, con una canottiera rossa scollata e una gonna cortissima, si fermò, salutò Pasquale e poi si rivolse a lui, toccandolo per le braccia, sorridendogli: "Zio

Gerlando da tempo che non ci vediamo, come sta?"; "Bene, bene!" Dopo altri convenevoli, salutò ed andò via. Gerlando la guardava come se fosse una prostituta, così svestita, spregiudicata: "Ma chi è questa? Non si vergogna!" Pasquale capiva che non aveva riconosciuto affatto sua nipote e che nella sua memoria non vi era traccia di quell'abbigliamento.

L'afa estiva lo innervosiva ancora di più, quindi era meglio rientrare a casa. Il medico consigliò di togliere tutti gli specchi nell'abitazione, così smontarono quello grande dalla muarra, tolsero quello sopra il comò e quello dalla toilette. Mentre lui era sull'auto e il figlio stava salutando un amico, che non vedeva da tempo, tornato in paese per le ferie, si vide nello specchietto retrovisore e provò tanto sgomento, uno stato d'ansia lo travolse. Pasquale si accorse dell'agitazione del padre e corse da lui. Non riusciva a trovare più le parole, era disperso, tutto sudato, confuso da quella sua immagine, per lui era una vera diavoleria! Tornati a casa lo aiutarono, anche forzandolo, a mangiare qualcosa, poi la moglie gli diede le gocce e si calmò.

Non so cosa abbia sognato per tutto il tempo, ma di sicuro qualcosa di più attinente al mondo reale residuo della sua memoria, perché il risveglio era sempre più traumatico, trovava un mondo alieno e incomparabile con ciò che lui era ormai. L'unica fuga da questo incubo era il risveglio nel sonno.

Pasquale arrivava il mattino e gli metteva ogni volta la stessa videocassetta di Claudio Villa: *C'è un sentiero nel Cielo*, sapeva che al padre piaceva e per lui ogni volta era la prima volta che la vedeva. Finito il film, iniziava per lui l'ansia, la disperazione e dopo un po' supplicava: "Ma non può farmi andare a casa mia?" Luigia, con le lacrime a gli occhi pronte a traboccare fuori, supplichevole gli diceva: "E' questa la tua casa!"

Lei pensava tutte le difficoltà superate ad una ad una, la fame in paese, quando poi partì per l'Inghilterra in cerca di fortuna e dopo qualche anno, ritornò per portarsela là, lontano lontano, dagli affetti, dalla propria terra, per lei che il posto più distante dove era andata era stato Taormina, in giro di nozze per tre giorni. Adattati in una stanza dove non vi era posto né per le cose, né per le persone, e tutto poi si complicò con la prima gravidanza. Gerlando lavorava dodici ore e più al giorno in un ristorante di pugliesi ed era bravo ad adattarsi a tutto, da lavapiatti ad aiuto cucina. A fine giornata prendeva la sua pesante bicicletta e faceva quasi quattro chilometri per tornare a casa. Una di quelle notti al rientro trovò Luigia mezza morta, con una emorragia in corso, si sentì perso, ma ha avuto la forza di reagire, bisognava fare qualcosa, quindi prese tra le braccia la moglie e scese giù per strada, si affidò alla provvidenza che non tardò ad arrivare. Un camioncino ronzava in quella strada fredda e scura. L'autista percepì il dramma, e Gerlando a gesti si fece comprendere, portò lei in ospedale e per miracolo non perse la vita, non perse nemmeno il bambino, nacque tre mesi dopo, un po' deboluccio. Gerlando lo chiamò Pietro come il padre. Dopo due anni nacque Pasquale e quando tornarono in Sicilia, dopo dodici anni di emigrazione, nacque Giovanna. Mentre Pasquale rimase in paese, riuscendo a trovare un impiego pubblico, Pietro emigrò in Piemonte e Giovanna seguì il marito in Australia. Gerlando tornato dall'Inghilterra con i risparmi riuscì ad aprirsi una rosticceria da esporto e visse serenamente. Quando arrivò alla pensione ha venduto l'attività, doveva godersi le tante fatiche della vita serenamente, ma il suo presente gli fu rubato, sottratto, ciò che gli rimase fu qualcosa che gli scivolava continuamente da sotto i piedi, che si sgretolava in un non senso, rimaneva appigliato a ciò che sembrava vita passata, ma era evanescente e inafferrabile. Tra tanti smarrimenti, nei pochi momenti di lucidità, se così potevano chiamarsi, si ripeteva che tutto era un incubo e bastava solo svegliarsi da un momento all'altro.

Le notti se ne stava mezzo rimbambito dalle gocce e per l'altra metà impaurito, che si teneva, con tutte due le mani, alla coperta del letto dove dall'altra parte sentiva il ronfare di quella megera che lo teneva prigioniero in quella trappola. Non aveva forze di muoversi e gli occhi lentamente si abbassavano passando da un incubo ad un altro fatto di fatica, di urla, di dolore di disperazione. Certe sere Luigia vedeva quel suo uomo chiuso in quel suo malessere e si ci accostava, stringendolo a sé teneramente, ma costatava come s'irrigidiva e s'impauriva ancor di più e allora baciandolo sulla fronte e scivolando una carezza sul viso lo lasciava a sé stesso, girandosi dall'altra parte. Invece a Gerlando frullavano sconnesse certe idee non capacitandosi come quella donnaccia, non solo si ci coricava accanto, ma lo toccava anche. Si chiedeva dove mai fosse finito?

Luigia spesso raccontava al figlio come ha fatto il padre a fidanzarsi con lei e i contrasti avuti con suo padre e suo fratello, perché lui era povero, e la sua famiglia invece era più agiata. "Testardo ed insistente tanto che tuo zio lo richiamò duramente. Lui pose una condizione a tutta la faccenda, un mio no esplicito, diretto e avrebbe lasciato stare. Io quel no non lo dissi. Già avevo intuito chi pensavano loro di affibbiarmi per tutta la vita, una specie di tronco d'albero, rude, che doveva farmi da padrone. Mentre Gerlando era un giovane svelto di mente e buono di cuore, con quella grande coppola in testa e quel grande sorriso, era pelle ed ossa, ma forte! Non mi sono sbagliata. Mi ha sempre rispettata, per lui sono stata la sua signora."

Quella estate Pietro era tornato, saputo le condizioni di salute del padre, dopo ben dieci anni che non aveva avuto più contatti con la famiglia, perché si era sentito bistrattato economicamente. Tutto cominciò quando Pasquale comprò una casa con terreno in zona Cannicella, vicino al mare, dove adattò due stanze per i genitori. Pietro, conoscendo la moglie del fratello, era sicuro che senza un grande ritorno economico lei non avrebbe mai accettato di passare le vacanze con i suoceri, quindi lui fece la conseguenza logica che i genitori avevano dato il loro ponderoso contributo al fratello per l'acquisto, poi alcuni confronti con i genitori lo convinsero del tutto. Ora l'amore di figlio ha vinto su ogni cosa e con il cuore stretto in un pugno, il viso invecchiato più degli anni addosso, andò solo, perché la moglie e le figlie non lo vollero accompagnare. Adesso era dentro la casa dove aveva trascorso la sua giovinezza, dove il tepore del natale lo rendeva felice, dove si sentiva nel posto giusto. La madre dopo un abbraccio freddo e una espressione afflitta, spiegò le condizioni del padre. Pietro seduto si guardava le mani che teneva giunte con le dita incrociate. Nessuno aveva superato le distanze che la lite aveva posto. Quando Pasquale entrò in cucina con il padre, prima l'aveva aiutato a vestirsi, gli aveva rasato pure la barba. Pietro alzò la testa, poi le spalle e di scatto dalla sedia. Vide negli occhi del padre lo smarrimento di un uomo pieno di paura e che cercava una via di scampo. Quando gli si avvicinò, la paura negli occhi del padre si trasformò in terrore, il quale alzò le braccia per difendersi dal tentativo di abbraccio del figlio e gridò: "No! No!"; "Papà, non mi conosci?"; "Salvatemi! Aiuto!" La moglie si accostò per calmarlo: "Tuo figlio Pietro è, Gerlando davvero non lo conosci?" Lui sempre con le braccia che difendevano il viso: "Questo è il diavolo che è venuto a prendermi, cacciatolo via! -

E gridava disperato. - Non vedete che corna lunghe da caprone che tiene?" Lui lo vedeva con il fuoco che gli usciva dalle narici, gli occhi fiammeggianti e la coda nera, urlava per la disperazione.

Pietro sconfitto da quella strana reazione del padre, guardò la madre, il fratello ed andò via senza salutare. Mentre usciva sentiva ancora il padre che non voleva calmarsi e la stretta al cuore gli divenne più forte, le lacrime sgorgarono solcandogli le rughe del viso. Guardò il cielo avvampato da quel sole ardente, che da tanti anni aveva desiderato in quella fredda Torino e tirò un profondo sospiro. Nonostante la calura dell'estate sentiva freddo, un freddo che nasceva da dentro e si propagava per tutto il corpo. Così, colpito alle ali, come un uccello abbattuto in volo da una fucilata, si diresse, strascicandosi, verso casa dai suoceri, dove era ospitato con la famiglia.

Gerlando, nonostante il figlio se ne fosse andato, era ancora in preda a quelle terribili allucinazioni. Vedeva il diavolo che si nascondeva dietro i mobili e poi ad un tratto se lo trovava faccia a faccia, a pochi centimetri dal suo viso. Urlava e si dimenava. Pasquale quasi non riusciva più a trattenerlo. Luigia prese la scopa ed incominciò a menare negli angoli della casa fin quando vide il marito che lo seguiva con gli occhi, mentre picchiava per l'aria e per terra, diceva: "Scioò! Scioò! Vattene da questa casa, Scioò!" Chiuse la porta vetrata, poi prese le gocce e li mise in mezzo bicchiere d'acqua, glielo fece bere e dopo un po' si calmò del tutto. Pasquale mise la solita videocassetta e la moglie gli preparò il latte.

Gerlando non era stato un uomo di fede, non credeva, per lui la chiesa era come il municipio. Quando gli parlavano di santi e di ricorrenze religiose faceva un sorriso con una espressione sarcastica e si girava la testa dall'altra parte, non lasciando speranza d'interloquire. Quindi questa del diavolo per Luigia era una novità, un aspetto del marito che non conosceva. Mentre per Gerlando è stato un ricordo infantile riemerso, un fatto successo in casa dei genitori. Una mattina fu svegliato dal trambusto della madre che percoteva con il bastone una strana creatura, che fuggiva, lui appena sveglio, non distingueva cosa fosse, sembrava per alcuni aspetti un uomo e per altri una bestia. Così aveva fatto un sogno indotto da quei rumori del diavolo che si annidava sotto il suo letto e tra i poveri mobili della casa. Fu una esperienza traumatica. Pur se ha avuto le spiegazioni dalla madre che quello era uno strambo, che viveva come un animale per le campagne, e si era intrufolato dentro casa, dopo che il marito era partito per andare a lavorare ed appena lei si era incamminata per andare a svuotare il cantaro. Per fortuna che fu avvertita in tempo da una vicina, che la raggiunse a passo lesto. Questa aveva intravisto nella penombra del mattino un qualcosa a quattro zampe, scuro, nelle vicinanze della casa e poi non lo vide più, quindi come la raggiunse raccontò tutto, concludendo: "Hai chiuso bene la porta?" Invece l'aveva lasciata socchiusa, intuì il pericolo e posato a terra quel vaso pieno, corse con tutte le sue forze verso casa, prese il bastone e riuscì a cacciare quello storpio via, picchiandolo sulla schiena e in testa di santa ragione.

Luigia stava preparando il pranzo, le prelibatezze che tanto piacevano al marito, non risparmiando, anzi volendo soddisfare le sue voglie. Lui cercò di mettersi una giacca sopra la maglietta, ma non riuscendo ad infilare le braccia. Pasquale lo lasciava fare, quando il padre lo guardò per un attimo, cercando di dirgli di aiutarlo, ma non riuscendo affatto ad esprimersi, mosse così le labbra, ma senza alcuna voce, intuì e lo aiutò ad infilarsi tutte e due le maniche. "C'è caldo, papà! Che fai con questa giacca?"

Gerlando aveva perso per molte parole il senso e per tanti significati le parole.

Chissà nella sua percezione del mondo la coscienza del tempo quale fosse? Lui vedeva che il suo piccolo pianeta si andava sgretolando sempre più perdendo frammenti di ricordi in quella immensa realtà di un presente intermittente. Ormai sotto i suoi piedi vi era il baratro e con gli occhi chiese ancora aiuto a Pasquale, il quale non fece in tempo e vide crollare il padre a terra. Luigia spaventata emise un grido. Sollevato e messo a sedere sulla sedia, si urinò, e si vergognò tanto da mettersi a piangere. "Non preoccuparti, sei con tua moglie." Gli tolse quella giacca e lo sventolò con un ventaglio. Lui si riprese colmo di malinconia, bastò poco per guardarsi attorno e gridare a tutta forza: "Lasciatemi stare! Cosa volete da me?"

Ormai la memoria era in frantumi e i pezzi erano degli asteroidi in fuga, pronti ad innamorarsi d'altri mondi. Il suo corpo una navicella e lui l'argonauta che non riusciva più ad attivare i comandi, sperduto in quell'infinito spazio del tempo, in un viaggio senza ritorno con una profonda solitudine, come unico sentimento rimasto, dal mondo dove aveva vissuto nel bene e nel male, dove aveva creduto e combattuto per le cose più futili nell'esistenza delle priorità.

Il vissuto dovrebbe essere pesato attimo per attimo nella percezione del vivere, lasciando che sia la vita il sentimento guida nel rapporto con gli altri, senza lasciarsi sopraffare, senza lasciarsi travolgere dall'onda oceanica della paura di essere sé stessi. Vi è una linea che prima o poi viene raggiunta e volgendo il passo oltre non vi è più né misericordia e né rimpianti.

Pasquale e la madre riuscirono a portarlo a letto, erano preoccupati. Chiamarono il medico di famiglia che non tardò ad arrivare, subito si attivò a controllarlo: "Zio Gerlando come sta? Si ricorda lo spincione con i wurstel e le patate al mattino, che venivo a comprare prima di prendere la corriera? Com'era buono! A volte ero in ritardo e lui già fuori a mezza strada che me lo porgeva, e mi diceva: *Corri, corri, dormiglione!*" Gerlando guardava dallo scafandro, al di là del vetro della navicella, una scena, un viso, ed erano immagini che saettavano nel suo spazio tempo. "Sappiamo come stanno le cose…" Disse il medico a Pasquale, muovendo la testa per dissentire ogni dubbio su quella diagnosi. "Lui sta bene, non lasciatelo mai da solo. Le gocce le avete. Non abbiamo altre soluzioni."

Non si alzò più dal letto. La mattina dopo, prima di arrivare Pasquale, la moglie dal bagno sentì il marito che la chiamava, si apprestò e lui guardandola fece un largo sorriso e le disse: "Luigia!"; "Che succede? Questa mattina mi conosci?"; "Luigia! Luigia…" Chinò la testa verso destra ed emise l'ultimo sospiro ed una bava scese lenta sul cuscino.

Così Gerlando varcò quella linea e si svegliò da questa vita, vissuta come uno strano sogno, frutto di tante coincidenze, in un segnale, un'onda, una frequenza, un sentimento in una delle tante e tante bande laterali, attraversò lo spazio fino ai confini del suo universo e fu pronto a farlo vibrare in tutta la sua sfericità, senza altri significati utili, o necessari, ma solo fini a sé stessi.

Pirancinu

Il terribile pirata Arancinu, chiamato inseguito Pirancinu, era pronto all'ira e alla vendetta, ma, nello stesso tempo, vederlo rotolare da poppa a prua come, appunto, una arancina era così divertente che suscitava ilarità, in speciale modo ai nuovi arrivati della sua ciurma, che spesso alcuni di loro andavano a finire in pasto ai pescecani, quelli sempre pronti, che giravano minacciosi a fauci aperte, con le loro pinne dorsali in mostra, intorno all'imbarcazione.

Pirancinu, in realtà si chiamava Giovanni Zambroni ed era proveniente da Bordolino, poco distante da Verona, gli è stato appiccicato addosso, in cucina, dove lavorava come sguattero, dai suoi colleghi: Domenico da Catania, aiutante cuoco e Giovanni da Palermo, cuoco. Ha subìto così tanto, scappellotti in testa, pedate nel sedere, che arrivò ad odiarli insieme alle loro origini ed alla loro Isola. Ma in particolar modo odiava il loro parlare, così minaccioso, viscido e provocatorio. A volte Arancinu prendeva il coltello e stringeva forte il manico, rabbioso, con il sangue alla testa e guardava Giovanni, sentiva un desiderio fortissimo di conficcarglielo nello stomaco, veniva interrotto quando poi riceveva uno scappellotto alla nuca da Domenico: "Che spacchiu fai? Arancinu, travaglia!".

Aveva una pancia tonda e larga, una testa a forma di un pandoro appiccicata sopra senza collo, due gambette ridicole e due braccia più lunghe del normale con due manine paffute e piccoline. La fronte spaziosa con due occhioni ovali e due pupille celesti da pazzo, i capelli castano chiari, da dove spuntavano due orecchie carnose e grandi. Camminava dondolandosi. Spesso farneticava da solo come una pentola a pressione che bolliva, poi sbatteva qualche attrezzo da lavoro, puntualmente arrivava lo scappellotto di Domenico e Giovanni gli diceva: "'Mpari sta caimmu e taglia sti cipuddi senza chiangiri, cutuliati!".

Si rinchiudeva nella sua cuccetta, dove non aveva nemmeno lì la sua intimità, perché aveva un compagno di stanza, Babu del Madagascar, addetto alla pulizia, ma partecipava anche agli arrembaggi. Questo lo molestava di continuo, voleva le sue cose, gliele rubava, non poteva tenere niente di suo e di personale. Pirancinu gli diceva in un siciliano tutto suo: "Ti chiami Babbu e voi fare lo sperto!". Babu lo afferrava e gli mostrava il pene: "Vieni Arancinu è tutto tuo!". Lui subiva e faceva con la testa mille progetti di vendetta, ma nessuno approdava a niente, tanto che si portò dalla cucina un coltello affilato e se lo nascose sotto la sua branda, ma non riusciva minimamente a concludere un accidente di niente.

Dopo l'ultima cattura di un mercantile tedesco, furono portati a bordo gli ostaggi per il riscatto. Pirancinu vide uomini, donne, ragazzi. Tra di loro vi era una fanciulla bella, sembrava una dea, bianca, bionda, piena di luce. I pirati anziani raccomandavano ai giovani di non toccare gli ostaggi, pena la morte. Babu incominciò a stuzzicare Pirancinu sempre con il suo pene in mano, poi si lasciò andare una frase: "Bella… sta notte uhm…". Pirancinu, che era in dormiveglia, sempre in allerta, sentì Babu che stava uscendo, così decise di prendere il suo coltello e seguirlo. Davanti la stanza degli ostaggi vi era l'anziano pirata Bartolo, Babu si presentò amichevole, gli disse che non aveva sonno e restava lui di guardia. Bartolo si convinse, così gli disse: "Occhi aperti! Non deve né uscire, né entrare nessuno fino allo spuntare del sole". Ed andò a riposare le stanche ossa. Rimasto solo, entrò e si avventò subito per la fanciulla. Pirancinu da dietro lo richiamò: "Babbu chi minchia stai facendo?". Babu furioso si voltò per dargliele a più non posso, la furia fu così tanta che lo sprovveduto inciampò ed andò a finire con il petto sul pugnale di quello, ha avuto tempo e forza solo di meravigliarsi e dirgli: "Arancinu merda!" e giacque morto. Vi fu trambusto tra gli ostaggi e il vecchio Bartolo, che si stava bevendo il suo bicchiere di rum prima di coricarsi, sentendo le voci, corse immediatamente, trovò il fatto compiuto ed addossò la colpa a Pirancinu, ma un ufficiale ostaggio spiegò l'accaduto. Visto che Bartolo, talaltro era il quartiermastro e prima aveva frainteso, si complimentò, scusandosi con Pirancinu. Il quale, diffusasi la notizia fu preso subito in gran considerazione da tutta la ciurma e guardato con rispetto per essere stato capace di sbarazzarsi di quel Babu che era noto a tutti come l'opprimeva. Anche in cucina cambiò atmosfera, così sia Domenico che Giovanni d'allora lo chiamarono don Arancinu. E finalmente la cuccetta rimase tutta per lui! Quando gli ostaggi stavano sbarcando, la splendida fanciulla, con un dolce sorriso, gli porse la sua gatta maculata come un leopardo, dicendogli: "Si chiama Anastasia, ne abbia cura, è il mio gesto di riconoscenza". Pirancinu la prese in braccio e le accarezzò la morbida pelliccia.

Anastasia la gatta se ne stava tutta tranquilla arrotolata sul letto del suo nuovo padrone. Lui dalla cucina le portava le squisitezze che gli capitavano durante il giorno, ma Anastasia semplicemente le annusava e poi le disdegnava, come faceva a sostenersi era proprio un mistero, dopo giorni e giorni, involontariamente, scoprì che riusciva ad uscire dalla cuccia, non si sa come, ed andava a caccia per lungo e largo la nave. Mentre era andato in cambusa a prendere le patate la vide sgattaiolare come una freccia con un topino in bocca ancora vivo. Pirancinu si coricava e la gattina si sistemava a suo ridosso, carezzandola provava un senso di rilassamento e si addormentava così serenamente. Una notte, confuso tra sogno e realtà, ha assistito alla metamorfosi di Anastasia, da gatta si è trasformata in donna, una bruna con gli occhi verdi, che lo guardava vogliosa, nuda sul suo letto. Lui non si fece scrupoli e nemmeno si chiese dei perché, fu coinvolto da una vampa di passione tra i suoi sospiri e gridolini pieni di oh! caldi di quella femmina, tanto che si convinse di vivere parte di quel paradiso che parlano tanto i preti. Al mattino si svegliò nudo con Anastasia che lo fissava e gli miagolò appena aperti gli occhi. Pensò di avere sognato, ma è stato così bello e intenso che gli era sembrata realtà. Sentiva un bruciore dietro le spalle, si guardò nell'oblò di riflesso e scoprì di avere dei graffi abbastanza marcati, ricordò immediatamente le mani di quella donna, erano tozze con delle dita corte e delle lunghe unghie. Cosa sarà stato un sogno o no? Intanto Anastasia se ne stava tranquilla, che lo seguiva con lo sguardo in ogni suo spostamento. Provava un brivido misterioso, che lo faceva sentire più uomo di prima. Da quel momento quella figura, diciamolo, un po' ridicola, aveva assunto un atteggiamento di uno sicuro di sé.

Un giorno, mentre si stava spostando verso poppa, uno dei pirati più terribili, veterano di tanti arrembaggi, guercio da un occhio e malevole in ogni suo fare, notò questo suo atteggiamento e per ridicolizzarlo allungò un piede e lo fece stramazzare a terra, così, per semplice divertimento, poi un movimento brusco della nave fece rotolare il poverino con la pancia da una parte all'altra. Gli altri, in particolar modo i giovani, si scompisciarono dalle risa. Lui si alzò, ferito nel suo orgoglio, ed iniziò a borbogliare mentre andava via. Ad un tratto si sentì chiamare con voce rabbiosa: "Arancinu!". Si voltò e vide che era il guercio che lo chiamava, provò una sottile paura che gli fece sbollire la rabbia e così si voltò per ritornare giù a lavorare in cucina, ma Anastasia era davanti a lui che gli barrava la via, guardandolo in faccia gli miagolò mostrandogli i denti aguzzi di felino. Così il suo orgoglio mascolino si ci risvegliò, si girò di nuovo ed andò verso quel terribile pirata. Quello divaricò le gambe e si mise le mani ai fianchi. Tutta la ciurma era lì che si godeva la scena. Pirancinu bianco in viso, con un filo di voce gli disse: "Mi hai chiamato?". Quello minaccioso: "Cosa andavi brontolando poco fa?". Rispose sicuro e guardandolo in quell'unico occhio rimasto: "Amuninni nella stiva che te lo dico a quattrocchi, volevo dire a tre occhi!", mentre si allontanava, cercava di capire da dove le era venuta quella spavalderia?! Quelle parole? E ora cosa doveva fare giunto giù? Scese di gran passo, seguito da quel terribile pirata ed in un detto fatto si dileguò e si andò a chiudere nella cambusa. Dopo più di un'ora aprì lentamente e vide che non c'era nessuno ad aspettarlo, decise di andare a lavorare. Appena entrato vide che Domenico e Giovanni erano intimoriti dalla sua presenza, non si spiegava cosa avevano. Mentre lavava una grossa marmitta arrivò il capitano Gastohn. Questo era un francese, alto, biondo, con dei lunghi baffi, vestiva di pelle nera e portava un cappello a lunghe falde, gli disse: "Ei tu, coso, come ti chiami? È stato trovato il corpo dilaniato di Rashad nella stiva, hai visto quelque chose?". Pirancinu capì di chi si trattava, ma fu per la prima volta che aveva sentito quel nome, così rispose: "Non so chi è questo!"; "Eppure gli uomini dicono che ha avuto una discussione con te e siete andati insieme nella stiva."; "Si ci siamo chiariti, mi ha chiesto scusa ed io sono andato a sistemare la cambusa". Il capitano fece mente locale che, se fosse stato lui il colpevole, sarebbe sporco di sangue dalla testa ai piedi, invece aveva solo qualche macchia d'olio e di fuliggine, così chiese ai due: "E voi? - Quelli rimasero interrogativi. - Avete visto quelque chose?". I due si accavallarono parlando l'uno su l'altro in un siciliano stretto, si capì solo: "Nenti vitti!" e "Nenti sacciu!". Al capitano non gli restò altro che alzare la testa, poggiare la mano sulla spada ed andare via, con passo composto e fiero, appena su ordinò ai suoi uomini di gettare ai pescecani quello che rimaneva del terribile pirata Rashad. Per Pirancinu quell'assassinio rimase un mistero, ma poi pensò: chissà quanti nemici avrà avuto a bordo quel bastardo, che bruci all'Inferno! E tornò a lavare con impegno quel marmittone. Mentre i due colleghi lo fissavano, all'unisono si guardarono e in coro dissero: "Minchia!".

Tornato nella sua cuccetta di buon umore, si svestì, togliendosi le pesanti calzature e si abbandonò sulla sedia attaccandosi alla bottiglia di rum, che riusciva a trafugare dalla cambusa, due o tre sorsi, non più, tanto per godersi quel momento di privata intimità. Anastasia si andò a strofinare tra i suoi piedi miagolando dolcemente e poi con un salto gli salì in grembo, mettendosi buona a ruota. Lui l'accarezzava e le diceva: "Bella! Sei bella!". La gatta socchiudeva gli occhi effondendo mugolii e facendo le fusa. Il contatto con la gatta per lui era un tocca sana, provava un rilassamento tale che scaricava tutto lo stress accumulato durante il giorno, quasi si stava addormentando, quando Anastasia con un balzo scese giù, gli rivolgeva dei mormorii e continuava a guardarlo in faccia. Pirancinu sentì un calore in tutto il corpo e ad un tratto avvenne qualcosa di straordinario, anche lui si trasformò in un gatto! Un batuffolo di peli color miele, un magnifico gatto di Pallas, si sentì leggero, agile, emise prima due miagolii forti, poi saltò dalla sedia e si andò ad accostare ad Anastasia. Si strofinarono tutte e due, poi lei scappò e lui la seguì, la raggiunse facilmente, meglio dire che fu la gatta a farsi raggiungere. Pirancinu gatto si affidò all'istinto, così tra suoni gutturali e miagoli, con la bocca le afferrò il collo. Lei con tanta sensualità alzò la coda e così hanno avuto un rapporto breve ed intensissimo. Quando si staccò, Anastasia emise uno straziante miagolio, poi allungò le zampe anteriori e si stiracchiò. L'indomani mattino si trovò nudo sul pavimento, con un rivolo del suo liquido seminale per tutta la coscia. Questa volta fu sicuro, sicurissimo, che si era sognato. Perché era talmente assurdo che non poteva essere vero! Tutto nasceva dal suo bisogno di una donna. Nonostante era felice e prese in braccio Anastasia, la strinse a sé e la baciò più volte.

Nei giorni a seguire quelle esperienze oniriche così forti da sembrare vere e quelle strane coincidenze: la morte accidentale di Babu e quella misteriosa di Rashad, gli facevano sentire in fondo all'anima un senso di smarrimento, e a volte gli incutevano paura. Questa sensazione la collegò con qualcosa che gli era successa quando era ragazzino, tra i nove e i dieci anni. Mentre giocava vicino al focolaio della cucina, in una mattina freddissima e piovigginosa di fine gennaio, una brutta notizia squarcio il cielo della serenità di quella umile casa. L'avvocato Raimondi sulla sua carrozza accidentalmente travolse suo fratello maggiore Gabriele, che poveretto ci rimase secco all'istante, per avere battuto la testa su un cippo segna chilometri ai margini della strada. Pirancinu ricordava a tratti la vicenda, forse perché vi era un tentativo di cancellare tutto quell'evento. Portarono dentro casa quel giovanottone, aveva compiuto ventuno anni, con una folta capigliatura liscia e nera, lo sistemarono su un letto dentro la stanza a seguire la cucina. La gente veniva addolorata a visitare la salma. Lui si chiedeva dove fossero i genitori, perché non ricordava la loro presenza. Mentre aveva bene in mente la grande affettuosità del fratellone, che lo coccolava ad ogni occasione, sempre con il sorriso tra le labbra. Preso di coraggio e di pena si andò ad inginocchiare poco distante da lui per pregare, si fece il segno della croce, giunse le manine ed incominciò, con la meraviglia dei presenti. Come fu e come non fu, non lo ricordò più lì sul letto, ma su un appoggio quasi in verticale, dopo un altro po' vide che il morto aveva smanie di sofferenze e si torceva la testa, qualcuno asserì che erano i movimenti della morte. Fatto sta che quel cadavere, nonostante aveva le macchie in viso e il colore viola annerito, dell'ipostasi cadaverica, aprì gli occhi e parlò, disse in una smorfia di sofferenza: "Ho lo stomaco sotto sopra". Dopo un po' alcuni uomini presenti lo sistemarono di nuovo in mezzo alla casa e quello parlava con i visitatori atterriti e immobili come delle statue di sale. Lui piccolino in quello che diceva e come lo diceva non lo riconosceva come il suo Gabriele. Il quale ad un tratto gli venne come un rigurgito e si alzò, la gente era lì impietrita dal terrore, andò verso il gabinetto, poi tornò e disse ai presenti: "Come viene il bechin mi metto steso, fermo e chiudo l'oci". Fino a quel momento di quell'episodio non ricordava più nulla, sapeva solo che il suo fratellone Gabriele era morto quel giorno di fine gennaio. Perché mai gli era venuto in mente questo ricordo infantile? Forse perché ormai era confuso tra il sogno e la realtà, è quello strano confine, ormai non più delineato, gli stava tornando presente come allora?

Erano giorni di noia, da due settimane che non si vedeva una nave. L'ozio stava avvelenando le cervella a tutta la ciurma. Gaetano, un trafficante che era anche un bravo suonatore di chitarra, si mise a cantare una ballata in napoletano, raccontava di una donna somigliante ad una gatta, che gli appariva in sogno e con lui faceva l'amore per tutta la notte, infine gli lasciava dei graffi su tutto il corpo e scompariva, ma i graffi restavano. Molti dei presenti si riconobbero in quella canzone e denudandosi le spalle mostrarono i segni. Pirancinu rimase stupito e provò anche una profonda mortificazione, chiamiamola pure gelosia, giurò a sé stesso di non fare avvicinare più Anastasia. La sera arrivato in cuccetta, trovò la gatta assopita sul letto. Come si avvicinò, l'animale aprì appena gli occhi e miagolò piano. Lui la prese per il collo e la scaraventò alla parete. La gatta sbattuta forte, cadde sulle quattro zampe e fissandolo in faccia lo minacciò mostrando i denti e rizzando i peli. Pirancinu provò paura, poi si è seduto sulla sedia, si riempì il suo bicchiere di rum ed incominciò a riflettere, che in fondo provava gelosia per un sogno, una fantasia, e che tutto quello che aveva immaginato con Anastasia, non poteva essere vero, perché in caso contrario lui lo credesse sarebbe stato un pazzo matricolato. La gatta si mise a girare per la stanza, poi sostò sotto il letto e non la vide più.

L'umore a bordo era a pezzi, perché non vi era stato da giorni nemmeno un solo spiffero di vento, il mare sembrava olio. Gli uomini incominciarono ad avere dei malesseri, ferite che non si risanavano, gengive che sanguinavano, vaneggiamenti, insomma lo scorbuto stava mostrando il suo lato peggiore. Don Carlos, un prete spagnolo, che ha avuto salva la vita, perché conosceva l'arte medica e tante altre cose utili, rimase a bordo nella ciurma, giurando solennemente di non parlare del suo Dio, dialogando con mastro Connor il carpentiere, manifestava la sua preoccupazione. Il problema più grande era che in cambusa mancava la roba fresca, come frutta e verdura, vi era solo del pesce sotto sale e della farina. Nel giro di pochi giorni si incominciarono a buttare a mare i morti. Alcuni incominciarono a vaneggiare e ad asserire che quel sogno, quella donna somigliante ad una gatta era il diavolo, altri conclusero che bisognava trovarla e darle fuoco per liberare la nave dalla maledizione. Il capitano, intuendo che quella caccia poteva essere il modo per distrarre gli uomini ed impegnarli in qualcosa per un po' di tempo, acconsentì. Così tutti quanti, chi con un bastone, chi con un sacco, e con quello che poteva servire alla cattura dell'animale, si misero in movimento. I morti continuavano ed erano tutti quelli segnati dai graffi che non si rimarginavano. Si convinsero tutti quanti che quella donna era il diavolo. Ma di donne a bordo non ve ne erano e nemmeno gatti, solo topi. Ad un certo punto Bartolo ricordò della fanciulla e del gatto che donò per riconoscenza a Pirancinu, così senza dire niente a nessuno andò nel suo alloggio ad indagare se vi fossero tracce dell'animale. Quando quello tornò dal lavoro, vide il vecchio chinato a bocconi sotto l'armadio fissato alla parete: "Cosa fate?". L'anziano pirata, cercando appoggi per rialzarsi, rispose con calma: "Il mio dovere! Stiamo cercando questo animale che ha decimato l'equipaggio! Io ricordo bene che quella ragazza, che hai salvato dalle grinfie di Babu, per riconoscenza ti regalò un gatto. Dimmi dov'è?" Lui senza perdersi d'animo, incalzò immediatamente: "Ma che gatto andate cercando? Con tutti i topi che abbiamo nella stiva, magari ne avessimo di gatti. Chi l'ha visto? Tutta questa storia di andare dietro alle fantasie dei marinai da mesi senza femmine… Non si può essere così stupidi e creduloni! Chi comanda deve cercare soluzioni concrete! Il fatto di avere giustiziato, dandolo in pasto ai pescecani, lo scozzese Aidam, quello è stato l'errore più grande, fare seccare tutte le verdure e gli ortaggi, ecco dove cercare i colpevoli! Ma come? è stato proibito a don Carlos di nominare il suo Dio, potente, il capo di tutti, per poi sottometterci ad un suo mozzo qualsiasi come un diavolo? È da minchioni!". Bartolo rimase colpito da quel discorso e lo andò a riferire di tutto punto a don Carlos, il quale ha voluto una riunione insieme al nostromo, il timoniere e il maestro d'armi. Il gruppo si riuniva di nascosto in casi di emergenza. Quel consiglio decise ad unanimità che la determinazione e il buon senso di Pirancinu erano necessari per il destino della nave e di tutti a bordo. Gastohn aveva perso tutto il suo magnetismo, ormai quando c'era un arrembaggio se ne stava chiuso nel suo alloggio e usciva solo a cose fatte. Bisognava destituirlo, bisognava eliminarlo e questo compito doveva essere affidato al futuro capitano: "Arancinu!". Così fu mandato a chiamare da Otis, il mozzo greco messo a guardia davanti la porta del consiglio. Pirancinu già si era messo comodo a sorseggiare il suo rum, quando sentì bussare alla porta, dopo averlo riconosciuto dalla voce, gli aprì, quello gli disse di andare con lui, che lo aspettavano. Entrando in quella stanza e vedendo quelle persone tutte insieme, ha avuto timore. Quelli l'accolsero con benevolenza e gli spiegarono ogni cosa. Il quartiermastro e il nostromo gli dissero che era tempo di cambiare. Lui fu preso dall'orgoglio e dall'entusiasmo, suggeriti anche dal rum. Non era stato mai nessuno e quella era l'opportunità della sua vita. Brindarono con altro rum. Quando Pirancinu fu nel suo alloggio cadde sul letto e si addormentò profondamente, ma nel mezzo della notte si svegliò completamente, gli prese un attacco di paura lucida e violenta, tanto da spalancare gli occhi al buio. Il capitano era uno spadaccino straordinario, lo avrebbe infilzato come un coniglio allo spiedo. Aveva davanti la sua cabina il fidatissimo Michel, furbo e violento. Forse erano amanti. Il meschino si era lasciato trasportare dalla fama acquisita a bordo, ma in realtà non aveva fatto male mai a nessuno, aveva preso solo schiaffi, manate e pedate. Da quando era garzone da un calzolaio a Bordolino, poi sguattero a bordo del mercantile della Repubblica veneziana Aquila d'oro, catturato insieme a gli altri, nessuno pagò per lui il riscatto e rimase a bordo di questa nave pirata, beffeggiato da tutti quanti.

Anastasia da quel giorno non si vide più, l'ha cercata in ogni dove, ma era scomparsa. Intanto era giunto il giorno dell'agguato al capitano. Lui tremava come una foglia, aveva il viso bianco come la calce, gli occhi impauriti che muoveva continuamente, prese il machete e mentre lo maneggiava gli cadde ai piedi e per poco non si feriva, così lo avvolse in una pezza di stoffa e se lo portò nel suo alloggio. Sulla nave vi era un silenzio surreale, sembrava abbandonata, non vi era nessuno in giro. Cercò ancora Anastasia senza speranza, infatti non la trovò, si riempì un bicchiere pieno di rum e si abbandonò sulla sedia, mentre era assorto profondamente sentì bussare con insistenza alla porta. "Arancinu, tu es là?", era Michel. Incominciò a tremare, si alzò e si versò del rum addosso, poi rispose con un miserabile "si", sembrava una vocina di donna e si arrabbiò ancor più con sé stesso. Aprì e quello, guardandolo dai piedi alla testa e schifandosi, gli riferì che il capitano lo voleva nel suo alloggio immediatamente. Rispose un altro "si" più miserabile del primo. Michel gli fece il gesto con la mano del bere e gli disse: "Beaucoup?!". Pirancinu si convinse che quello era il suo destino, quindi prese il machete e, con passo cadenzato, salì in coperta, si avviò verso la scala per andare su dal capitano, incontrò alcuni uomini che lo guardavano, forse era lui che si sentiva guardato da tutti. Michel come lo vide bussò come da segnale e Gastohn aprì. Lui entrò e quello lo seguì e chiuse immediatamente la porta. Il capitano gli disse che era a conoscenza di ogni cosa e che voleva il suo aiuto per denunziare quel circolo d'infami e sbarcarli a terra prima possibile. Mentre quello spiegava le ragioni di quel tradimento, Pirancinu vide Anastasia, che tranquillamente girava tra sedie e mobili, così urlò ai due: "La gatta!", indicandola con il dito. Il capitano ordinò di prenderla viva o morta. Michel sguainò la spada, così anche il capitano, mentre lui si mise a ginocchioni. La gatta balzò sui due, che si lanciarono tentando d'infilzarla in aria, successe un parapiglia! Il capitano inciampò su Pirancinu e, come fu e come non fu, si colpirono tutte e due al cuore cadendo stecchiti a terra, uno addosso all'altro. Piranciu restò una manciata di minuti sotto di loro, poi si liberò e si alzò, accorgendosi della fine che fecero i due. Anastasia miagolava sopra quei corpi, come se gli dicesse: "Bravo, bravo!". Quando si affacciò dal ponte vide sotto la ciurma che aspettava silenziosa. Tutti con i volti impietriti e schiariti dalle torce. Bartolo e il nostromo salirono su e videro il mucchio umano, poi esterrefatto guardò lui piccolo e terribile, con la casacca sporca di sangue. Il vecchio pirata si affacciò dal ponte accanto a Pirancinu e a gran voce disse: "Il capitano è morto, eleggiamo Arancinu come nuovo capitano, chi è contrario si faccia avanti!". Vi fu un grido di giubileo della ciurma come approvazione.

La stessa notte fece liberare dai cadaveri l'alloggio del capitano e ne prese possesso. Lo trovò di gran classe e con molte comodità, oltre una assortita bottigliera. Si sentiva ancora la vibrazione dell'adrenalina, quando si tolse la casacca e il resto, si riempi il bicchiere di cristallo martellato con un rum dal sapore eccezionale e incominciò a riflettere sull'accaduto. Lui meschinamente era pronto ad accettare la proposta del capitano ed a tradire tutti quanti, in fondo tutti lo avevano trattato come un cane. Pensò ad Anastasia e ad un tratto se la trovò che si strofinava con il corpo e la coda tra i suoi piedi, la prese tra le braccia e la baciò. Provò torpore su tutto il corpo, poi come una vampata, lui conosceva questa strana sensazione, sapeva cosa stava accadendo, o sognando, e ne era consapevole ed eccitato, notò che lei si stava trasformando in donna e lui in gatto, durante questa fase incominciarono a leccarsi l'un l'altro ed avvenne un rapporto sessuale indescrivibile, animalesco, dove l'istinto e la ragione lasciarono posto al profondo, all'abisso, alla luce ed alle fiamme, per spegnersi tutto nel buio intenso. Lui in quel buio si sentì come intrappolato, immobilizzato in ogni suo minimo movimento, quello che provava non era disperazione, paura, ma pace, serenità, traguardo, fine per sempre. La mattina dopo, mentre si stava svegliando, notò come se la nave seguisse i suoi movimenti, il vento aveva incominciato a soffiare, sentiva gli uomini che urlavano. Si alzò e saccheggiò i vestiti del capitano, si mise due pistole e il machete alla cintola, così scese giù. Aveva preso il cappello del capitano con delle piume di struzzo, incontrò il nostromo, poi il quartiermastro e don Carlos, li salutò, era tutt'altra persona. Un mozzo somalo, mentre tirava una fune, come si voltò e vide Arancinu vestito in quella maniera, scoppiò a ridere e non riusciva a fermarsi, mostrando tutti quanti i denti bianchi della bocca spalancata, in una risata contagiosa. Lui gli andò davanti e gli chiese cosa avesse? Quello ripeteva: "Arancinu, ah! Ah! ah!" e rideva. Lentamente prese la pistola e gli sparò in fronte, schizzandosi di sangue e ossa. Vi fu un silenzio attonito di tutti gli altri. "Ancumingiannu d'oj voglio essere chiamato Pirancinu!". Gli altri mozzi presero il cadavere e lo buttarono a mare. Fu un tutt'uno tra lo sflasch! dell'acqua e il grido della vedetta. "Nave a tribordo!". Piracinu guardò con il cannocchiale, era una nave commerciale con lo stendardo blu, bianco e rosso olandese, disse a bassa voce di prepararsi per l'arrembaggio. Vi furono ordini precisi, quell'equipaggio era una macchina perfetta. Tutto funzionò a regola d'arte. Lui diede prova di coraggio ed abilità ineguagliabile.

La carriera di pirata è durata diversi anni e con ottimi risultati, tanto che il suo forziere era quasi pieno di monete d'oro e gioielli preziosi. Il suo potere a bordo era basato sul terrore. Conoscevano la sua perfidia e spietatezza, anche nelle piccole cose, a lui bastava un *ni* per uccidere un uomo. Quando la mattina camminava buffamente tra la ciurma, gli uomini erano terrorizzati. L'equipaggio si rinnovava sempre, sia per i caduti durante gli arrembaggi, sia per i morti incidentali e poi per quelli che lui ammazzava. Ai nuovi veniva raccomandato di essere seri, a maggior ragione davanti al capitano. Ma quando lo vedevano per la prima volta, non si aspettavano una figura così ridicola e qualcuno di loro non riusciva a trattenere il riso, che gli usciva in maniera irrefrenabile. Quel qualcuno aveva incontrato la propria morte, finendo in pasto ai pescecani.

Un giorno catturarono una nave di siciliani. Gli ostaggi quando sentirono parlare Pirancinu con quel siciliano sgangherato si meravigliarono, alcuni dicevano che era di Catania altri del palermitano. Uno di loro pensò ad alta voce: "Minchia pari n'arancina!". Allora il suo compagno di sventura gli disse: "Arancinu!". Un altro aggiunse: "A secunnu, s'è catanisi o palermitanu". Allora si fece avanti un anziano tra di loro: "Capitano ci perdoni la nostra tracotanza, con tutto il rispetto, ci tolga una curiosità, ma vossia per caso è di Catania?". Pirancinu con sdegno li guardò a tutti quanti in faccia e disse loro: "Ma vu autri chi siciliani siti?". Andò via, arrabbiato e disse al quartiermastro: "Se qualcuno d'iddi si muove ammazzatilu, all'istanti senza pietà!". Dopo un po' si ripresentò davanti a loro, quelli si misero a schiera, lui estrasse dalla tasca una arancia tarocco, e disse: "Voi a Palermo comu u chiamati stu fruttu?", uno con il tono della certezza disse: "Aranciu!". Così riprese Pirancinu: "E a Catania?". Rispose l'altro: "U stissu, aranciu!". Concluse: "E allura chi ci scassati la minchia cu st'arancina, siti siciliani o no?" Dopo un po' aggiunse: "Nun sugnu né di Palermu e mancu di Catania, 'un sugnu sicilianu. Cojon!". Non li fece uccidere solo per ricavarne il riscatto, ma li fece frustare tutti quanti a sangue.

Il suo diletto era la gatta Anastasia, una vera leggenda della nave. Alcuni raccontavano al terzo bicchiere di rum, di averla vista, altri, più arditi, di averla sognata e altre ancora che la gatta del capitano Pirancinu era magica, forse il diavolo in persona!

Una notte il capitano si trastullava con i suoi gioielli e la gatta gli miagolava attorno, come se fraseggiasse con lui, così si convinse che Anastasia, come tutte le femmine, avrebbe voluto uno di quei gioielli, prese una lunga collana d'oro bianco e gliel'avvolse con diversi giri al collo. Anastasia faceva di tutto per togliersela con le zampe, Lui era contento, diceva tra sé: "Come le sta bene, sembra una principessa!", e si convinse che quei gesti erano di contentezza, festosità per il regalo ricevuto. Giorno dopo giorno notava che Anastasia non stava bene, se ne stava arrotolata senza muoversi. Una notte la prese in braccio l'accarezzava, ma lei non si muoveva, non succedeva niente. Pirancinu non considerava che Anastasia se si fosse trasformata, quella collana l'avrebbe strangolata. Tanto lui era convinto che non avveniva nessuna metamorfosi, non vi era niente di fisico o magico, solo fantasia, sogno e niente più. E forse non aveva tutti i torti. Fatto sta che la gatta stava male e ormai niente suscitava il suo senso erotico.

Una notte si era abbattuta una tempesta spaventosa. La ciurma fu lesta a reagire. Hanno ammainato le vele, ma la tempesta sembrava un drago inferocito e il mare impetuoso scuoteva l'imbarcazione. Si udivano lugubri rumori del legno, ululati del vento, tuoni e fulmini che illuminavano a giorno quella notte infernale. Il capitano si abbracciò alla sua gatta che miagolava appena, anch'essa spaventata, sentì un forte urto, un gran rumore, intuì che l'imbarcazione si era imbattuta su qualche scoglio, tutto si capovolse e fu strattonato dall'acqua di qua e di là, si attaccò a tenaglia su un legno, forse era un albero della nave. Quando divenne giorno spuntò il sole che scintillava sulle acque del mare calmo. Lui rimase attaccato a quel legno e la corrente lo portò a riva di un isolotto pietroso di poche centinaia di metri. Senza il suo potere, senza il suo oro, senza la sua gatta, era solo, vivo, ma disperato, così tanto da mettersi a piangere per ore. Si nutriva con dei piccoli granchi che trovava in riva. Passarono diversi giorni quando un mercantile inglese navigava proprio a poca distanza e la vedetta lo vide mentre saltellava ed agitava le braccia. Lo salvarono. Rifocillato, sentiva gli uomini che narravano le gesta del terribile Pirancinu, le leggende sulla sua gatta, ignari che lo avevano a bordo e che era stato tutto vero. In seguito lui di mare non ne volle più sapere, sbarcò a Durban e da lì, dopo tante peripezie durante il viaggio di ritorno, arrivò a Bordolino, dove si aprì una bottega di calzolaio. A volte la sera andava in osteria e seduto al solito tavolo, a l'ombra de vin, raccontava le sue storie fantastiche, con il divertimento dei presenti, tanto che nessuno lo chiamava più Nani, ma Pirancinu.

Postfazione

Questa raccolta di novelle è un laboratorio di scrittura, un quaderno di esercizi, dove i generi si confrontano, dalla favola al giallo noir storico di fantapolitica, come *Il passo del traditore*. Questa raccolta è una sequela di capriole tra fantasticherie, ricordi ed echi delle mie appassionate letture. Le seguenti novelle, oltre quella sopra citata, sono inedite: *Signor Pantalone, la commedia è finita!*; *Vento di primavera*; *Vi mangeremo tutti*; *Giovanni Canaglia*. In questa novella il *Bar Volare* di Favara, città a pochi chilometri di Agrigento, dove ho localizzato diverse di queste, in realtà il nome l'ho preso da un bar studiato e realizzato da mio figlio Peppe, con arredi autentici in pieno spirito anni '60 che si trova a Bologna. Per *Storia di Abul Binà-Jusur,* ho travato l'ispirazione dopo la lettura di *Le mille e una notte,* quindi è come se fosse un altro racconto della bella *Sherazade.* Mentre per la *Novella Undicesima Decima Giornata,* il movente ispiratore è stato il grande Boccaccio con il suo *Decameron.* Immagino nel mio racconto che una cuciniera siciliana, a servizio dei giovani ospiti, protagonisti del *Decameron,* narra questo racconto impiantato nella sua Sicilia. Ho cercato di utilizzare anche la lingua dell'Opera letteraria, sperando di divertire il lettore come me nella sperimentazione. *Il vangelo nascosto,* faceva parte della raccolta di *Fantasticherie - Volume 2 - I cieli di carta.* Il rospo, il serpente e lo scarabeo incontrano un fanciullo alle rive del Nilo ed assistono ciò che viene narrato nella novella. Lo avevo "nascosto" sottraendolo alla pubblicazione per delle mie fisime religiose. Trattasi di un sunto elaborato, della lettura di tantissimi vangeli apocrifi. Lo studio consiste nel congiungere tutti i punti di contatto trovati in questi testi. Tutto ciò non intacca minimamente il mio credo cattolico che è perfettamente in comunione con la Chiesa. Quindi la chiave di lettura deve essere del racconto fine a sé stesso come lavoro letterario. Le seguenti novelle, qui nelle versioni integrali, già sono state pubblicate, per motivi editoriali con delle riduzioni, nelle varie antologie come di seguito: ***Un giro di valzer*** pubblicata su *Racconti Siciliani – Edizione 2018 –AA. VV.* – Historica Edizioni, Cesena – pagina 152; ***Pane*** pubblicata su *Racconti Siciliani – Edizione 2019 –AA. VV.* – Historica Edizioni, Cesena – pagina 152; ***Mammiferi*** pubblicata su *Storie d'Estate – Edizione 2019 –AA. VV.* – Cultora Edizioni, Milano – pagina 111; ***Consensi*** pubblicata su *Racconti Siciliani – Edizione 2020 – Volume 1 –AA. VV.* – Cultora Edizioni, Milano – pagina 231; ***La ragazza dai capelli rossi e gli occhi azzurro mare*** pubblicata su *Favole e Fiabe – Edizione 2021 – Volume 2 – AA. VV.* – Historica Edizioni, Milano – pagina 249; ***Candeggina*** pubblicata su *Racconti da Sogno - Edizione 2020 – Volume 2 – AA. VV.* – Cultora Edizioni, Milano – pagina 105; ***Basta solo svegliarsi*** pubblicata su *Racconti Siciliani – Edizione 2021 – Volume 1 – AA. VV.* –Historica Edizioni, Milano – pagina 199; ***Pirancinu*** pubblicata su *Racconti a Tavola – Edizione 2021 – Volume 1 – AA. VV.* – Historica Edizioni, Milano – pagina 283.

Indice

Pagina   3   Signor Pantalone, la commedia è finita!
       20   Vento di primavera
       35   Vi mangeremo tutti
       57   Giovanni Canaglia
       88   Storia di Abul Binà-Jusur
    108   Novella Undicesima Decima Giornata
    114   Il vangelo nascosto
    133   Il passo del traditore
    151   Un giro di valzer
    158   Pane
    176   Mammiferi
    184   Consensi
    194   La ragazza dai capelli rossi e gli occhi azzurro mare
    208   Candeggina
    217   Basta solo svegliarsi
    228   Pirancinu
    246   Postfazione